创意写作书系

NOW
WRITE!
Science Fiction, Fantasy, and Horror
Speculative Genre Exercises from
Today's Best Writers and Teachers

开始写吧！

科幻、奇幻、惊悚小说创作

［美］劳丽·拉姆森（Laurie Lamson）◎编
唐奇　张威◎译

中国人民大学出版社
·北京·

"创意写作书系"顾问委员会

代序

出版社让我给这本书写个序言，我觉得诚惶诚恐。

我从 1992 年开始在北师大的课堂上进行培养作家的实验，将近 30 年来确实收获很多，也有许多教训。

在收获方面，我培养出过全国获奖的作家，这中间还有人成为作家榜上的名人。除了作家，我还培养出过电影和电视剧的编剧，他们的作品有的已经拍摄且获得了一定的好评。在教训方面，我的科幻写作课常常遭到吐槽，因为每一个人的要求都不同，我也满足不了所有人的需求。此外，我是凭着一个作家的直觉在做这项工作，没有什么特别的套路，因此总体看速度慢、观念老、辐射面小、效果有限。

2017 年，我到南方科技大学任教之后，跟刘洋博士一起开设了新一轮的科幻写作课。这个课程每学期都有。我们试图把一个少而慢的过程变成多而有效率的课程，这首先需要学习。在中国人民大学出版社、世界图书出版公司和后浪公司的帮助下，我拿到了它们出版的所有创意写作读物。每当出国的时候，我还会四处找找国外的科幻写作教程。但多数参考书读了之后还是感觉不解渴。或者，他们的方法也不能密集地量产作家。像《故事》这样的书虽然名声很大，但我觉得这本书更适合于已经是编剧或者作家的人在灵感缺失时用来翻翻的读物，做初学者培训不太理想。《千面英雄》据说是《星球大战》的剧本创作指导书，但看起来太单调。而且，就算你读了这本书，写出来的还是《星球大战》。

这些年我自己最认可的一本写作辅助读物，叫 Weekend Novelist，翻译成中文是不是《周末作家》？这本书我买来看了，内容是教上班族怎样在业余时间从事写作。这本书真的是急人所急、想人所想。作为一个打工人，你工作已经很累了，业余创作首先要学会时间安排。然后，初稿怎么写、改稿怎么改，都细致周到地写到了。特别是改稿，我们经常说书是改出来的，但怎么改？没有个章法。这本书则不同，上来就让我眼前一亮。它认为必须从一个个人物的丰满性上进行修改。所以，改稿不是整体再看一遍，一次一次地改，而是要一个人物一个人物地改。不会写的人常常写起来没有计划。前面出现的那个人后面没有了，半途杀出来的人后面顶大梁了，这些都必须修改。一句话，这本书提供了通过系统化思维进行修订稿子的方法。这么一改，作品马上就变得丰满了。虽然上面这本书我很推荐，对写作者个人也很好，但我觉得对从事写作教学的教师还嫌不足。教师在课堂上，需要许多练习，没有这些练习，就很难推进学生能力的发展。绕这么大的弯子，就要讲到摆在面前的这本书了。

《开始写吧！——科幻、奇幻、惊悚小说创作》是中国人民大学出版社“创意写作书系”中的一本，也是“开始写吧！”小系列中的一本。这本书的编者劳丽·拉姆森当过作家、制片人、编剧，言外之意就是她对作品的选择很有经验，跟创作者之间也有较多的接触，谈起问题来当然会有的放矢。打开书更是让我眼前一亮：这是一本把一系列对科幻、奇幻、惊悚作品创作最有经验的人汇聚在一起的经验集，提供经验的人既包括小说作者，也包括影视编剧。

《开始写吧！——科幻、奇幻、惊悚小说创作》分成十个单元：了解幻想文学类型；创意和灵感；故事和情节设计；惊悚和恐怖；构建世界；主题和意义；令人难忘的英雄、反派和怪物；交流和关系；场景构建和风格；技巧练习。编者心中对优秀作品的特征把握十足，且对作家创作中遇到的问题也感知深刻；与此同时，她还非常了解期刊、图书公司和影视公司对作品的要求，这就有所不同了。从正反两个方面考虑写作者怎样提高，这种常常是对立的思维在她的选集中就会有所体现。再有一点，她非常懂得作家都是实干家，讲理论没有用，必须通过练习来提高。因此，她选择的文章常常单刀直入，没有多余的废话。类型文学是怎么回事？读者和编者到底需要哪些作品？作品中需要哪些内容？人物的哪些方面必须交代才能让读者满意？所有这些，都在这本选集中清晰呈现出来。选择成功的作者写经验，最重要的是他们要把成功跨越困难的经验跟读者分享，文集中将近 100 篇文章就是这样选择和收入的。

我刚才已经说过，作为一个培训者，我最喜欢这本书的地方，就是每一节给出的大量练习方法，非常实用、非常有效。此外，作者对成功和失败的归因，也颇有学习的价值。我还非常喜欢里面的警句，像“通往伟大创意的道路是由愚蠢铺就的”，还有“写作只有 50%可以学习，另外 50%靠天赋”。这些话都说得那么直白、那么坦诚。你想写童话小说吗？那就应该逻辑简单、人物扁平、结局美好。想写恐怖小说吗？那就应该强化邪恶力量和邪恶环境的描写，反派的生活和他的世界才是读者更能感到恐惧的地方。而且，恐怖小说中的恐怖大都来源于我们儿童时期的情感。好，一语道破天机。

我是个科幻作家，所以对科幻的世界构建格外重视。文集中选了好几篇科幻写作的经验谈，每一篇都值得琢磨。奇幻小说可以瞎写吗？当然不可以。文集中有增加奇幻小说吸引力的方法。有些小说的分类我过去没有听说过，例如英雄小说，按照文集作者的看法，英雄小说就是正面人物在一定时间内打败反面人物、破坏掉他们的邪恶计划的故事。当然，也可以简单地用英雄救美的公式来完成。在这种简单明了的、具有实践意味的断言之下，作者们会给初学者或进阶者提供一系列有价值的练习方法，例如，练习用塔罗牌进行故事搭建；再例如，从八个要素中提取恐惧创作的因素。语言的修炼也很重要。“是”字太多不是好文章。所以，要把“是”尽量去掉。这种风格塑形的文章也给我很多启发。

丰富、坦率地奉上实践的方法，只是这本书特点中的一个。这本书的另一个特点是尽量在字里行间鼓起走向成功的风帆，让成功的气息感染初学者。编者精心选择的这些“成功者”，大都是克服了重重困难才让作品得到认可的。而这个过程，是一个充满勇敢、智慧和坚毅的过程。因此，我要说，书中满满都是正能量。困难不在话下，只要你努力进取！这一点对初学写作的人尤其重要。

这本书的第三个特点，是通过对文章作者的介绍，给出了这些作者还写过多少著作。这恰如一个有用的参考书名单，你不但听到了他怎样走过艰辛的路，还能看到他由此创作出的优秀作品的风貌。作家就是要用优秀作品来对标自己的创作。

科幻、奇幻、惊悚文学的写作多年来在中国不受重视，被认为是不入殿堂的边缘文学。但现在的情况变了。我们自己的科幻作品已经在国际上连续获奖，奇幻作品也在国外拥有了许多粉丝。惊悚文学可能还在发展之中。相信在未来文学的百花园中，这几个文类会得到大家更多的关注。因此，在这个时候重印这本书，我感到特别高兴。创作事业是人类前仆后继的伟大事业，想象力不但造就现在，还在引领我们走向未来。希望更多人由于本书的阅读而走入写作的大家庭，希望社会主义百花齐放的文艺事业更加繁荣昌盛。

是为序。

吴岩

南方科技大学

2021 年 9 月 11 日星期六

编者的话

有人问我是否愿意接过雪莉·艾利斯（Sherry Ellis）阿姨的班，再编辑一本《开始写吧！》系列图书时，我不太确定。编辑这些图书是一种爱心奉献，令人望而生畏，即使对一个团队来说也是如此。对于独立承担这项任务，我有点犹豫和紧张。

我跟 Tarcher 出版社的优秀编辑加布里埃尔·莫斯（Gabrielle Moss）讨论了这个问题。她对我心中酝酿的选题非常感兴趣，我对这个“单飞”的主意也开始热心起来。一年后，我发现她正在创作这些类型的作品，所以她也成了作者之一。

我对电影、音乐和图书的品味不拘一格。在我开始编辑这本选集之前，我没有意识到我喜欢的许多作品都是奇幻、科幻和心理恐怖类型，甚至我自己的许多选题也是魔幻现实主义的。我开始认识到，最能抓住我的想象力、让我进行最深入的思考，并且陪伴我最长时间的故事通常都属于幻想文学类型。我要把这本书献给许多我钟爱的作家，尽管他们中有些人已经不在这个世界上了。

因为流行，幻想文学经常给人以“浅薄”之感，很容易忽视其文化内涵。我认识到它们的重要性，以及充满幻想的叙事方法的价值。好的幻想文学能够绕开我们的警戒心理，以一种可以控制且极富娱乐性的方法探索我们最深刻的、通常是潜意识中的恐惧和真相。

我很高兴与你们分享所有这些作家的灵感和洞见，他们敢于从事这项充满勇气、意义非凡的工作，拓展想象力的极限和我们已知的世界，用文字去创造一些独一无二的东西。

感谢为本书撰写文章的所有小说家、电影和电视编剧、诗人和教师。非常荣幸跟你们共事。

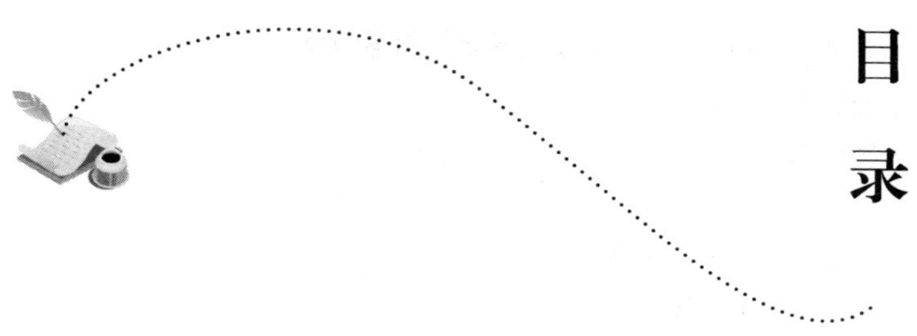

目录

3. 故事和情节设计

4. 惊悚和恐怖

5. 构建世界

6. 主题和意义

7. 令人难忘的英雄、反派和怪物

8. 交流和关系

1 了解幻想文学类型

要探索可能性的极限，唯一方法就是越界进入不可能的领域。

——阿瑟·C. 克拉克（Arthur C. Clark）

奇思妙想在生活中是必不可少的，就像是用颠倒了的望远镜审视生活。

——苏斯博士（Dr. Seuss）

优秀的创意从何而来？让幻想小说流行起来

史蒂文·绍斯（Steven Saus）的日常工作是为人们进行放射性治疗，当然只是出于善意的目的。他的短篇小说入选了《西部怪谭》（*Westward Weird*）、《蓝色王国：术士和魔法》（*Blue Kingdoms：Mages & Magic*）、《分时度假》（*Timeshares*）和《渴望你的爱》（*Hungry for Your Love*）等选集，以及若干线上和线下杂志，包括《冒险》（*On Spec*）、《飞往仙女座》（*Andromeda Spaceways Inflight Magazine*）、《百字小说》（*The Drabblecast*）和《伪足》（*Pseudopod*）。他出版过《深红协议》（*Crimson Pact*）系列暗黑奇幻选集。

所有的幻想都应该有坚实的现实基础。

——马克思·比尔博姆（Max Beerbohm）

外星人是科幻小说中最困难的主题。答案很简单，却相当耐人寻味——真正困难的不是了解外星人，而是了解自己。

——格雷格·贝尔（Greg Bear）

在过去的十年间，不同类型文学之间的界限在逐渐变得模糊。无论这件事是根源于实体书店的没落、文学界跨类型写作的兴起或是任何你能想到的原因（比如行星排列方式的变化），它都是一个毋庸置疑的事实。

现在，科幻小说、奇幻小说和恐怖小说变得越来越难以区别，以至于玛格丽特·阿特伍德（Margaret Atwood）坚持认为她的小说《使女的故事》（*The Handmaid's Tale*）应该被称为“幻想小说”，而不是被归为科幻小说一类。与之处境类似的还有《潘神的迷宫》（*Pan's Labyrinth*），它究竟是奇幻小说、恐怖小说、魔幻现实主义，还是别的什么类型？当硬科幻小说中曾经平面化的形象变得饱满和鲜明，当魔幻作品尝试采用新闻报道式语言，当恐怖小说在描写与僵尸的战斗之余，还能给出一个听上去合理的解释，当人们不得不发明出一个新的分类“黑魔幻”来描述《黑暗塔》（Dark Tower）系列和《伊麦吉卡》（*Imajica*）这样的作品，幻想小说的不同类型毫无疑问已经融合在了一起。

这种融合最大的好处是带给了读者一些他们从没读到过的东西。尽管作为作者的我们，依然只有两个（或者是七个，也许是三十六个）所谓“最基本”的情节设置，现在却可以通过将不同的想法结合在一起，在带给读者新的体验的同时，为每一个人物赋予灵魂。

对好的故事来说，拥有一个富有感情的灵魂是至关重要的。那些只凭一个有趣的主意就撑起一个故事的年代早已一去不复返了。现今的读者希望能通过作者的塑造了解丰满的人物，并跟随他们一起去经历。因此，无论是纯文学还是流行文学，塑造人物都是一个作者必须具备的能力，即使在故事中这个人物并不是一个“人”，而是一只有十二只脚的昆虫。

但是，幻想小说也绝对离不开好的**创意**，因为那才是这类作品得以流行的原因。我们需要的不是那种给旧的故事披上幻想外衣的模仿（比如拿激光枪的哈姆雷特），而是为故事量身定做、和小说类型高度契合的创意。

想出一个以前从没有人想到过的创意确实需要一些技巧。一开始我们可以在原有想法的基础之上，找到一个全新的构思，并基于这个构思动笔来写故事。在这个过程中，我通常会用第一稿来单纯描述剧情，从第二稿开始逐渐丰富人物的感情，并赋予整个故事以灵魂。

不断地重复这个练习过程，真正原创的想法，以及围绕它的整个构思就会逐渐清晰起来。这个方法在创作短篇小说的时候特别有效。在创作中篇或长篇作品时，则需要用同样的方法找到足以支撑起作品的足够多的想法。在这里，我要特别感谢把这套方法介绍给我的唐纳德·J. 宾格尔（Donald J. Bingle）和加里·A. 布劳恩贝克（Gary A. Braunbeck）。

练　习

1. 确定选题。有些时候，编辑会为作者安排好选题。但如果没有的话，我们就需要自己寻找一粒合适的种子。有些人会从随机出现的词中寻找灵感，比如访问 creativitygames. net/random-word-generator/randomwords。但对我而言，图片比文字更有效果。

在网上同样可以找到随机展示图片的网站，比如：

beesbuzz. biz/crap/flrig. cgi；

bighugelabs. com/random/php；

secure. flickr. com/explore/interesting/7days/.

我还喜欢从一大堆明信片中寻找灵感，并因此受益良多。比如来自安妮·泰恩托（Anne Taintor）的“我感到罪恶的临近”和来自阿兰·弗莱彻（Alan Fletcher）的“100 张另类明信片”。

最后有两个重要的建议：选择你看到的第一张图片，不要挑三拣四；避开“标签式”的图片——比如在构思科幻小说时选择星舰，或者在创作奇幻小说时挑中精灵，等等。

2. 从选中的图片中提取出一个元素。举例来说，如果我看到的是一张婚礼的照片，我可能会注意到新娘的面纱，并将它作为一个元素。

3. 重复上述的两个步骤，再找到第二个元素。假设我第二次看到了一张蝴蝶落在鲜花上的照片，我可以关注蝴蝶的翅膀。

4. 尝试将这两个元素联系在一起。如果这时候已经确定了作品的类型，就在这个类型的风格之下构思。

（1）专注于挑选出的两个元素：蝴蝶翅膀和面纱。

（2）得到一两个灵感：也许是某种设定，或者是一个场景。场景可能是一个戴着蝴蝶面纱的女人。设定也许是一个女人必须戴上面纱来挡住蝴蝶。（或者两者兼有。）

（3）如果有必要的话，将这个设定扭曲。（将戴面纱的女人换成男人。或者想象有两个同样性别的人，究竟该由谁来戴面纱？是否能以这个悬念为核心构思故事?）

（4）以这个设定或场景为基础，给自己提问题——为什么她（或者他）要在蝴蝶面前保护自己？这是真的蝴蝶，还是某种看起来像蝴蝶的东西？面纱是从哪里来的？为什么？

5. 最后一步的关键是，使这个想法从单薄的场景或设定中丰满起来：如何将它们和小说的人物和主要情节联系起来？它们是否会成为主要矛盾或者主要矛盾之一？或者是小说收官的必要因素？

举例来说，我们可以进行以下构思：人类在一个类地行星上建立了自己的殖民地。这颗行星上居住着一种外形像蝴蝶的生物。这些生物会被人类相爱时分泌的荷尔蒙所吸引，因为此时人类身上会散发出一种难以觉察的味道。蝴蝶们依赖某种物质来保护自己，但由于某些原因人类并没有注意到（又是一个发散点）。小说的主要矛盾可以是男女主人公在准备结婚的过程中，如何躲避蝴蝶的追杀……

到这里，你已经拥有了一个灵感，并根据这个灵感进行了部分构思。更重要的是，你找到了这部作品中的流行元素。但是，头脑中的灵感和构思是无法自己出版发行的。接下来我们要做的就是动笔把整个故事写出来。

选择合适的类型

朱尔·塞尔博（Jule Selbo）博士为故事长片、网络和有线电视、动画系列和日间剧集创作剧本。她也创作戏剧和漫画小说，写过两本关于剧本结构的书籍，以及关于类型电影和前法典时期美国电影的论文。她正在创作《类型电影》（*Film Genre*）一书。她还是《电影剧本创作》（*Journal of Screenwriting*）期刊的合作编辑和加利福尼亚州立大学富勒顿分校电影剧本创作艺术硕士专业主任。

正如大多数观众在电影院会根据影片的分类来进行选择一样，大多数读者也会按照分类来选择图书。这些分类代表着一部影片或一本小说应该带给观众或读者的体验。而一旦这些预期中的体验并没有被满足，人们就会感到失望甚至愤怒。而对于科幻、奇幻和恐怖这些类型文学而言，这种期待以及未被满足的情绪都会更加强烈。

究其原因，显然是因为这三类特殊类型文学的读者对自己选择的类型一般较为熟悉，而且对相应阅读体验的要求也更高。也正因为这个原因，“类型”（genre）这个原本只是用来表示简单分类的词汇，如今在叙事小说领域却承载了更多的内涵。

作为一名作者，我最开始创作的是舞台剧和短篇小说，随后开始为影视作品写作；我为好莱坞电影公司和电视台创作过许多不同叙事类型①的电影/电视剧本，其中包括为迪斯尼创作的奇幻类作品，为乔治·罗梅罗（George Romero）创作的恐怖和科幻类作品，为乔治·卢卡斯（George Lucas）创作的动作冒险类作品，为艾伦·斯班林（Aaron Spelling）创作的通俗剧作品，为喜剧网络（Comedy Network）创

① “叙事类型”或更具体的“电影类型”一词不应与有时候带有贬义的“类型电影”一词相混淆。

作的喜剧类作品，等等。

当我回头审视自己当初对各种类型的理解时，发现我所有的体会都只是从一名电影爱好者的角度出发的。和许多其他编剧一样，我对这些类型的认识过程是碎片化的，尽管这些碎片来自成千上万小时的观影体验。事实上，我在 2009 年对 100 位好莱坞编剧进行了一项调查，发现接近 85%的受访者认为他们对浪漫喜剧、恐怖电影或者科幻电影的认识更多地依赖于“感觉”，而从未真正花时间去探索一个特定类型的经典元素，或者去研究观众喜爱某一类型的原因。

当我作为一名教师讲授编剧的时候，特别是我看到有很多学员绞尽脑汁地让他们的故事更“带劲”、特点更鲜明的时候，我忽然认识到，其实我们对类型并没有形成一个严格的定义。无论是作者还是读者，大家的认识都是模糊且发散的。我开始思考是否有必要对类型进行更深刻的理解，并使这些理解像故事梗概和角色设定一样对作者的创作产生帮助。因此，在过去的几年间，我研究了每一个电影类型的构成、主题和结构（包括西部片、情感片、灾难片、战争片、友情片，等等），以及如何在创作中利用这些知识。

在这一过程中，我发现拥抱正确的类型和类型混搭，会使创作变得更加容易。所谓类型混搭[①]，是指一部作品通常并不只属于一个类型，而是多种类型的混合。对所有的文学作品、特别是幻想小说而言，选择正确的辅助类型尤为重要，往往能为作品带来极大的提升。但是，在创作的过程中，更重要的是选择并保持一个主导类型，让这个类型来指引和规范整个创作过程。下面，我们先来简要地介绍三类幻想小说的基本元素。

我们不妨先把科幻、奇幻和恐怖小说归为同一种类型——“异世”小说。和其他通俗文学相比——比如推理小说、言情小说和犯罪小说——“异世”类作品的主要共同之处在于它们都为读者创造了一

① 这一术语最早是由电影类型学者史蒂夫·尼尔（Steve Neale）提出的。

个不同于现实的虚拟世界，并通过这些虚拟世界来吸引读者。

科幻小说的特点在于拥有科学基础。作者可以从这些科学基础出发来发挥想象力，而读者也乐于看到作品和某些科学事实或理论的联系。（因此，了解一些科学研究将是大有助益的。）最早的一部科幻电影（同时也是最早的故事片之一）是1902年拍摄的由乔治·梅里爱（George Méliès）编剧并导演的《月球旅行记》（*A Trip to the Moon*）。这部影片的灵感来自儒勒·凡尔纳（Jules Verne）和H. G. 威尔斯（H. G. Wells）的相关小说。它讲述了一批科学家造了一艘火箭，飞到了月球上，并与当地生物进行了斗争。自此以后，科幻电影一直深受广大观众的喜爱。

《星球大战：新的希望》（*Star Wars*：*A New Hope*，1977）将星际探索和机器人技术带到了观众的面前。除了科幻这个主导类型之外，《星球大战：新的希望》还包含了以下多种辅助类型：

- 冒险（英雄主角克服重重障碍，战胜了反面人物，为某个集体甚至全人类实现某个既定目标）；
- 动作（影片有大量动作镜头）；
- 友情（卢克·天行者和汉·索洛之间的关心和信任）；
- 言情（卢克和汉都对莱亚公主产生了感情）；
- 成长（卢克自身的成长以及他对原力逐渐了解和信任的过程）。

上述这些辅助类型中，冒险是整个故事情节的主线，而其他类型则使人物和他们之间的关系更加鲜明饱满。

《美丽心灵的永恒阳光》（*Eternal Sunshine of the Spotless Mind*）这部影片围绕着记忆消除这个科学设想来设置剧情：一对恋人通过选择删除和对方有关的记忆，来避免分手带来的痛苦。影片的主要辅助类型是言情：男孩遇到女孩，并开始追求她，两人相爱后由于种种原因分手，随后男孩认识到女孩对他的重要性，并希望挽回爱情（无论是否成功）。在这部影片中，爱情作为中心线索推动了主要情节的发展。

奇幻类作品的作者通常用超自然的元素来创造他们想象中的世界，并以这些元素为基础构思故事和人物。在这类作品中，世界可以具有现实感，也可以非常梦幻，但必须是虚构的，就像《哈利·波特》（*Harry Potter*）和《魔戒》（*Lord of the Rings*）中的世界一样。

尽管作品中的世界可能具有超自然的元素，但作者必须要把所有的设定交代清楚，这包括整个社会的秩序以及人物的信仰。在没有社会预期、行为准则、力量范围等环境界限设定的情况下，作者很难构思出合理的剧情冲突。比如，哈利·波特与生俱来的魔法天赋使得他在现实世界中成了异类；魔法世界拥有自己的政治体系和派系斗争；预言指出哈利将最终战胜邪恶的伏地魔；魔杖和隐身斗篷具有某些设定好的力量，这些都属于对环境和世界的设定。

辅助类型在奇幻类作品中同样能使人物更加鲜明，剧情更加饱满。举例而言，在《绿野仙踪》（*The Wizard of Oz*）这部影片中，一个普通的农家女孩多萝西（Dorothy）来了神奇的奥兹国（这是典型的剧情片设定，即身份普通的主人公面临着超出我们日常生活经历的人物或挑战），并要完成一系列任务——首先是进入奥兹国，随后要找到坏女巫的扫帚（完成特定目标是冒险类影片的特征），最后这些经历使她认识到“没有什么地方像家一样”（这个认识标志着多萝西的成长，并使影片具有了成长题材的元素）。

《玩具总动员》（*Toy Story*）为观众展现了一个神奇的世界，在这里玩具们具有鲜活的生命和丰富的情感，而人类则成为影片中的环境因素。《玩具总动员》包括的辅助类型有：

- 喜剧；
- 友情（伍迪和巴茨光年从对手变成朋友）；
- 冒险（伍迪要在搬家结束前找回巴茨光年）；
- 动作。

（在《玩具总动员 2》中还出现了言情作为辅助类型。）

在以上这些例子中，奇幻作为主导类型设定了世界，而冒险作为辅助类型推动了故事的情节展开。

恐怖类作品的特征，是邪恶力量（事件或人物）入侵并导致世界的崩溃和秩序的沦丧。作为与科幻和奇幻类作品的重要区别，恐怖类作品在叙事的过程中，要求作者创造出一个空间或情景来展示邪恶力量的入侵，特别是入侵为故事中其他人物带来的痛苦。这种痛苦可能来自信仰的崩塌，也可能来自疯狂的暴力。

从观众的角度来讲，恐怖片可以细分为很多不同的子类，每一类，或者不同子类的组合，都会带来独特的体验——比如血腥恐怖片、心理恐怖片、科幻恐怖片、怪兽片，以及惊悚片。无论哪一个子类，作者都必须利用一些恐怖情景去刺激观众的想象力，并将这些恐怖情景发挥到极致（大量的鲜血或尸体、极度的恐惧、疯狂的幻觉，等等①）。恐怖片中的反面角色应该都是本我的：邪恶的人或集团要利用他们的力量为所欲为，而完全不会被自我（其他人会对这些行为怎么想）或超我（感情或道德感）所影响。（为了便于读者理解，我对弗洛伊德人格理论中三种"我"的定义做了简化。）

因此，无论反面角色究竟是一个怪物（比如吸血鬼、僵尸、狼人等等），还是一个人，或者是一个外星种族，他们都应该是毫无道德感、不讲道理、极度自我中心的坏蛋。这也是恐怖片和惊悚片（通常没有一个真实确定的反面角色）的一个重要区别。

恐怖小说和电影是非常受欢迎的。我比较欣赏那些能让人们对故事中的角色产生情感的作品。《魔鬼圣婴》（*Rosemary's Baby*）的小说和电影都是经典的恐怖作品。男主人公就是魔王自己，他利用崇拜者来寻找合适的人类女性，并利用她繁衍后代。这部作品的辅助类型包括：

- 剧情；

---

① See Linda Williams, "Film Bodies: Gender, Genre, and Excess," *Film Quarterly*, volume 44, no. 4 (Summer 1991): 2-13.

● 爱情悲剧（恋人们最终并没有走到一起，他们的生活和内心也都遭受了伤害）；

● 推理（一个谜团随着剧情的推动，在各种线索的指示下缓缓揭开）。

《活死人之夜》（*Night of the Living Dead*）的主要设定是僵尸要吃掉活着的人。这部影片一方面具有科幻主题（一颗陨落卫星所带来的辐射将死人变成了僵尸），另一方面也包含了大量动作元素。由于影片中没有涉及任何爱情和友情，它不会让观众产生情感上的共鸣，而只会感到极度的恐怖，因此它被归为血腥残暴一类。这一类的影片拥有众多的爱好者（尸体越多越好）。

将科幻、奇幻和恐怖三个类型结合在一起会是什么效果呢？你会将《异形 2》（*Aliens*）归为这个类别吗？《吸血鬼猎人林肯》（*Abraham Lincoln：Vampire Slayer*）？

综上所述，我们在创作一部叙事作品时，要确定一个主导类型和若干个辅助类型。每一个类型都会为情节和人物设定提供灵感。我们要针对每一个类型，理解读者的期待，了解他们在心理和感官上想要得到的刺激。我相信，只要我们能根据主导类型确定作品的基本要素和所要构建的世界的特征，并按照辅助类型构思故事情节和人物设定，我们的作品就一定可以引人入胜。

练　习

1. 明确无误地选择好你要创作的作品的主导类型。这将有助于故事的构思。作品的设定是基于科学（科幻）还是你的想象力（奇幻）？是否存在一股真实确定的邪恶力量（恐怖）？或者只是靠营造气氛来制造紧张情绪（惊悚）？

2. 在选定主导类型之后，尽量在故事一开始就明确地告诉读者："你选的没错，这就是一部科幻（或奇幻，或恐怖）作品。"这可以通过在开场设计一个场景或环境来实现。这个场景或环境的目的，首先是为了明确作品的类型，同时也可以让读者认识作品的主角，并开始关心他的遭遇。这个开场中当然也可以不出现主角。但在这种情况下，应该尽量简短一些。要知道读者可以非常迅速地理解作品中的相关环境设定，所以不要去挑战他们的耐心。

3. 列出可供候选的辅助类型。哪个或哪些类型可以为作品提供创意？哪些有助于使人物丰满？哪些能产生人物之间的冲突？选出那些能充实剧情的辅助类型。

4. 在主导类型的框架下安排故事——在故事的开始设置一个场景或环境，在尾声安排另一个场景。然后以主导类型为中心安排故事中辅助类型的场景和顺序。这样，读者就会得到他们所预期的体验。

如何创作恐怖类作品

格伦·M. 贝内斯特（Glenn M. Benest）是七部获奖电影作品的编剧/制片人。他在职业层次的写作工作室执教，该工作室的作品已经被拍摄成五部电影，包括《惊声尖叫》（*Scream*）和《黑洞表面》（*Event Horizon*）。

在创作了两部由韦斯·克雷文（Wes Craven）［《猛鬼街》（*A Nightmare on Elm Street*）等多部影片的编剧/导演］执导的恐怖电影之后，我掌握了一些恐怖类作品的写作经验。这些经验可以适用于恐怖小说或电影的创作。在这里，我将介绍这方面的一些心得。

首先，我们必须认识到，恐怖类作品的核心不是英雄，而是制造恐怖的角色或环境。无论是《闪灵》（*The Shining*）中的幽灵旅店，还是《大白鲨》（*Jaws*）中的巨型鲨鱼，这些使我们感到恐怖的事物才是恐怖片最重要的元素。

和其他类型的小说和电影不同，恐怖类作品的叙事中不一定需要角色的演进。所谓角色演进，是指人物在经历矛盾冲突之后变得更加坚强、更加勇敢，或者更加正直的过程。

对大多数类型而言，角色演进是作品的精髓，情节仅仅是造成演进的环境。因此，作者通常将注意力放在人物上面，并为人物的逐渐成长安排相应的故事情节。从这个角度看，情节应该是依附于人物的，而并不是人物依附于情节。这也是很多伟大作品的特点。

但是，在《驱魔人》（*The Exorcist*）、《凶兆》（*The Omen*）和《宠物坟场》（*Pet Sematary*）这类恐怖作品中，最需要展现的则是和邪恶力量的激烈对抗。至于故事中的人物性格，以及这些人物随着情节发展的成长都不是作品的焦点。

当然，这并不是说我们不需要刻画突出的人物，只不过在恐怖类作品的创作中有更关键的要素需要关心。作为作者，我们必须要牢记恐怖类作品的核心不是人物的成长，而是和邪恶力量的对抗。在很多情况下，故事中的英雄或者从一开始就非常勇敢，或者被迫直接面对邪恶的力量。

这样说的原因，是因为读者或观众花钱选择恐怖类作品的初衷，并不是体会人物细腻的感情——他们只是希望感受恐怖。这个道理听起来很简单，但我在编剧学习班上帮助其他作者创作恐怖类作品的时候，发现很多作者会忽视这条简单的规则。他们时常会在对话或叙述式的场景上花费大量的时间，在制造刺激的恐怖场景上却马虎了事。

对恐惧的渴望，是我们自儿童时期就具有的情感，而且一直持续到成年。作为成年人，我们非但没有理性地避开让我们觉得可怕的东西，相反还通过恐怖小说或电影去刻意地寻求刺激。为什么会这样?

因为恐怖小说或电影可以带我们回到少年的时光，并再次感受在漆黑的夜里和可怕的事物狭路相逢所带来的刺激，就像有些成年人依然喜欢在过山车上尖叫一样。这种刺激可以让我们重新体验人类最原初的恐惧——无论是床底下栖息的怪兽还是噩梦中紧追的邪灵。

因此，当读者或观众开始欣赏你的作品的时候，他们都对恐怖充满了期待。而一旦这种期待得不到满足，期望就会变成极度的失望。所以作为作者，一定要绞尽脑汁设计故事中的反派以及他生活的世界，并确保能在第一时间带领读者或观众进入你创造的这个充满危险生物、变态杀手，或者杀戮成性的外星人的世界。

在这个过程中，要尽力使你的反派特色鲜明，要让你的读者或观众找到足够的理由走进另一个关于吸血鬼、僵尸或者嗜血生物的故事。在这方面，影片《异形》(*Alien*) 为我们树立了一个非常好的榜样：创造了一个独一无二且令人印象深刻的怪物——它的血液具有强酸性，还能随着所处环境的不同而改变形态。我们怎么可能对抗这么恐怖的生物？而且，异形不属于我们的世界，它不会像我们一样思考，也不具有一丝的同情心和愧疚感。这些特征使异形变得格外恐怖。

总而言之，我们要始终不遗余力地在恐怖类作品中制造恐怖的场景，就像在浪漫爱情片中创作诙谐感人的场景，在青春喜剧片中创作无厘头的场景一样。这是恐怖类作品的核心价值，也是读者或观众所希望体验的，所以永远不要让他们失望。

用你的笔去创造一个世界和故事，在其中想尽办法带给我们所期望的恐怖。在这方面，我的经验是向大师们学习他们的技巧，从斯蒂芬·金（Stephen King），韦斯·克雷文和埃德加·爱伦·坡（Edgar Allan Poe）的作品中汲取营养。

练 习

1. 在确定了作品的反派角色之后，无论他或者它是什么，开动脑筋让这个反派具有特色。你可以创造一条亚马逊雨林中最大的蟒蛇，拥有致命的杀伤力，也可以创造一条能把船掀翻的大白鲨。总之，你笔下的这个反派应该是一个前所未有的怪物。

2. 从你以前创作的恐怖类作品中挑选一个场景，尝试让它更可怕。你可以通过交叉叙事使读者产生紧张和焦虑，也可以先让他们虚惊一场，比如先由一个戴着怪物面具四处吓人的无聊邻居引起一波惊吓，然后在人们抚着胸口喘气的时候让真正的恐怖事件发生。

3. 用不同的手法制造恐怖。你可以让人物在进入鬼屋以后遇到越来越离奇的事物，并缓慢地营造出恐怖的气氛，然后在所有人都没有预期的时候突然发生一件更可怕的事情——比如从角落里变出一把斧子砍掉了某个人的头。换句话说，试着用不同的节奏和方式为读者带来恐怖。

4. 尝试在你的作品中融入幽默元素。幽默在恐怖类作品中是非常受欢迎的，因为读者可以通过笑声来找到机会舒缓一下紧张的情绪，随后再被带入更强烈的恐怖之中。我们需要幽默在一连串的恐怖事件中制造出节奏。试着创造出有趣的瞬间、搞笑的人物或者令人尴尬的处境。它们可以让接下来的恐怖变得更加刺激。

1831 年版《弗兰肯斯坦》序言

玛丽·沃斯通格拉夫特·雪莱（Mary Wollstonecraft Shelley）（1797—1851）是英国小说家、戏剧家、散文家和传记作家，最著名的作品是哥特小说《弗兰肯斯坦》（*Frankenstein: or, The Modern Prometheus*）。她与诗人珀西·比希·雪莱（Percy Bysshe Shelley）结婚，在丈夫的鼓励下成为一名作家。

“开始写吧！”丛书的一大特色就是从成功作家的写作生涯中汲取经验和灵感。当我阅读玛丽·雪莱为 1831 年版《弗兰肯斯坦》撰写的序言时，惊讶地发现它让我想起了“开始写吧！”丛书中的练习。通过分享这部科幻经典由来的幕后故事，玛丽·雪莱送给未来的作家一件礼物。我憧憬着让许多已故作家成为本书的作者，现在我成功地包括了其中之一！毕竟，还有谁能比现代恐怖小说之母更适合作为本书的作者呢？

1816 年夏天，我们访问了瑞士，并成了拜伦（Byron）的邻居。起初，我们三人或在湖上荡舟，或在岸边漫步，大家玩得不亦乐乎。当时拜伦正在创作《恰尔得·哈罗尔德游记》（Childe Harold）的第三章，他是我们三人中唯一将思想付诸文字的人。他把所写的诗篇相继拿给我们看，我们发现，大凡诗歌中的火花灵光、韵律的和谐悦耳尽在他这些诗歌中了。他的诗篇似乎表明，天国与人间的荣光是非凡而神圣的，而我们和诗人都被这种荣光感化了。

可是，那年夏天雨水甚多，令人生厌；连绵的阴雨往往把我们困在家中达数日之久。我们手边有几本从德文译成法文的书，写的都是些鬼故事，其中一本是《负心郎的恋爱史》（*History of the Inconstant Lover*）。书中的那个男人曾向自己的新娘发誓诅咒永不变心，当他拥抱她时，发现自己搂着的却是一个面色惨白的女鬼——原来，一个曾遭他遗弃的女人此刻变成了女鬼。还有一本书，讲的是一个罪孽深重的家族缔造者，他的命运十分可悲——他的家族已注定会灭亡，他不得不在几个年幼的儿子长到充满希望的年龄时，将死亡之吻赐予他们。半夜时分，他那巨大的影子出现了。只见他全副武装，除面罩朝上掀开外，活像《哈姆雷特》（*Hamlet*）中的鬼影，在忽明忽暗的月光下，他沿昏暗的大街缓缓走着，最后消失在他宅院围墙下的阴影里；少顷，一扇大门洞开，随即传来脚步声，卧房的门开了。他走到孩子们的床前，见他们蜷着身子，睡得正甜。望着自己青春年少的孩子们，他不禁黯然神伤，脸上流露出无尽的悲哀。他弯下腰亲吻他们的额头，孩子们顿时像被摘下的花朵凋残消亡了。我后来再没看过这些故事，然而我对故事的情节却仍然记忆犹新，仿佛昨天刚刚读过一样。

“我们每个人都来写个鬼的故事。”拜伦说道。他的提议得到大家的一致赞同。我们共有四个人，这位赫赫有名的大作家写了一个故事，其中部分情节后来被他附印在他的长诗《默泽珀》（Mazeppa）的末尾。雪莱比较善于以鲜明生动、光彩照人的各种形象以及美化我们语言的最为和谐的诗歌来表达他的思想和情感，而不太善于构思故事的人物和情节。于是，他根据自己童年时的一段经历动笔写了一个故事。可怜的波利多里（Polidori）想出的故事很恐怖：一个骷髅头女人透过钥匙孔偷看——偷看什么我忘了，但肯定是什么粗俗低级的事情——可是当波利多里将骷髅头女人的下场写得比大名鼎鼎的考文垂的汤姆还要凄惨时，他一时不知如何写下去，便不得已将那女人打发到卡普莱特家的墓穴中去了——这是唯一适合她去的地方。两位蜚声文坛的诗人竟也感到写故事单调乏味，于是很快半途搁笔，不再去写那不合他们胃口的故事了。

我紧张地思索着，试图**想出一个故事**——这个故事必须与前人写的故事同样精彩，同样能激发我们去写新的故事；它必须迎合人本性中那份莫名其妙的恐惧心理，从而引起人们极度的恐惧感——这个故事要让读者吓得不敢左右旁顾，吓得他们心惊肉跳、面如土色。如果我的故事不能达到这些要求，那它就名不符实，不配叫鬼故事。我绞尽脑汁冥思苦想，可一无所获。众人心焦如焚，盼望故事的出现，可等来的只是“没有”这个索然无味的字眼。每当这时，我就感到自己才疏笔拙，无能之极——作家之不幸莫过于此了。**“你有没有把故事想出来?”**大家每日上午都这样问我，而我每次都不得不回答说没有。这真令人无地自容。

桑切曾经说过，万事皆有开头时；而事情的开头又必然与其前面的事情相联系。印度人曾给这个世界带来一头大象以助其一臂之力，可他们却让大象站在一只乌龟上。我们必须老老实实地承认，发明创造是在混乱无序中诞生的，而决不会在虚无空白中产生。发明者必须先具备各种物质材料，因为这些材料可以使模糊无形的东西固定成型；然而，仅有材料还不能发明任何东西。搞任何发明创造，包括那些想象中的发明创造，我们必须时刻牢记哥伦布和鸡蛋的故事。发明创造的先决条件在于一个人是否能把握某事物潜在的作用，能否形成并完善与该事物有关的设想。

拜伦和雪莱多次进行长谈，在他们交谈时，我只是一个虔诚的听众，几乎一言不发。有一次他们讨论了各种学说观点，其中一点便是生命起源的本质，以及能否发现这一本质以创造生命。他们讨论了达尔文博士的实验（我并不是说博士先生真的做了这些实验，我以前也没这样说过；我只是说，当时人们曾传说他做过这些实验，我这样说也许更能表达我的意思）。他将一段细面条放置于一个玻璃容器中，直至它以某种特殊方式开始做自发运动。然而，这样做并不能创造生命。也许一具尸体可以死而复生，流电学已显示出这类事情成功的可能性；也许一个生命体的各组成部分可以制造出来，再将它们组合在一起，赋予其生命，使之成为温暖之躯。

两人侃侃而谈，不知不觉夜已深了；等我们休息时已过半夜。我躺在床上无法入睡，也不能说我在思考，因为突如其来的想象力攫住了我，牵引着我，使我的脑海里涌现出一连串的形象，这些形象之鲜明生动，远非普通思维所及。我闭着眼睛，脑海里浮现出清晰醒豁的形象。我看到一个面色苍白、专攻邪术的学生跪在一具已组合好的人体旁边；看到一个极其丑陋可怕的幽灵般的男人四仰八叉地躺在地上。少顷，在某种强大的机械作用下，只见这具人体不自然地，无精打采地动了动。他活了。这情景一定会使人毛骨悚然，因为任何嘲弄造物主伟大的造物机制的企图，其结果都是十分可怕的。这一成功会使这位邪术专家胆寒，他惊恐万分，扔下自己亲手制作的丑八怪，撒腿逃跑。他希望自己亲手注入那丑八怪体内的一丝生机会因其遭到遗弃而灭绝，尚处于半死不活的丑八怪便会因此而一命呜呼。这样一来，他便可以高枕无忧了。虽然他曾把这具丑恶的躯体视为生命的摇篮，然而他相信，坟墓中死一般的沉寂将永远为它短暂的生命画上句号。他睡着了，却又从梦中惊醒。他睁开双眼，发现那可怕的东西就站在自己床前，只见他掀开床帘，睁着水汪汪的黄眼睛好奇地注视着他。

我吓得睁开双眼，刚才的情景占据了我整个头脑，一阵强烈的恐惧感不禁油然而生。我真希望眼前的现实能驱走我想象中的怪物。我能看见眼前的一切：这房间，这深色的橡木地板，那关闭的百叶窗，以及透过窗户缝隙投射进来的月光；我也分明知道不远处就是明镜般的大湖和白雪皑皑、高耸入云的阿尔卑斯山，然而，我却很难摆脱眼前这个可怕的幻影；它仍然死死地缠着我，驱之不去。我得想点什么别的才行，于是我又想起了自己要写的鬼故事——这讨厌的鬼故事真不走运！唉！要是我能写出让读者像我这天晚上一样害怕的故事那该多好！

突然，一个令人振奋的念头如闪电般从我脑际掠过。“有了！它既然能吓着我，就能吓着别人，只要能把半夜纠缠我的暗鬼写出来不就成了。”次日一早，我便对众人宣布说，我已经**想出了一个故事**。

我当天便动笔写起来，开头一句是**“那是11月一个阴沉的夜晚”**。我所写的只是我想象中那些可憎可怖的情景。

起初，我只写了几页，不过是个小故事而已，可雪莱硬要我开拓思路，加大篇幅。当然，我丈夫并未就故事中的任何情节提出什么建议，也很少谈他自己的感想和见解，但是，如果没有他当时的鼓励，我的故事绝无可能以书的形式奉献给世人。我这么说并不包括小说的原序，根据我的回忆，该序完全为他一个人所作。

现在，我就再次让我这丑陋可怕的孩子走到读者中去，愿它一帆风顺，万事如意。我非常爱它，因为它降生在幸福快乐的日子里；那时，死亡和悲哀只是虚幻之词，并未在我心中引起任何真正的共鸣。此书以数页篇幅记录了我们多次散步、驾车和促膝谈心的情景。那时的我有丈夫陪伴，并不孤独，可在这个世界上，我已永远不能与他相见了。当然，这只是我个人的心情，与读者无涉。

练　习

让玛丽·雪莱带给你灵感：

1. 和一个作家成为朋友。他最好具有不同的写作风格，或是活跃在不同类型的媒体，这样你们之间才能相互鼓励而不是相互竞争。

2. 阅读某一类型的作品以获得灵感。

3. 从科技新闻中寻找另外的灵感——看看有哪些科技发展能激发你的想象力，去创作一个恐怖、奇幻或科幻故事。

4. 和你的朋友一起玩一个挑战游戏，从读书获得的想法和从科技新闻中得到的灵感中二选一，每个人单独创作一部作品，并各自独立地加入自己想象的画面或情节。

5. 这个挑战可以持续一段时间，让大家的想象力驰骋。然后再坐在一起分享各自的故事。

童话的艺术

凯特·伯恩海姆（Kate Bernheimer）著有五部小说，包括选集《骏马，鲜花，飞鸟》（*Horse，Flower，Bird*）（Coffee House Press，2010）和《不让女儿读童话故事的母亲》（*How a Mother Weaned Her Girl from Fairy Tales*）（Coffee House Press，2014）。她编辑过四部选集，包括获得世界奇幻奖的《我的母亲杀了我，我的父亲吃了我：四十个新童话》（*My Mother She Killed Me，My Father He Ate Me：Forty New Fairy Tales*）（Penguin，2010）和《xo 俄耳甫斯：五十个新神话》（*xo Orpheus：Fifty New Myths*）（Penguin，2013）。

我写的第一个故事是一个童话，并把它连载在我和童年好友共同创办的一份报纸上。我们一起在学校里把报纸印出来，再分发给我们的家人，而他们还要因此支付一些名义上的订阅费。为了给这份报纸起名，我们曾经举行了一个非常奇怪的仪式。那是一个非常安静的夜晚，我们两个人在其中一家的后院里，小声重复着我们名字的首字母缩写：K，B，K，B，K，B…D，S，D，S，D，S，D，S…通过这样的方式，我们各自得到了一个笔名，我是库伯（Kubbe），她是天神（Deus）——我觉得她的名字显然比我的好——而我们的报纸就叫《库伯与天神》（*Kubbedeus*）。

在天神的阁楼上，我们一起做了很多纸人。它们都是孤儿，住在一个从别的国家通过航空邮件寄来的卡片盒里。盒子上盖的邮戳都是我们看不懂的外国字。这些纸人大多戴着眼罩，因为在我们的想象中，它们曾经经历过非常可怕的事。我们还用铅笔在它们的背后写着："没有妈妈和爸爸，兄弟姐妹们也都不在了。"

我和天神都喜欢看书。我们特别喜欢安德鲁·朗（Andrew Lang）、琼·艾肯（Joan Aiken）、毕翠克丝·波特（Beatrix Potter）等人的作品。在《库伯与天神》上，我们挑自己最喜欢的书发表了很多读后感。天神还慷慨激昂地撰写了一些关于我们为什么需要一位女总统的社论。而我，则一直坚持写童话，写完一个再接着写下一个。我从读过或听过的故事中借鉴人物，完全没有使人物饱满的概念，故事情节也完全不合常理，而且，所有的故事都有一个完美的大团圆结局。

在 18 岁左右，我开始试着向杂志和文学刊物投稿，也得到了一些措辞委婉的和不那么委婉的拒稿通知。一个编辑评价我的故事“没有逻辑”。另一个编辑说我笔下的人物“是扁平的”；有人说故事的大团圆结局过于**“欢乐”**，看起来很不现实，如果我愿意修改结局，他也许会重新考虑；也有人认为我的故事“想象力太发散——**不存在一种叫‘粉红猩猩’且还能发光的饮料**”；还有人评价我的故事都太缺乏润色，要写得“更加充实”；另外，人物内心的动机呢？他们想要什么？一个女孩不能只是单纯地对抗坏东西或是离开一个可怕的小城，在她内心深处，要挖掘更深层次的心理动机；等等，等等。

除此之外，我还被告知我的故事“没有文学性”。于是我很悲哀地发现，原来童话会把我们引入偏离“文学”的歪路。

多年以来，我持续地收到这样的答复：“这是我读过的最美妙的稿件之一，但它并不是一个故事。”久而久之，我渐渐放弃了自童年以来对童话故事的挚爱，而自己甚至都没有察觉到。与此同时，我同样失去了对阅读和写作的兴趣。不知为何，我开始觉得也许自己并不擅长阅读和写作。这种感觉非常让人沮丧，因为书籍曾经陪伴我度过了很多困难的时刻。

这种状态一直持续了好多年，直到有一天，我在图书馆里无意中走到了一个摆满童话文学研究专著的书架前。这些专著从各种不同的角度研究童话：马克思主义、女性主义、弗洛伊德理论、形式主义，等等。当我翻阅它们的时候，我感到了一种难以形容的喜悦，一种久违的真实感。

我认识到曾经收到的每一条苛刻的批评意见说的都是事实，只是我一直忽略了一点，那就是这些编辑指出的各种不足之处，其实都是我值得珍视的独特之处。我需要的是学习如何控制，而不是放弃它们。换言之，我需要找到童话创作的规律，然后便可以在这片广阔且超自然的天地内肆意发挥我的天赋。

接下来，我要分享一些童话创作的技巧。这些技巧是我经过很长时间的磨炼才最终领悟到的，写在这里希望能对其他作者有所帮助。

逻辑要简单。童话世界并不需要遵守书本以外现实世界的规律，但它也是有规律的，而且这些规律并不需要用大段的文字去解释。水壶该响的时候就会响；孩子们面临危险的时候自然会找到逃脱的办法；小姑娘一定会比女巫更聪明；如果你的手被砍下来，自然会得到一双银手，而且这双银手以后一定会对你有用*。在我早期的小说中，书中的人物经常要对其他角色解释事情为什么会这样。后来，我把这些内容全部删掉了（尽量不要用“因为”，“所以”这样的连词），自此再没有人向我抱怨过我的故事不合逻辑。

人物要扁平化。在很多经典的童话故事中，人物在心理层面上都不太深刻。比如白雪公主，她被自己的家人（姐姐或者母亲）嫉妒并追杀，但内心并没有因此受到折磨。她对自己的遭遇只有一些符合逻辑的反应（恐惧、悲伤，等等），但从来没有深入内心。当然，在小说中挖掘人物内心的深度并没有错，我自己就喜欢一些这样的作品，但是，扁平化的人物处理可以为读者留下更多想象的空间，并使童话作品特点更鲜明，更具独特性。

要有美好的结局。大团圆结局一直以来是被误解和低估的。在很多经典童话中，尽管会发生可怕的事情，但故事的开头和结局都是美好的。而且，在这个充满无意义的暴力、贫穷和悲伤的世界中，用美好的故事带来一些安慰有什么不好吗？J. R. R. 托尔金（J. R. R. Tolkien）曾经将大团圆结局列为文学创作的重要技巧之一。他说：“超越

---

* 该情节来自《没有手的姑娘》，收录于《格林童话》。——译者注。本书标注星号（*）的均为译者注，不再一一说明。

现实世界的美好，会像痛苦一样让人心酸。”如果我想用画面来结束一个关于死亡的故事，画面中有一匹白马在沙滩上奔跑，身着盛装的男人和女人在海水中徘徊畅饮，一个漂亮的小姑娘在月光下数着硬币，只要我能将这一切用充满诗意的语言描绘出来，那就没有问题。[这就是我前面提到的由于大团圆结局而被拒绝，并要求我修改结局的故事。那一年我 24 岁，来自《纽约客》(*The New Yorker*) 的拒稿通知写了满满一张纸，而且是手写的。那个故事也许算不上很好，但我至今不觉得全是大团圆结局的原因。]

总而言之，童话是一个讲故事的世界，是让我们的想象力飞翔的地方。

练　习

找一篇篇幅较短，而且比较古老的童话或者神话，看看里面是否有简单的逻辑、扁平化的人物和大团圆结局。

然后看看你自己创作的新作品，寻找其中是否存在过度解释的文字、深层次的人物心理刻画，以及悲剧结局。删掉解释逻辑的部分，去掉人物的深度，但是依然保留悲剧结局不变。然后在结局之后，不用做任何过渡，直接加上一个神话般美好的场景——如托尔金所说，超越现实世界的美好——来表现你特有的艺术风格。

科学性

文森特·M. 威尔士（Vincent M. Wales）是获奖青少年奇幻小说《愿你在此》（*Wish You Were Here*）和《上帝庇佑的国度》（*One Nation Under God*）（均由 DGC Press 出版）的作者。不写作时，他致力于志愿服务，一直是自由思想、非传统生活方式和精神健康问题方面的活动家。他现居加州的萨克拉门托，享受充满乐趣的生活。

对一部小说或一个作者而言，最重要的因素之一是故事的科学性。要做到这一点其实并不困难，但一旦有所疏忽，也很容易犯下致命的错误。有时候一个不准确的表述就会完全破坏一部作品的科学性。要知道，无论这些知识涉及的领域有多么冷僻，一定会有人发现你的错误，并会毫不犹豫地广而告之。

比如，在《泰坦尼克号》（*Titanic*）公映之后，著名的天体物理学家尼尔·德格拉斯·泰森（Neil deGrasse Tyson）就打电话给导演詹姆斯·卡梅伦（James Cameron），指出了影片中一个令他和其他天文学爱好者难以忍受的错误：沉船之后罗丝仰望的那片星空，根本就不应该出现在那个时间和地点。后来，卡梅伦在制作这部影片的 3D 版本时，纠正了这个错误。

幻想小说的作者经常会遇到涉及科学的内容。由于大多数作者并没有科技相关的背景，因此就很容易在这些地方犯错误。我们能做的只有尽量让这些内容看起来过得去，期望能说服脑子里充满问号的读者。有时候我们会成功，但有时候不会。

我第一次看《侏罗纪公园 1》（*Jurassic Park I*）的时候发现了一个错误，而这个错误完全破坏了我的观影体验。在影片中，阿兰·格兰特博士（Dr. Alan Grant）笃定地认为霸王龙只能看到移动的物体，也就是说，如果他保持静止，就不会被霸王龙发现。格兰特博士也许是最棒的古生物学家，但这种知识无论是他还是其他任何人，都不可能从化石中看出来。更有甚者，这个所谓的“事实”还是影片的一个关键之处，格兰特博士和莱克斯·墨菲（Lex Murphy）正是凭借它成功躲开了霸王龙的追击。

当我在创作第一部小说《愿你在此》的时候，我第一次认识到这类科学性错误可能带来的严重后果。那时候，有一个艺术家朋友帮我设计封面，他也会阅读书稿。他发现我在某一章描述了一个非常不现实的野外烧烤兔子的场景。这个艺术家朋友不得不通过电子邮件，向我详细科普了一下正确的流程是什么样的。从那时候开始，我就对这类错误格外小心。

我的第二部小说《上帝庇佑的国度》是一部反乌托邦作品。由于故事中的日期将起到重要作用，因此当写到 2026 年 5 月 1 日是个满月之夜的时候，我特意核实了那天究竟是不是满月。我始终提醒着自己：你永远想不到尼尔·德格拉斯·泰森的床头柜上放的是哪本书。

练　习

为了培养良好的检查习惯，我建议先从别人的作品开始，因为每个人都会宽恕自己的疏忽，但不会轻易放过别人的错误。因此，从书架上随便拿下一本别人写的书，翻到任意一章，仔细阅读每一个段落，并记下所有在现实世界和书中都有意义的陈述，然后逐一检查。

比如，一个奇幻小说中的英雄骑马在 4 个小时内奔驰了 60 英里。可能吗？一个生活在 1850 年的农场主用带刺的铁丝网装备篱笆。可能吗？一名警察开枪射中了一辆飞驰的汽车的轮胎，把车逼停了。可能吗？他有权这样做吗？

总而言之，不要在思考之前做任何断言，因为你的读者们不会这么做。

子分类对英雄创作的影响

丽莎·蕾妮·琼斯（Lisa Renée Jones）是获奖作家，2003 年她卖掉了在几个州经营的职业中介机构，从那以后出版了 30 部跨越多种类型的长篇和中篇小说，包括她的“小丑的火焰”（Harlequin Blaze）三部曲和“佐迪奥斯”（Zodius）系列科幻小说（由 Sourcebooks 出版）。

身为作者，我们最重要的任务之一是创造一个英雄。这个虚构的人物不仅要“看起来”像个英雄，行动做派都必须配得上英雄的称号。他的所作所为要能让读者将他看作一个称职的英雄。因此，作者必须通过对内部和外部情节的安排，使读者能将人物和英雄二字紧密地联系在一起。而作品所属的子分类，将对如何建立这种联系产生至关重要的影响。

超级英雄和故事中的常见冲突：这一类英雄通常要拯救世界于水火之中，因此要以救世主的面貌出现在读者面前。他不仅能够百步穿杨，而且能明辨是非。无论一开始的状态如何，最终他一定会卓尔不群，而这个成长的过程就是角色塑造的关键所在。

在这类超自然的故事中，可以存在很多外部冲突。故事中的妖魔鬼怪或者邪恶势力会处心积虑地破坏整个世界。正面人物要在一定时间内打败坏人，并破坏他们的邪恶计划。另一类常见套路是女主人公被坏人抓走或是被追杀，而我们的英雄自然要去救美。

在“拯救世界”和“英雄救美”的征途上，势必会出现很多战斗、追逐和搜索。主人公会在其中迷惑，也会在其中成长。但是，主人公之所以能被称为英雄，绝不仅仅是因为他强悍的武力、健美的身躯或哄女人的技巧。在众多外部冲突的背景之下，我们不能忽略内部的感情冲突。他是谁？他拥有什么样的童年经历？他想成为什么样的人？这些情感因素会如何影响他的一言一行和喜怒哀乐？在言情故事中，这些因素将如何使男女主人公陷入爱河，并越陷越深？

举例而言，如果英雄忽然变成了一个吸血鬼，他会产生吸血的欲望，而且必须通过某种方式得到满足。这个设定将如何改变他的心态？如果没有改变的话，又是为什么？这将如何影响他对别人的信任和爱情？又将如何影响他对生活的选择？他对血有没有不好的印象？他是否在一场可怕的事故中痛失心爱的人，而血会勾起他痛苦的回忆？作为英雄，他应该和普通人一样也会有心理上的负担。决定我们是什么人的不是我们的心结，而是我们处理这些心结的方式。

不要让虚构世界中的设定和冲突冲淡你对人物情感的挖掘。无论是言情还是恐怖小说，始终将注意力放在人物内心的动机上。如果你塑造的人物拥有清晰的动机，使读者能够了解他的心路和成长历程，那么读者甚至可以容忍他做出不那么“英雄”的事情。

在言情小说中，要在外部冲突以外着力刻画男女主人公的内部冲突，尤其是那些使他们分分合合的冲突。只有内外相互配合，才会使剧情更加丰满。

在处理内部和外部冲突的关系时要记住一点：外部冲突是内部冲突的推动力。

平民英雄和故事中的常见冲突：在这类故事中，主人公大多是一名士兵或警察，或是从事其他比较特殊的职业。这样的设定可以使他同样拥有超出普通人的能力，从而在某个范围内拯救世界。他的职业提供了成为英雄的舞台，但并不意味着他会自动成为英雄。毕竟，并不是每一个法官、医生或警察都能够充满荣誉感和自豪感。

在故事中，也许你创造的英雄会追捕坏人，也许他和他的伴侣会遭人追杀。随之而来的奔波、战斗、寻找，会成为故事的主要矛盾。但是，始终要记住一点：外部冲突要推动内部冲突的发展。

英雄的所作所为有什么情感因素？在情节发展的过程中，他的内心发生了什么改变？他的选择将如何改变他的感情状态和故事的走向？他是主动成为一名英雄，还是情非得已的？为什么？他内心是否燃烧着复仇的火焰？仇恨是否会慢慢吞噬他的内心？

现实生活中的英雄和故事中的常见冲突：在现实主义作品中，虽然没有怪兽、吸血鬼、枪战、杀手和其他我们避之唯恐不及的邪恶事物，但生活中的苦难同样会深深地伤害和影响我们。对失去工作、失去梦想、失去亲人和失去自信的恐惧同样会使我们内心战栗。

这些真实的故事会真实地发生在我们身边。它们由内部冲突驱动。这也要求作者必须找到创新的方式来抓住读者的心。读者们希望通过读书来暂时摆脱现实生活的苦恼。所以作者要通过现实生活中不那么令人生厌的事件，将感情带给读者。我们要努力使平凡的场景充满感情。为了达到这个要求，我们首先要使主人公形象鲜明，成为活生生的人。

要做到这一点，你需要为主人公创造一个他可以变成英雄的平台，而且这个平台不能太做作。如果是一部言情小说，主人公要找到获得女主角芳心的办法。如果是其他类型的故事，主人公就要在不知不觉中成长为英雄。而如果你不把整个故事交代清楚，不去挖掘隐藏在种种琐事背后的深层次内容，你的读者就会备受折磨。比如，有某个矛盾明明通过人物之间简单的交流就能解决，你却固执地让他们相互隐瞒，读者心里想的，只能是把书一摔，然后破口大骂："你倒是说话啊！"

在这一类故事中，另一个要避免的情况是，使他成为英雄的一切条件都是他与生俱来的。要在读者心目中树立起一个真正的英雄形象，他必须在故事中找到建立威望的机会。

练　习

现在我们开始分析具体的故事：

1. 构思一个故事大纲，包括开头、中间和结局。每一部分都要包括人物的感情演化轨迹。在这个大纲中，故事梗概不是重点，重要的是情节将如何影响主要人物的感觉和情绪。

要做到这一点，你并不需要安排好故事中的所有细节，但心中要有一条从开始到过程再到结局的情感线索。在情节发展的过程中，你要始终注意人物内心的成长和演化。

2. 人物大纲。英雄是什么样的人？女主人公是什么样的人？为什么男女主人公是一对？女主人公的存在，能否帮助英雄成长？或者英雄能否帮助女主人公成长？在现代情感作品中，男主人公经常会帮助女主人公，使她变得更好。在这种情况下，男主人公就是女主人公的英雄。了解你笔下的人物，能让你更清晰地把握他们对外部冲突的反应。

下面是一个人物大纲的示例。

人物资料表：

- 基本信息：姓名、头发颜色、眼睛颜色、年龄。
- 兄弟姐妹：年龄、姓名、和人物的关系。
- 父母：他们是什么样的人？从事什么职业？他们在英雄心中曾经的地位如何？现在呢？是否有什么经历会影响英雄的一生？他们还健在吗？有钱吗？是否有酗酒的情况？英雄的父亲是否曾经是一个非常有名的运动员？这是否给英雄带来了巨大的压力或是自卑感？是否会影响他和兄弟姐妹的关系？
- 家庭生活：成长过程是否会影响英雄的一生？
- 个人喜好：食物、运动、衣服等非常个性化的东西。英雄是不是一个古董车迷、历史迷、动漫迷，等等？比如，我在《斯特林风暴》（*The Storm That is Sterling*）中创造的英雄就喜欢澎泉饮料（Dr. Pepper）和M&M's巧克力。
- 使英雄的内心饱受折磨的事。
- 恋爱经历：恋情因为什么、以什么样的方式结束？对英雄的生活造成了什么影响？

● 工作：以前做什么？现在做什么？他的职业发展如何？

● 教育：他上过大学吗？他是否因为经济因素而丧失了读书的机会？或者是因为要照顾生病的家人？

● 生活中有没有悲剧性的事件？即使没有也没关系。一个人的经历无论是快乐还是悲伤，都会对他的行为产生影响。

上面只是列出了一些基本内容。我在写作的时候通常会灵活掌握，做一些修改和增减。我也会把这些资料保存起来，为以后的故事提供参考，以免同一个人物出现前后矛盾的地方。我还会为女主人公和其他配角人物准备同样的提纲，以保证他们在出场的时候同样是丰满的。无论是主角还是配角，你都不希望他们的性格过于简单，所以可以时不时地加入一些变化。

我真诚地希望这些经验能对大家有所帮助。

“俺不会介样儿”

皮尔斯·安东尼（Piers Anthony）长期致力于幻想小说创作，他获得了创意写作硕士学位，1962 年，在经过 8 年努力之后卖出了第一个故事，之后出版了 150 多本书，其中 21 本是《纽约时报》（*New York Times*）畅销平装书。他现在跟结婚 55 年的妻子卡罗尔一起居住在佛罗里达边远地区的林场。

在我的定义中，科幻小说是关于可能性的文学类型。你提出了一个可能与科学事实不符的假设，然后以它为基础讲述了一个故事。在这个过程中，你将面临来自读者的质疑。因此，科幻小说具有真正的幻想小说的特征。在过去接近半个世纪的时间里，我写下了很多这样的故事。

对于奇幻小说，我认为它是关于不可能的文本。奇幻文学中的每一个设定都是不科学、甚至违背基本常识的。这些假设以前不是、现在不是、以后也绝无可能成为现实，但你依然以它们为基础进行创作。也许正因为完全不具有科学基础，奇幻小说可以使我们最彻底地脱离真实的世界。我同样创作了很多奇幻故事，并因此被读者喜欢。

我最出名的奇幻作品是“赞斯”（Xanth）系列。这系列作品非常脱离现实，以至于几乎找不到任何寻常的小说创作手法。在通常情况下，小说家们会将一个普通人物置于特殊的境遇之中，或是将一个特殊人物置于普通的场景之中。但是，我却喜欢为极其特殊的人物设置难以置信的情节，从而创造出大量荒唐可笑的场景，为此不惜抛弃寻常的写作规律。比如《夜牝》（*Night Mare*）中的主人公是一匹名叫雨海（Mare Imbrium）的母马。她的名字来自月球上一片巨大的月海。这匹神奇的生物会将噩梦带给人类。当她想要说话的时候，头上会出现一个女人的形象，并会用人类的语言说出她的想法。有一次，一个坏人抓住了雨海，并给她戴上了嚼子。这时，为她说话的小人儿也被塞住了口。你觉得读者会对这些设定表示抗议吗？并不会。相反，大批的读者来信会像雪片一样飞来，提出更奇妙更新鲜的点子。因此，当我被问起创意从何而来的时候，我会说来自亲爱的读者。

说到可以分享和传授的创作经验，我认为最重要的一点，是让你的故事读起来真实可信。你也许觉得这完全是天方夜谭，或者根本不屑于这么去做。但如果你试着去做并且成功了，那就会得到一大批不仅能被你说服，而且愿意主动放弃质疑的忠实读者。如果你抓住了读者的心，换来的将是更加自由的创作空间。说到这里，我是否抓住了你们的心呢？接下来让我们进入正题。

要做到这一点，首先要保持系列作品的一致性，使它们成为一个整体。虽然有句名言说“愚蠢的附和乃庸人之心魔”*，但我一直觉得这句话更像是出自一名校对编辑之口。在创作时保持适当的一致性是必要的。另外，要注意在奇幻作品中刻画人性的细节。比如，巨怪可以有脚疼的毛病，会喷火的巨龙有一只经常发痒的翅膀。这些细节会让你幻想的角色变得人性化。因为它们会勾起读者的回忆，想起曾经遇到过经常踩别人脚的笨拙的舞伴，以及在狭窄的飞机座椅上后背发痒却挠不到，只能在别人的注视下扭来扭去地蹭。于是，读者在认同角色人性化细节的同时，也会更加了解和认同他们有别于常人的奇异之处。

此外，区分度也是非常重要的。你故事中的主要人物不能只是其他小说的简单复制。也就是说，除了强壮、帅气、漂亮、聪明、有天赋，以及内心容易受伤之外，你的角色还需要有独特之处。这个独特之处既要能使人物脱颖而出，和其他小说人物有所区别，又不能明显

---

* 出自拉尔夫·沃尔多·爱默生（Ralph Waldo Emerson）的著名作品《自立》（*Self-Reliance*）。

降低人物的魅力。要做到这一点并不容易，需要作者悉心的处理。

作为例子，在我近期的一部“赞斯”系列小说《不怎么样》（*Knot Gneiss*）中，女主人公温达·伍德沃夫（Wenda Woodwife）讲话带有山区的口音，类似于：“俺不会介样儿对你的。”因此，在赞斯你马上就能知道她来自哪里。本来，她是个普通得不能再普通的奇幻故事中的公主，对小孩子充满爱心，但是她的口音使她变得非常特别。你能想象她在和王子的婚礼上说出：“俺乐意”吗？凭借着她的口音，温达在故事中就能始终保持鲜明的形象。

练　习

为你的主要人物寻找细微但鲜明的特征，使他们能显著地区别于以往作品的人物，或同一部作品中的其他人物。你可以把所有想到的主意收集起来，以备日后需要使用。因为好的灵感通常不会在你需要的时候出现，而是会在你工作时、娱乐时、吃饭时、约会时，或者读书时随机地闪现。这时候，我会先用笔把这些想法潦草地记录下来，然后再整理到电脑里，存在一个巨大的“点子库”文件中。

2 创意和灵感

我一生中从来没有过文思枯竭的时候，我总是让自己处于爆发的边缘。每天早晨醒来，想说的话就像跳豆一样在我脑中蹦蹦跳跳。我会赶紧起床，在它们逃走之前把它们写下来。

——雷·布拉德伯里（Ray Bradbury）

神秘的房间

艾梅·本德（Aimee Bender）是四本书的作者，包括《裙子着火的女孩》（*The Girl in the Flammable Skirt*）和《柠檬蛋糕的特别忧伤》（*The Particular Sadness of Lemon Cake*）（均由 Knopf Doubleday 出版集团出版）。她的短篇小说发表在《格兰塔》（*Granta*）、《巴黎评论》（*The Paris Review*）、《哈泼斯》（*Harper's*）、《麦克斯威尼》（*McSweeney's*）等刊物上，被翻译成 16 种语言。她住在洛杉矶，在 USC 教授创意写作。

这个写作练习游戏是我在讲授安吉拉·卡特（Angela Carter）的佳作《血屋》（*The Bloody Chamber*）时想到的。这部作品的语言令人回味悠长，阅读的感觉就像在风雨交加的日子，泡在温泉中享受甜软的蛋糕。另外，作品中还有一些黑暗的元素，更增加了它的深度。

这个练习最好能有四个或更多的人参加。单独一个人也可以完成，但我发现从其他人那里获得信息更能激发作者的灵感。下面，我先介绍多人的玩法，再介绍单人的版本。

我除了在课上带领大家做这个练习之外，自己也会积极参与其中。谁知道下一部作品的灵感会在哪里诞生呢？我们能做的只有不停地寻找，而这些寻找会带给我们收获。如果我们单纯地执着于挖掘创意，得到的只能是令人窒息的压力。而只有当我们踏入意料之外的领域时，自由和发现才能如期而至。接下来的练习，就将带我们进入未知的天地。

练　习

练习需要：四个参与者、纸、计时器。

四个参与者每人准备三张小纸条。

在第一张纸条上，写下一幢建筑物的某一个房间（厨房、洗衣房，等等）。建筑物可以是一幢别墅，也可以是一栋非常普通的居民楼。

将纸条折起来，在外面写上 1 号。

在第二张纸条上，写下一种比较昂贵的材料。可以是织物、宝石、某种玻璃、闪亮的金属，或是其他奢华的东西。

将这张纸条也折起来，并写上 2 号。

在第三张纸条上，写下一种有生命的东西，某种会随着时间改变或消亡的东西。它可以是活的也可以是死的。

把这张纸条也折起来，写上 3 号。

接下来，将四个人的纸条混合，然后随机抽取，保证每个人分到三张标号分别为 1、2、3 号的纸条。先不要打开。

我相信突然接受的信息会带给人最大的灵感。因此这里虽然看起来有点形式化，但会产生好的效果。

将计时器设定到 10 分钟。作为一名非常优秀且富有创意的作家，琳达·巴里（Lynda Barry）非常钟爱使用计时器，在这个练习里我们不妨借用她的经验。计时器的使用还会带来适当的压力，也会帮助灵感的产生。

打开 1 号和 2 号纸条。

想象一个 1 号纸条上指定的房间，它几乎完全由 2 号纸条上写的材料建成。

很奇怪吧！现在请你开始描述。为什么会有这样一个房间？它看起来是什么样的？建筑师是如何用这么奇怪的材料盖起来这个房间的？为什么要这么做？房间中其他的东西会有什么变化？（想象一个红宝石的下水管道，该怎么使用？）

计时器响了，10 分钟到。现在打开 3 号纸条，想象有那样一个东西出现在房间的一角，也许已经开始腐烂了。谁也不知道这个东西为什么会出现在房间里。

重新设定计时器到 10 分钟，开始围绕这个东西构思。它为什么会出现在这里？是有人把它放在那里的吗？或者它一开始就在？尝试引入一些黑暗的元素。

写完之后，大家阅读并分享。

在只有一个人的时候，可以尝试几种不同的方法。你可以分三类写下很多纸条，然后从里面随机抽取，不同的组合同样会给你惊喜。你也可以从网上搜索一些平常不会用到的词汇，来帮助你摆脱日常思维的桎梏。这些新词会比熟悉的词汇更具新鲜感——它会帮助你释放想象力，并带来新的感觉和创意。

你还可以请朋友写下五种材料、五个房间和五个有生命的物体，封好带回家，然后重复五次上述练习。

扭曲的梦境和自动书写

金·道尔（Kim Dower）是诗人，出版过两本选集：《火星上的飞吻》（*Air Kissing on Mars*）（Red Hen Press，2010）和《月光碎片》（*Slice of Moon*）（Red Hen Press，2014）。她的诗作发表在《犁头》（*Ploughshares*）、《蚀》（*Eclipse*）、《絮语》（*Rattle*）和《巴罗街》（*Barrow Street*）等刊物上。她在爱默生学院教授创意写作，并在安迪亚克大学洛杉矶分校讲授“装扮成你最喜欢的诗歌”课程。

伟大的诗人约翰·贝里曼（John Berryman）[代表作《梦歌》（*The Dreams Songs*）] 认为诗是“唯一能让人感到恐惧和安慰”的事物。

当我写作的时候，我常常会想起这句话。这可能也是为什么诗篇中经常会涉及超自然、奇幻或恐怖的成分。作家也许会秉承现实主义精神，根据他们自己的生活经验进行创作，但诗人必须写下更加出人意料和发人深省的文字。无论是通过隐瞒或欺骗，甚至是通过单纯的幻想，诗人要创造出虚构的世界。于是，当我根据自己的体验进行创作时，我会对它进行扭曲、充实和润色，尽力将它变成独一无二的经历。我希望自己的诗描述真实的世界，但我同样会问自己：**“这首诗是否足够令人惊讶？是否足够奇幻？”**

要在确保和现实素材保持情感联系的基础上，尽量放飞自己的想象力，对我而言最好的办法是从自己的梦境入手。这是因为梦境本身就符合这两方面的要求。首先，梦来源于我们的真实经历。这些真实经历会经过我们思维和情感的过滤，并被扭曲和翻转。于是，梦会和我们的日常行为、记忆中的碎片，以及最深层次的恐惧深深地纠结缠绕在一起，然后在头脑中以另外的形式重新展现我们白天的生活。因此，每个人的梦境都能为我们提供非常丰富的创作素材。

这么做的关键之处，是要在梦境依然清晰的时候快速地把它记下来。接下来的练习将包括两个部分：记录梦境和自动书写。在记录梦境的时候自动书写，即不加停顿、不假思索地顺着意识的流动写下所有的思想，可以激发想象、产生出人意料的想法。在这个过程中，我们的思绪会在梦境和清醒之间游荡，碰撞出深藏在睡梦和潜意识中的丰富想象力。

这个练习需要一支笔、一个本、一个闹钟或计时器。最重要的是你必须刚刚从睡梦中醒来，如果可能，甚至不要从床上起身。通过这个练习，你将至少得到几个从未想过的文字组合，或是一些令你（和读者）大吃一惊的图像和创意。

你将从自己身上发掘出前所未有的想象力。将笔和本放在自己的床边，并尽量重复这个练习，然后等待奇迹的发生！

练　习

当你从睡梦中醒来的时候，不要想任何事情。

抓起旁边的笔和本，什么笔都可以，只要能写得快写得顺就好。

放空你的大脑。

将计时器设置在 12 分钟，或者看着闹钟，给自己 12 分钟。

接下来要做的就是连续不断地写 12 分钟，不要整理，不要中断。顺着自己的意识连贯地写下去。

如果能记得住，就写下你的梦境；如果记不住，就写下模糊的印象。让自己的记录尽量形象化。记下向你扑来的斗鸡眼狮子、你一跃而下的冰山、扑面而来的巨鸟、将你吞噬的云；记下载着你穿过原野并跟你回家的动物；记下你从高处跌落时的呼吸；记下你在陌生星球上驾驶的车。它们是什么样子的？它们将带你走向何方？

持续不断地书写，直到计时器将你打断，或是自己注意到 12 分钟已经结束。阅读自己写下的内容。

在一天的任何时候都可以重复这个练习，即使刚刚喝完咖啡或吃完晚餐也没关系。记录下越来越多的内容。在记录的时候可以尝试从另外的视角观察——假设自己完全是另外一个人，性别不同、年龄不同、国籍也不同。这个人又会梦到什么？

记住，练习的过程中绝对不要停下，也不要整理，忠实地记录你梦境中的碎片。

一周之后，重新阅读你记下的文字。你会发现一首诗或是一个故事早已呼之欲出。

根据童年经历进行创作

布莱恩·詹姆斯·弗里曼（Brian James Freeman）的长篇小说、中短篇小说、散文和访谈由 Warner Books、Borderlands Press、Book-of-the-Month Club、Leisure 等多家出版社出版。他是《墓园之舞》（*Cemetery Dance*）杂志的管理编辑。他还是 Lonely Road Books 的出版人，与斯蒂芬·金、吉尔莫·德尔·托罗（Guillermo del Toro）等著名作家共事。

根据童年回忆进行幻想小说创作，这个想法虽然听上去有点奇怪，但很多小说中都有关于人物童年的场景和情节。其中的原因其实很简单：通过人物的成长经历，我们可以理解他们现在的状态。

在我的多部作品中，比如《涂抹的黑暗》（*The Painted Darkness*）和《黑火》（*Black Fire*），我都采用了交叉叙事的手法，交替描写一个人物的过去和现在。通过这种方式，我希望展示这个人物过往的经历将如何影响甚至预示他的未来。

例如，在创作《黑火》的时候，我先写好了所有“过去”的章节，然后再写发生在“现在”的事，这样事件就可以前后呼应。如果某个人物在以前经历过什么戏剧性的事件，对他“现在”的生活也会有所影响。在各种光怪陆离的事件背后，即使很微小的细节也会显示出人物成长的历程。

当然，我并不是说每个作者都要按照“过去”和“现在”的风格来写小说。事实上，如果从商业角度来看，我并不推荐用这种方法来写流行小说。

那么如何利用这一技巧来帮助幻想小说的写作呢？虽然一般而言不宜使用倒叙，但我们完全可以通过提及人物的过往经历，来巧妙地展示人物在经历中的成长。

而如果读者对人物的过去有所了解的话，我们还可以利用这些了解来加强故事的震撼性和感染力。例如，如果读者知道人物在小时候曾经有过和蛇相关的可怕经历，那么在后续的故事中将人物置于爬满蛇的房间，就会使读者体会到更强烈的情感。

有效地包含人物过去的信息，是小说——不仅是幻想小说——创作的重要技巧之一。因此，每一位作者都应该着力培养这种技巧。加油吧！

练 习

1. 闭上眼睛，唤起你儿时最早的记忆。尽量回忆当时的画面：你在哪里？跟谁在一起？等等。现在睁开眼睛，把你的回忆当作故事中的一个场景记录下来。尽量使你的记录看起来真实可信：记下你看到了什么、听到了什么、闻到了什么、感受到了什么。如果有些东西想不起来，就大胆地构思。要记住，这只是一部小说。

2. 找出一件以前经历过的事情，而且你知道这件事情对后来的决定和选择产生了影响。把这件事当作故事中的一个场景记录下来，然后再写一个情节来展现它对人物后续发展的影响。

3. 如果你正在创作一部小说，想想是否可以给你的人物（正面或反面都可以）设计一些过去的经历，来帮助读者理解人物现在的状态？不要仅仅从字面上告诉读者“他有一个不幸的童年”，要把这些不幸展现在读者面前。

如何引导你的想象力

布里塔尼·温纳（Brittany Winner）和她的双胞胎姐妹布里安娜·温纳（Brianna Winner）是美国最年轻的多个奖项的获奖作者和创意写作教师。她们的第一部小说《斯特兰德预言》（*The Strand Prophecy*）在她们 13 岁生日时成为全美畅销书。现在她们已经写过四本小说、一本漫画小说和一本关于写作的书籍。她们是世界资优儿童协会（The World Council for Gifted and Talented Children）承认的神童。

当一个新故事的第一个创意在我的脑海中迸发的时候，我体会到的快乐是无与伦比的。一个崭新的世界在我面前展现。我想要走进它，想知道接下来要发生的事情。正是在这种激情的激励下，我成为了一名作家。

从记事开始，我就很喜欢讲故事。我热衷于打破所有的束缚，想象出各种神奇的事情。那时候听到的各种魔法和冒险故事，将我带到了从未踏足的世界，也使我从弱者的胜利中得到激励。我知道只要闭上双眼，就会有无限的世界等待我去探索，而我所要做的就是打开想象力的大门一跃而入。

你们也许不会相信，我曾是一名读写障碍症的患者。是的，我是一个有读写障碍的作者，一个充满矛盾的人。尽管我经过长时间的努力已经学会了很多方法来克服这种障碍，使它基本不会影响我的日常工作，但曾经的我确实深受困扰。

小时候，我的父母经常劝我写一本书，而那时我的反应一直都是拒绝。“写作又难又无聊！我讨厌写作。”但是，事实是我并不讨厌，我只是害怕。我害怕失败，害怕别人的指摘，害怕不够出色，甚至害怕有始无终。

但是，我会在晚上闭上眼睛在梦想的世界中徜徉。到了白天，我和我的双胞胎姐妹一起编故事、画画。同样患有读写障碍的我们，从未想过将这些故事写下来。如果不是来自父亲的坚持，我们也许会永远这样下去，为自己的胆怯找出各种各样的借口，然后一无所成。但是，父亲鼓励我们写一部小说。他信任我们，说我们一定会写得很好，而他也一定会读得很开心。我们其实一直都喜欢创新和冒险，所以在好奇心的驱动下，我们终于开始动笔创作一个故事。我们闭上双眼，让一个新世界在心中展现。

这就是我们的第一部小说。我们从四年级开始动笔，在 13 岁时这部小说成了全国范围的畅销书。随后我们又写了其他三部小说，从此再也没有停止过想象。在每个人的生活中，总会有开心和不开心的时候。在心情好的时候，寻找创意并没有那么困难。但是在那些充满压力和纠结，只能靠咖啡维持精力的日子里，就会经常遇到创作瓶颈。你会陷入负面情绪的漩涡，而灵感的火花也会消失得无影无踪。

根据多年的经验，我们总结出了一种时刻都能激发灵感的方法。

比如，我先写下一句话“那个女人扣动了扳机”，并要从它出发构思一部科幻作品。

我将计时器设定在 1 分钟，然后开始尽情想象，将这句话变成场景。

然后把这个场景写下来。

> 一个身材高挑的女人身着黑色警服，用手中银色的激光枪瞄准了目标。她的手指感受到了冰冷的扳机。她的内心在翻腾：我真的要这么做吗？我会因此变成什么样的人？我从没想到有一天我会这么做。她举枪对着门口，每一秒都好像一个世纪那么长。她知道是时候做个决定了。就在那个时刻，她闭上眼，扣动了扳机。一束激光射中了大门的控制面板。伴随着冒起的火花和黑烟，破碎的零件重重地摔在地上。她紧紧盯着门，看着控制面板

锁死了门，并切断了门那边的氧气供应。她拿出黑色的对讲机，按下上面的按钮："我把逃犯隔离在西区。他一会儿就会被解决。"

这就是她的工作，一份难以判断对错的工作。从此她再也没有踏实地睡过觉。

练　习

想象方法

1. 准备一个计时器，并设置为一分钟。
2. 选择一个创作类型。
3. 选择一句简单的话作为主题。
4. 开始计时。

在接下来的一分钟之内，闭上眼睛根据主题和类型构思场景。抓住在你头脑中出现的第一个念头。

在充实场景的时候，问自己三个问题：

人物在哪里？

人物周围发生了什么？

人物看起来如何？是不是带了什么东西？

在计时结束之后，写下你的想法。然后重复这个过程，继续完善脑海中的场景，或是构思新的场景。和我们一起闭上双眼，放开想象，去探索无尽的可能性吧！

我是如何创作《梦蛇》的

冯达·N. 麦金泰尔（Vonda N. Mcintyre）是科幻作家和出版合作机构书观咖啡馆（Book View Cafe）的投资人之一。她的作品《梦蛇》（*Dreamsnake*）获得过星云奖（Nebula）、雨果奖（Hugo）、轨迹奖（Locus）和西北太平洋书商奖（Pacific Northwest Booksellers Awards）。

“你的灵感从何而来？”是所有作家都害怕的问题。并不是因为这个问题愚蠢，而是它太深刻了。在大多数情况下很难找到令人满意的答案。于是也就诞生了各种各样荒诞不羁、讽刺嘲弄或者嬉笑怒骂的答案，比如“来自房产中介每月发来的广告”。

从这方面讲，《梦蛇》这部作品是比较特殊的。我至今仍然清楚地记得创意的来源：1972 年克拉里翁（Clarion）作家研讨班上阿夫拉姆·戴维森（Avram Davidson）布置的练习。阿夫拉姆整理了两张词汇表，一张是田园风格的，一张是技术类的。每个人都被要求分别从两张表中各抽一个词汇，然后以它们为线索创作一个故事。于是产生了各种奇异的组合，比如**半人马座阿尔法星**和**欢笑**，**精神分析**和**蜥蜴**，还有**蛇**（snake）和**奶牛**（cow）。

我为什么会抽到**蛇**和**奶牛**呢？也许是两张词汇表搞混了？或者阿夫拉姆并不觉得蛇也属于田园风格？再或者是有人在算计我？不管怎样，我的运气都差到家了。

“你干脆给主角起名叫斯内克（Snake）吧？”一个同学笑着给我出主意。班里很少有人觉得自己抽中的两个词比较不错，她就是其中之一。（我忘了她抽中的两个词是什么了，但我记得她写了一个很不错的故事。）

“好主意。就这么定了。”在郁闷之余，我也只能表示同意。

那天晚上，宿舍的走廊上空无一人。没有人围成一堆聊天，也没有人爬墙。其实只有一个同学真的爬上过屋顶，躲在房梁下面吓唬来往的人。另外还有一些人喜欢爬到屋顶上，想方设法偷走滴水兽。但那天晚上，所有人都安分地在屋里打字。

准确地说，应该是绝大多数人。我就遇到了障碍。我该怎样才能把奶牛写进故事里？

大约午夜时分，我忽然想到了 cow 这个单词的第二个意思：恐吓。这种 cow 做动词的用法早已过时了（估计从 40 年代起就不流行了），但我总算有了一个线索。于是，我开始动笔：“一个小男孩被吓呆了……”

写到 12 页的时候，我又一次停了下来。到这时我已经有了主人公斯内克，是一个医者；她的病人是一个小男孩斯塔温（Stavin），以及三条经过基因改造能产生特殊毒液的蛇。一条是患有白化病的蟒蛇，名叫雾蛇（Mist）；一条是响尾蛇，名叫沙蛇（Sand）；还有一条蛇叫草蛇（Grass），但我想不出它的种类和作用。

我很想说自己停下来是因为累了，但事实并非如此。我停下来是因为无法为草蛇安排情节。

第二天，我只好提交了这个只有 12 页的未完结的故事。我记得当时大多数人都成功写完了他们的故事，有些水平也很高（后来有好几篇都发表了）。所以我当时唯一能找到的借口就是他们是学员，而我是组织者。作为组织者，我要做很“繁重”的组织工作。我要花一些时间生闷气，因为一个当地的学生组织聚会竟然没有邀请我。我还要花时间为阿夫拉姆抓鸡煲汤。

于是，我的故事就在第 12 页搁置了好几个星期。别人只要一提到这件事，我就用愤怒的目光制止他。

直到特里·卡尔（Terry Carr）来做访问作家的那个星期，我忽然想到草蛇可以产生使人致幻的毒液。这个想法来自臭氧（又是一个

40年代的热门词汇），而我之所以一直没想到，只能归咎于我在60年代一直洁身自好。我是少数几个能理解比尔·克林顿（Bill Clinton）说他不能吸迷幻药的人。当被问起“你在60年代吸过大麻么?”，我的回答是：“好吧，我承认我很怂。”（作为对比，大多数人的回答是：“当然。哪有人没吸过?”）

那一夜，我熬了一个通宵写完了斯内克和她的蛇的故事。第二天早上，我恍惚地走进教室，提交了我的故事，然后一整天都昏昏欲睡。在那天所有的故事复印好之后，我们都取走了自己的那一份。我昏昏沉沉地晃回宿舍［门口贴着厄休拉·K. 勒奎恩（Ursula K. Le Guin）小说的海报，上面的船长大喊着：“耐心点，小子们！我要动手啦!”］，倒下就睡着了。

忽然间，我的房门被一把推开，拍到了墙上。有人闯了进来。我在半睡半醒间坐起来，完全不知道发生了什么。

那个建议我用斯内克做主角名字的女同学闯了进来，把稿子扔下。“你怎么能写出这样的故事!”她用沙哑的声音喊道：“让我爱屋及乌，觉得蛇都变得可爱了!”随后她又跑了出去，摔上了门。

我咕哝了一声，躺下继续睡。

第二天在课堂上，我的故事得到了大家的认可。尽管有对蛇比较熟悉，还养过蟒蛇的同学告诉我，即使是基因工程也不能让一条蟒蛇产生毒液，但是这无伤大雅，我只要改成眼镜蛇就万事大吉了。特里·卡尔甚至让我把稿子再润色一番，然后投稿到他负责编辑的在业界颇有声望的文摘系列《宇宙》（*Universe*）。于是我整整一天都陶醉在自己的成功中。

一周以后，我完成了稿子的润色，但是特里告诉我他不想要这篇稿子了。从此以后，我再也没有在特里编辑的刊物上发表过一篇原创作品。

我转而把这篇最后命名为《关于雾蛇、草蛇和沙蛇的故事》（“Of Mist，and Grass，and Sand”）发给了《模拟》（*Analog*）杂志。这个故事其实并不属于《模拟》的风格，但我一直是这本杂志的忠实读者。因此虽然约翰·W. 坎贝尔（John W. Campbell）经常不给任何理由就拒掉我的稿子——他拒别人稿件的时候却经常会写出一大段评价——我依然会优先选择《模拟》。那时候，本·博瓦（Ben Bova）刚刚成为编辑。出乎我意料的是，他选中了我的故事。

《关于雾蛇、草蛇和沙蛇的故事》后来获得了雨果奖的提名，并赢得了星云奖（尽管有人认为这个故事是一篇不属于《模拟》风格的劣作）。在颁奖典礼上，宇航员埃德加·米切尔（Edgar Mitchell）将奖杯递到我的手上，这让我受宠若惊。

随后，特里·卡尔把它选入了当年的最佳小说选集。

当时，我并没有计划把这个故事扩充。但是，故事中的人物却对此提出了抗议——他们需要更大的舞台。关于这一点，很多作者都会有同感，就像他们都不知道自己的创意从何而来一样。但是创作一旦开始，你笔下的人物就会自己走出纸面，开始讲述属于他们的故事。

当这一切发生的时候，聪明的作者不会去纠结创意从何而来，而是会提起笔，记录下人物口中的故事。

练　习

阿夫拉姆式训练

1. 选择十几个田园风格的词汇。

2. 选择同样多的技术类词汇。

3. 随机地从两类中各抽出一个词汇。

4. 以这两个词为中心写一个故事。

5. 更换词汇的种类：政治、医药、宗教、考古、戏剧、法律，或是其他你感兴趣的学科。

6. 如果你开发了一个专门进行这个练习的手机应用，记得告诉我，好吗？

遛狗

基兰·帕特里克·伯克（Kealan Patrick Burke）是布莱姆·斯托克奖获得者，著有“蒂米·奎因”（The Timmy Quinn）系列、《灵魂货币》（*Currency of Souls*）、《沼泽主人》（*Master of the Moors*）和《亲族》（*Kin*）。

作为一名作者，经常会遇到创作障碍——脑子里充满乱糟糟的想法，但呆坐在电脑前一个字也写不出来。我们都曾经遇到过这种悲惨的状况。也许是由于截稿日的临近让你没有时间理清思路，也许是沉重的压力抑制了你的灵感，也许是脑子里的事情太多（账单、修理、看电视……），就是不知道该如何下笔。

无论如何，这种境遇都是非常糟糕的，而且经常发生在我的身上。

直到有一次偶然的机会，我找到了克服障碍的方法。

那一次，我遇到了非常严重的障碍——连续好几天坐在电脑前，明知我应该开始写作，但就是不能或者不愿意动笔。那种情况，就好像写作成了超出我能力范围的一个难题。当失去写作能力的时候，我该怎样创造一个前所未有的世界？在纠结当中，我只能写出粗劣的故事，创作出牵强的人物——如果有掌管文学的神，她一定不能容忍这样作品的存在。

直到某个时候，我抬眼望向窗外，看到一个男人在遛狗，在一瞬间我找到了解决方案。当然，我并不是以遛狗作为故事的开场，也没有以这个人和他的狗为核心构思故事。我只是想象了一段人与狗之间的对话，一段饱含感情的深度对话。毕竟，如果你想将这条狗作为一个重要角色引入你的故事，那就要尽量赋予它深度和感情。

“每天都这样。”小狗帕奇嘟囔着。

老人抬了抬眼。“什么？”

“每天都是这条路。”

“你讨厌这条路吗？”

“我没说过讨厌。但是你至少偶尔换一下嘛。”

“好吧，那下次就换一条路。”

“那我们从学校那边绕过去怎么样？小朋友们都很喜欢我的。”

“他们是喜欢你。但那些大孩子可能是喜欢欺负你。”

“这你不用管，我自己会处理好的。”

“你说我不用管你，但出了麻烦不还是我们一起担着。”

“那去海滩怎么样？”

“海滩上的沙子太脏了。”

“我最喜欢玩沙子了。”

“而且还有那个流浪汉。”

“我也喜欢他。”

“可是我不喜欢。”

“为什么不呢？他从来没打扰过我们。”

“也许吧，但是我就是不喜欢他。”

“也许你是嫉妒他的审美品位比你还好吧。”

“呵呵，好好笑啊。”

“但是你压根儿就没笑。”

很多时候，我根本不知道这种对话会有什么样的结局，但它确实会慢慢地将我带入要创作的故事当中。在交流中，它赋予了自己生命。对话中的人物在我面前展示了他们的思想、性格、矛盾，以及他们生命中的核心冲突。所有的一切，都在字里行间出现。即使我由于某种原因没有完成这段对话，它也会帮助我摆脱无法下笔的困境。因此，当我遇到写作障碍的时候，我都会从对话开始。

练　习

试试我上面讲到的方法。抬起头看看周围，无论是公园还是购物广场，你听来的只言片语都足以激发你的想象力。比如，一个女人对着电话说："是的，但是如果当初选了那个蓝色的，大家就都不会有意见了。"接下来就是我们发挥想象的空间。什么东西是蓝色的？谁会有意见？为什么？通过这种方式，你就能通过偷听到的内容打破思维的僵局。

声音并不是激发灵感的唯一方式。如果你在家里，那么你只需要望向窗外。一个女人坐在车里，嘴里在唱着听不见的歌曲。她是不是一直都这样无忧无虑？或者这种快乐只是她回家之前能体会到的短暂的安逸？她回家后将面对什么？或者她是不是在跟着电台哼唱？那是她心爱的乐队演奏的代表作吗？在听着经典老歌的时候，她是否也会想起当年的经历和遗憾？也许她正想到如果那时候做了别的选择，生活会就此不同？

然后放开你的想象。身为作家，我们拥有无尽的能力，可以回到过去、瞬间移动、洞悉人心，等等。所以当我们遇到写作障碍的时候，与其坐在电脑前盯着空白的屏幕发呆，不如动笔去写。这有点像"寻找沃尔多"的游戏，你要找的东西就在那里，和其他杂乱的东西混在一起。这时候你需要的，只是激发你创意的火花。

但是你一定要记住如何找到它。

有时候，它就像一个男人遛狗一样简单。

> "你知道吗？我曾经很想成为一名作家。"
>
> 帕奇抬头望了望他的主人。"我不知道。你怎么没去试试？"
>
> "我不知道该从什么地方下笔。"
>
> "不是从开头么？"
>
> "可找到一个开头并不容易啊。"
>
> "我们现在不就是一个开头么？"

激发创意的魔法

萨布里纳·贝努里斯（Sabrina Benulis）拥有斯腾山大学通俗小说写作硕士学位。她的处女作《执政官》（*Archon*）由 Harper Voyager（HarperCollins 旗下的科幻和奇幻品牌）出版，是“拉结尔之书”（Books of Raziel）三部曲的首部。她掌握了追随梦境的技巧，无论是字面意义上还是比喻意义上的。

我认为每一个作家都曾经在他的职业生涯中遇到过这样的问题：“你的灵感从何而来？”正如很多幻想小说（奇幻、恐怖和科幻小说）作家一样，我通常会回答：“哦，我只是发挥自己的想象力。”但是无论是读者还是我都清楚，实际情况远没有这么简单。寻找创意的过程更像是一个魔法。

作家——尤其是幻想小说作家——是如何找到灵感的？

从图片中？从喜欢的音乐中？是似水年华中稍纵即逝的片段？还是我们的回忆？尽管我们不愿意承认，但带来创意的魔法更多时候只是缓慢地进行，有时还会停滞。这时候，作家就会遇到瓶颈，开始怀疑自己终于丧失了让读者心潮澎湃的能力。

正是因为灵感如此重要，无论对新老作家都是如此，我们更要积极地分享激发灵感的个人经验。下面我不分顺序地列出几条对我有用的办法，希望对你们也同样有用。在那些不愿意工作的日子里，适当地娱乐自己一下，有时候会起到特别的效果。

练　习

1. 阅读图册和影集。

你有没有试过在凝望一幅艺术杰作的同时，发现你的思绪也随之起伏，并围绕着图像编织成一个故事？如果有，那么你就是一个和我一样的视觉作家，也许也能像我一样，可以从随手翻开的图册或影集中找到跳跃的灵感。最好的方式是选定一个感兴趣的话题，然后挑选一本关于这个话题的书。这本书不一定非要是梵高（van Gogh）的画册或安塞尔·亚当斯（Ansel Adams）的影集，但其中的图片要能够点燃你思想的火花。因此，你可以选择建筑类的图册，可以是《时尚》（*Vogue*）杂志，甚至是一本菜谱。无论是什么样的图片，都可能成为你创作灵感的来源。

2. 欣赏电影的配乐。

任何音乐都可以激发灵感，但是你喜欢的电影中的音乐能使你回想起某个特定的场景，体会到这个场景蕴含的感情，以及电影特有的氛围和步调。举例而言，如果我要创作一个动作场景，但是找不到动作的节奏，或是总觉得缺了点什么，这时候我会找一部自己钟爱的相同类型的电视剧或电影，花上几分钟欣赏里面的配乐。然后，我通常就能找到创作的激情。事实上，作为一名作家，我们的工作是将一部头脑中的电影变成文字。所以为什么这部电影不能拥有自己的配乐，一首你已经熟悉并喜爱的配乐？

3. 从场景中组合故事。

这个方法显然和第一个方法相关，但并不完全一样。在这里，我们要寻找的并不是包含在某一幅图片中的信息，而是能将若干幅场景串起来的故事。比如，你可以想象一些分离的场景和图像：一只镶满华丽宝石的昆虫、一个充满黄沙的世界、一场发生在地球上最后一处水源旁边的异族大战。而你要做的，就是发挥想象力，将这些独立的场景和图像用一个故事联系起来，并从中得到源源不绝的灵感。随意选取三个场景来尝试这个方法，它也许会带给你惊喜。

4. 从零散的语句开始想象。

从下面这句话中，你能想象出什么故事？

“不，”她轻声说，抓着杯子的手紧贴在胸前。“我绝不会让你得到它。”

你的故事是什么？这个人物是把圣杯握在手中，不容他人染指么？或者她只是端着一杯茶或一杯咖啡，所指的完全是另一回事？她的语气是恐惧、愤怒，还是坚定？她这么做的目的是正义的还是邪恶的？或者是想隐藏什么？

这些问题所带来的无限可能，将带你进入无尽的遐想。

通过这些方法，我希望能让激发创意的魔法为更多的人所了解，从而使我们更容易地抓住梦幻国度的灵感。

无限灵感

埃利奥特·劳伦斯（Elliot Laurence）拥有建筑师、设计师、发明家、音乐家、作家、演员、导演和教师的多重背景。1991 年，他因为在旧金山艺术大学的教学方法荣获年度教育家奖。他是两本书的作者：《为什么不管怎样》（*Why Anything Anyway*）（意识启蒙的统一理论）和《创意系数》（*The Creative Quotient*）（无限的创造力）。

所谓创作，就是在一个可信的设定之下设置一个或多个转折，同时再提供一个符合这种设定的解决方案。无论是喜剧类、剧情类、悬疑类、科幻类，莫不如此。

这其中首要的步骤，是找到一个好的设定或想法。有时候，好的想法会自动出现在你面前，但这种事情就像在大街上捡到钱一样：捡到了是好事情，但不能守株待兔，以此为生。我们需要一个无论什么情况下都值得信任的方法。接下来我会介绍一些练习，能在任何时间帮助你产生无限的灵感，使你每时每刻都能才思如泉涌。

我首先希望传达的一个观念，是要放开手脚，尽量大胆地想象。“通往伟大创意的道路是由愚蠢铺就的”。为什么会这样呢？因为一旦你开始严肃地思考一个想法，就会变得专注、固执。这个想法会占据你的内心，让你遇到创作的障碍，不能客观地评价自己的所作所为，也无法正确对待有建设性的批评。相反，如果你一开始只是天马行空地遐想，就有可能围绕一个主题产生若干个构思，然后根据自己的目的审视这些想法，对它们加以润色和组合，或者寻找更多的主意。

很多人认为，如果不对你的创意加以严肃的思考，作品就会没有深度。事实是，无论你为作品预设了什么样的深度，它最终都会自然而然地和故事融为一体。你不可能超越故事本身为自己的作品制造深度，你也不可能阻止它和作品的融合，即使是喜剧作品也不行。

有一件事情是我们应该知道的：我们所处的银河系大约有 5 000 亿颗恒星，目前已知的宇宙大约包含 1 000 亿个星系，而宇宙本身还在不断地加速膨胀之中。此外，宇宙还可能存在更多的维度和大量的暗物质。想象一下这个恢弘壮阔的空间，你还能笃定地认为你想象的事情是不可能的吗？相反，也许有些事情正是由于你的想象，才能真实地发生在宇宙的某个角落。

练　习

在这个练习中，你将把两个或多个平时没有关系的事物联系在一起。你甚至可以请求别人帮你选择来提高难度。从某种程度上说，在建立联系的时候遇到越多的困难，你就越有可能得到更有趣的故事，因为读者也会迫不及待地想知道这些事物是如何联系起来的。

比如我们选定了以下几样东西：**金枪鱼**、**长号**、**沙发**，还有**沥青矿**。（确实没什么联系，对吧？）接下来要以它们为主题，构思出一个故事。

比如我们可以想象有一种神秘的疾病，它的症状之一是病人的嘴里会充满金枪鱼的味道。另外，严重的头疼会像演奏中的长号一样在病患的脑海中轰鸣。更为严重的是，病人的血液会慢慢地凝结，变得像沥青一样黏稠。调查显示，这种神秘的疾病最初爆发于一个生产沙发的工厂。病毒就隐藏在沙发的填充物中，一旦和人发生接触，就会使人患病。工厂的老板和工人都是外星人。他们以工厂为掩护，暗地里企图统治地球。他们的母星球上到处都是充满沥青的巨型矿坑。这些沥青产自一种高浓缩的类似于金枪鱼油的东西，它的总量甚至比水还要多。外星人选择沙发的原因，是他们发现地球人变得越来越懒，因此沙发是传播病毒的有效途径。

如果想把这个故事变得更滑稽，我还可以给外星球起名为“长号星-X”（Trombonia-X）。

如你所见，这个过程并不难。接下来我要再想出十几个这样的主意，把它们写在卡片上，然后在桌子上或墙上排列起来。随后，我可以将这些想法进行筛选和组合，找出最流畅的故事设定。

下面，我将问你一些问题。你所要做的是说出第一个出现在你脑海中的答案，无论这个答案有多么奇怪。

想象你身处在某个地方——在哪里？

你身上穿戴着某种不同寻常的饰物——是什么？

某些人突然出现在你面前——是谁？他们说了什么？你是如何回应的？

你从地上捡起了一张纸。上面写了一句咒语——是什么？

停！无论你是否意识到，事实是只要我提出问题，你的大脑就会自动地产生答案。所以我们缺乏创意的原因，不是找不到足够的答案，而是问不出足够多的问题。

现在回过头，再看看“金枪鱼、长号、沙发和沥青矿”的故事。我所做的只是以这些分离的事物为基础，任由疯狂的想象力来回答所有的问题。由此得到的疯狂的答案会自然而然地将事物联系起来。对这些构思的重新审视，会带给我们更多的场景和情节。

记住，不要强迫大脑去思考，要让它自由地工作，并给出稀奇古怪的答案。严肃性和连贯性，是以后才需要担心的问题。

此外，要尽量让同一个主题多次出现在故事中。

比如在“金枪鱼、长号、沙发和沥青矿”的故事中，病患嘴里会出现金枪鱼的味道，血液会变成沥青状。随后，这些概念又一次出现在故事中。外星人的母星存在大量沥青状物质，这些物质来自一种类似金枪鱼油的东西。

这个练习是非常有效的，它绝不会让你失望。你还可以通过同一个过程塑造主要人物、刻画他们的动机和目标。你接下来面临的困难，将是面对着大量的创意，不知该从何下手！

制造灵感

史蒂文·巴恩斯（Steven Barnes）是《纽约时报》畅销书作家，创作过 25 部科幻、推理和悬疑小说。他还为《阴阳魔界》（*The Outer Limits*）、《外星界限》（*The Twilight Zone*）、《星际之门》（*Stargate SG-1*）等电视剧写过剧本。

在 30 年的职业生涯中，我共创作了 25 部小说。为了保持创作的步伐，我发现自己必须在条理性和非条理性的思维模式之间不停地转换。我必须拥有一种能力，可以保证每天都能写下新的文字，还能润色和编辑。这种必不可少的能力，我称之为创新的引擎。这台引擎为我多年的创作生涯提供了必需的灵感。

在每次进行创作的时候，你都会面临着选择，要决定前进的方向，某个人物会怎样说，又会怎么做。如果被困在了某个地方，能帮助你渡过难关的只有你自己的灵感。因此，很多作家都很乐于且擅长玩“看我如何脱困”的游戏。

这个游戏的基本规则，是要让你的人物陷入困境，然后再用尽办法让他摆脱。所以你必须在游戏中时刻保持清醒。

在保持注意力集中且行文流畅（这两方面都可以通过冥想来提高）的前提下，你的想象力越丰富，你的人物就越容易摆脱困境。

创造性地解决问题、预测并完成关键的突破点，无论对艺术工作者还是科研工作者而言，都是一项无与伦比的能力。一般而言，这个过程会由以下几个步骤组成：

1. 澄清问题。尽可能地将面临的困难阐述清晰。

2. 大量调研。了解所有可能助你解决问题的信息。这将有助于对原始材料的理解消化，以及保持注意力。

3. 放开想象力，对每一个念头进行思考。

4. 如果达到了才思枯竭的极限状态，**彻底地放松休息**。锻炼、小睡、做爱、看电影，等等。当另一项任务彻底地占据你的头脑的时候，关键的灵感就可能出现。

这个过程的关键，是你**必须**允许自己产生最荒谬的想法。如果你只是沿着最直接的路线进行，就一定会错过关键的突破点。

比如，你故事中的某个人物正面临绝境——被一群手持枪械的银行劫匪围在厨房里。该如何让她脱困呢？让我们开始想象。

她是不是一个空手道选手？不会。她是一个 17 岁的女孩，只有一条腿，而且你也不想改变这些设定。她能不能唤起这些劫匪的同情心？不能。你曾经安排其中一个劫匪只为了一杯果汁就亲手杀死了自己的母亲。好吧……那么上帝能不能来到人间救她于水火？也不行？（就在此刻，上帝将屋顶掀开从天而降的画面启发了你。）会不会有另外一个人掀开屋顶救了她？一条霸王龙？不行，侏罗纪食肉动物的梗被斯皮尔伯格（Spielberg）霸占了。或者……一场飓风？或者龙卷风？这个场景的天气状况如何？你以前想过这个主意吗？是不是由于一场暴风雨席卷而下，把歹徒困在这座房子里，并造成了断电？……

嗯，断电？如果合理地安排这个设定的话，读者会不会接受？

也许不能——那么如果断电才是造成这个危机的罪魁祸首呢？恢复供电会不会成为一个转机？人在习惯黑暗之后，肯定会不适应突然到来的光明……也许歹徒手里的枪并不多。假设只有两把。突然变亮的灯光直刺他们的眼睛，她趁此机会从歹徒身边穿过，冲到了大雨中，一道闪电划过长空，照亮了雨中的院子。

嗯，有门儿。

这就是想象的过程。发挥你最极致的想象力，让你的想法从荒谬到不可能，从不可能到可能，最后变成**“就是它了！”**

我们还可以用梦境日记作为辅助来完成这个过程。有针对性地锻炼想象力是非常有帮助的。

如果你想到了一个事物，它是个目标吗？（某人想得到它？）或者是个灾难？还是亦正亦邪？如果是的话，对谁而言？为什么？他们将用什么办法解决它，将产生什么样的效果？

如果你想到了一个人——他是谁？他想得到什么？他内心隐藏着什么目的？

也许你想到的是一个地方？或者是一个动作？

从这些角度开始练习，特别注意发挥你的想象力。要知道，想象力是一个作家成功的关键。

练　习

剪报练习：这是我非常推荐的一个想象力练习。打开一张报纸，花一分钟找到一篇看上去能产生故事的文章。你并不需要真的把故事写下来，但是一定要完成简单的构思。

这个练习能培养很多有用的能力。最重要的是，你将获得坚定的自信心，相信自己无论身处多么困难的境地，都拥有脱困而出的能力——因为你能在任何时候产生无穷无尽的创意。

要获得这种能力，你必须不间断地练习如何制造灵感。它将是非常有效的。我建议你们除了尝试这些练习，还可以设计属于自己的练习。它们将在随后的几十年间，始终陪伴着你，为你的职业生涯提供助力。

3 故事和情节设计

迷宫没有固定的出路。随着你在其中移动，迷宫不断变化，因为它是活的。

——菲利普·K. 迪克（Phillip K. Dick）

如果你不知道要去哪儿，哪条路都行得通。

——刘易斯·卡罗尔（Lewis Caroll）

连续创作：如何灵感不断地快速设计故事情节

迭戈·巴伦苏埃拉（Diego Valenzuela）是在墨西哥城出生和长大的年轻科幻/奇幻作家。他在畅销书作家皮尔斯·安东尼（Piers Anthony）的指导下工作，与畅销书作家、好友玛丽亚·安帕罗·埃斯坎东（Maria Amparo Escandon）合作创作科幻小说和剧本。他正在准备出版处女作《神之幻想曲》（*Reverie of Gods*）。

作家都善于说谎——这句话很多人说过很多次。他们说得对。但无论一个作家多么有天赋，都无法在一个问题上撒谎：创作瓶颈。创作瓶颈绝对是一个怪物。但是，和任何怪物一样，它也可以被打败，只要你做好充分的准备。

毫无疑问，有很多文笔好的人，可以文不加点地写下大段华丽的文字。但是，他们也都曾经面对着白纸，一个字也写不出来。为什么会这样？很多时候，我们都发现自己知道该写点什么，却找不到具体的创意。

好的创意是小说创作的必要元素。对于科幻和奇幻这样涉及日常生活中不曾出现的生灵、事物和故事的类型小说而言，创意更是最基本的需要。但是，单纯地想到了一个好的创意是远远不够的，更重要的是将它们写出来。

我希望下面介绍的练习能帮助你们产生创意的灵感。我会分享一个对我而言一直非常有效的技巧，能帮你渡过创意枯竭的难关。这样，虽然你还会遇到无数阻碍你创作的事情（比如不得不去遛狗，而它又不愿意自己在跑步机上玩），但至少不会再缺乏创意。

我坚信任何想象力都是有根源的——可能来自某本书、某部电影、曾经的经历，或是道听途说的某句话。因此，在你身边时时刻刻都存在很多能激发灵感的东西。下面介绍的练习将帮助你抓住它们。

练　习

如果你是个作家，那你很可能也收集了一大批各种类型的音乐。这些音乐也许正分门别类地存储在你的电脑上。现在我希望你做以下的事情：

1. 打开你惯用的文字处理软件，创建一个新文件。

2. 假定你正要为自己新的一部科幻或奇幻小说构思目录。先在文件上写下 1～30 的编号。至于每一章的具体名字暂时先空白。

3. 将你的音乐库调整为“随机播放”模式，然后开始播放。写下第一首随机出现的乐曲名字，将它作为第一章的题目。比如你收藏了很多经典摇滚乐，而第一章的名字恰好叫作《天堂之乐》（The Great Gig in the Sky）。非常好的开始！

4. 点击“下一首”，将第二首随机出来的音乐名字选为第二章的标题。举例而言，如果你还喜欢重金属，那么第二章可能叫《静水之夜》（The Night and the Silent Water）。你看，我们进行得还不错。

5. 重复这个过程，直到选定你想象中的新小说的 30 个章节标题。至此，你在听音乐的过程中已经拥有了一个故事。

当然，这个故事也许看起来是由若干毫不相关的线索组成的，完全不知所云，所以接下来，你要大胆地发挥想象力。从这些歌曲出发寻找创意，并试着将它们连成一个故事。《天堂之乐》作为故事的开端，可能描述了两位神祇在天上的战斗。其中一个神战败被杀，化作了一个充满魔力的湖——这是第二章的主题《静水之夜》。如此进行下去，直到构思完整个故事。

在这个过程中，要保持灵活，不要太过严谨，同时要尽量有创意，让灵感可以自然地流动。你一开始得到的歌名列表，并不一定就是小说最后出版时的目录。我们只是要用这些歌名来激发灵感、产生创意，所以尽可以将它们重新排列组合，或是将不太有用的曲目删除（比如你从《第九交响乐》（9th Symphony）这个名字得不到任何灵感）。

如果你不喜欢给小说的章节起名字，就像乔治·R. R. 马丁（George R. R. Martin）和特里·古德坎（Terry Goodkind）这样的著名作家一样，也完全没有关系！你只要在构思好整个故事之后，把名字删掉就好了。

这个方法的好处在于，只要你收藏的歌曲足够多，就会有无穷的可能性等待你去探索（而且除了歌曲，你还可以加入电影名、电视剧名，等等）。你将在这个过程中锻炼你的创造力，并有可能在短短几分钟之内就得到整本书的故事梗概。只要你需要，就不停地重复这个过程。相信我，这将是非常有趣的。你还在等待什么？开始动笔吧！

搬到外太空

达妮卡·丁斯莫尔（Danika Dinsmore）是获奖演讲艺术家和电影编剧。她的少儿奇幻冒险系列的第一本小说是《白森林的布丽吉塔》（*Brigitta of the White Forest*，2011），第二本是《诺伊的废墟》（*The Ruins of Noe*，2012），第三本是《格里奥斯的奥德利》（*Ondelle of Grioth*，2013）。

作为教师和作家，我经常在出差的时候碰到很多人（大多数是成年人），他们认为写通俗小说是一件非常困难的事。他们很好奇小说的作者是如何得到足够的灵感，从而创造世界、语言和文化的。因此，在我的写作课程中，最先要学习的就是寻找创意。

我最喜欢的一个创意写作练习，最初来自一个玩笑。那是在温哥华电影学校（Vancouver Film School），我的一个学生抱怨他写的剧本和《谍影重重》（*The Bourne Identity*）太过相像。我当时的回答是："好吧，那就把故事搬到外太空。"我本意是开一个玩笑，但话一出口，我们都安静了下来。这个故事在外太空将如何发生？这是一个值得思考的创意。

在接下来的课程中，"搬到外太空"成了一种流行。学生想出各种故事，并告诉我："这是外太空版的《杀死一只知更鸟》（*To Kill a Mockingbird*）！"

几年以后，我参加了一个作家会议，并例行公事地记着笔记。在一组经纪人和编辑的报告中，一个经纪人说："我想要的小说，是文学中的 Lady Gaga。"我信手在笔记中写下：**"把 Lady Gaga 搬到外太空！"**

这句话触动了我的思绪。

最先带给我灵感的是人物，然后是他们身处的环境。星际旅行中的 Lady Gaga，这个新奇的想法彻底吸引了我。从这个想法出发，我可以用揶揄嘲讽的笔触写出一个光怪陆离的故事。于是，我开始动笔写作，并完成了最新的一部小说——《星际旅行：一部流行太空歌剧》(*Intergalactic: A Pop Space Opera*)。

与此类似，我在研讨班上还使用过“与飞龙”“和时间旅行”“在平行宇宙”等词组进行过创意练习。我们会产生很多令人忍俊不禁的想法，但也都会遇到让大家陷入沉思、认真思考的创意。

还有一次，一个研讨班学员选择了一部有名的律政电影进行练习(请恕我暂时不便透露电影的名称)。当轮到他分享灵感的时候，他说：“我要把这部律政电影和时间旅行结合到一起。”说完便坐下了。但这句话仿佛打开了我们心中的一扇窗，房间一下子安静了，我们都认识到这是一个非常好的想法。于是，我告诉他：“你应该把它写下来。”

这个故事正在创作之中。

现在，也许你们会问，难道人们不会觉得这些故事似曾相识么？这么做不算是抄袭么？

对此，我想做几点说明。首先，任何一部小说都不是凭空产生的。我们的创意来自对日常生活的观察和经历，来自以前读过的故事，来自人性的共同之处。因此，很多故事从本质上来看都是相似的，只是更换了不同的人物和设定。从这个角度来讲，你甚至可以用这个练习来设计一个故事套路（小人物的奋斗史、寻宝、洗心革面……），而不是一个特定的故事（发生在月球上的小人物的奋斗史）。

其次，作为作者，你的责任是给故事带来个人的色彩。如果你在刻画人物的时候，代入个性化的语言和风格，让情节自然地围绕人物展开，而不是生搬硬套已有的套路，你就会改变或超越最开始带来灵感的那个老故事。由此得到的，就是属于你自己的、拥有崭新的生命力的故事。

我并不是说一定要创作一部《傲慢与偏见与僵尸》（*Pride and Prejudice and Zombies*）——尽管这也是一个不错的主意。这个练习是希望教会你们如何想象和探索，从此不再对创作幻想小说心存畏惧。

我可以想象，如果有人在研讨班上提出将《美食、祈祷和恋爱》（*Eat*，*Prey*，*Love*）搬到外太空，我们会想出各种各样美妙的创意。等等，将《美食、祈祷和恋爱》搬到外太空……这个主意不错！

练　习

首先列一张表，包含以下三类：

- 一个关于你自己、亲戚或是朋友的故事；
- 一个历史人物或事件；
- 一本书、一部电影或一部电视剧［比如《杀死一只知更鸟》、《当哈里遇上莎莉》（*When Harry Met Sally*），《犯罪现场调查》（*CSI*）］。

现在从“搬到外太空”“与飞龙”“和时间旅行”中选一个词组（或者使用自己想到的词组：僵尸、巫师、精灵、外星人、在未来的反乌托邦世界、在魔法森林，等等），将这个词组分别和表中的三类故事结合在一起（比如，犯罪现场调查与飞龙）。

然后构思每个故事的一句话梗概（即用一句话说明某人必须做某事否则就会发生某事）。例如：一队罪案现场调查员必须证明一条幼龙并不是杀死国王的凶手，否则它就会被捉住杀死。

从这三个主意中选出你最喜欢的一个，然后将计时器设定在15～20分钟，开始写作：“这个故事讲述了……”在时间用完之前，不要停止写作，也**不要删改和编辑**，让想象力指引你写作的方向。写完之后，你可以再次重复这个练习。

维恩利的呼唤

哈格尔·格鲁伯（Xaque Gruber）的创作领域包括电视［《王朝的重建：争吵和鱼子酱》（*Dynasty Reunion*：*Catfights & Caviar*）］、电影［《破碎之路》（*Broken Roads*）］和在线媒体［《赫芬顿邮报》（*The Huffington Post*）］。他来自新英格兰，现在跟他的两只宠物鼠一起住在洛杉矶。

几年前，我在洛杉矶的一个电视节目工作室上班。在办公室的一个养殖箱里，我养了两只小老鼠宠物。那是两只雌性的小老鼠，名叫金块和跳跳。我非常喜欢它们，喜欢看着它们玩耍、睡觉、吃东西，还有互相舔来舔去。

我有一个年轻的女同事叫塔琳，她是三个孩子的母亲。我们在办公室聊天的时候，经常会聊到生孩子、当妈妈，还有带孩子的话题。每当这时候，我都会瞟一眼生活在玻璃箱里的两个小伙伴，并发自内心地认为它们，以及所有的哺乳动物都像我们一样脆弱敏感，甚至具有相同的感情。

有一次，当我像往常一样看着办公室的小伙伴，和同事聊着母亲的责任，特别是看着小老鼠用它们像婴儿一样纤细的“小手”抓住一粒种子啃咬的时候……我的潜意识忽然将这些场景联系到了一起，脱口向塔琳问道：“如果你除了人类，还能生下其他动物，你会去尝试吗？”

她望着我说：“这是我听过的最奇怪的问题。”

我把她的这句话视为对我的表扬。最奇怪的问题？天啊！她那时候 30 岁左右。所以在过去的 30 年间，她被问到了无数问题，而我的这个问题是其中最奇怪的。我意识到自己问了一个好问题。

于是，我几乎立刻就开始构思人物。一个生下动物的女人。她为什么要生下动物？她是如何做到的？接下来又会发生什么？

那时候，我又恰好看到了一则关于更年期的新闻，提到了女人在更年期临近结束的时候会经历一段生育力的高峰。所以……我的人物可以是一个年纪比较大的女人，大到几乎没有人预料到她还能怀孕生子。

一个脚本在我的脑海中逐渐成形。一个接近 60 岁的女人，怀上了一个动物。我将故事设定为发生在未来的具有黑色风格的剧情片，并借鉴了《人类之子》（*Children of Men*）和《使女的故事》的构思，那时候人类可以通过科技力量让女人产下动物，以维持濒危物种的存续。但是，我在继续创作的时候遇到了困难。对我而言，这个设定的基调太过严肃，因此更适合用一部电影或长篇小说来进行表达。而单单想到这些就足以让我精疲力竭。

我喜欢幽默。我喜欢稀奇古怪、荒谬绝伦的奇幻场景，就像刘易斯·卡罗尔（Lewis Carroll）的作品或巨蟒剧团（Monty Python）的电影中所展现的那样。而这个故事虽然有我喜欢的主题（一个女人产下一个动物），但它黑暗严肃的方向却让我提不起兴趣。

在那段时间里，我刚刚迷上了 BBC 的剧集《唐顿庄园》（*Downtown Abbey*）。我钟情于这部剧的剧本、人物和对话风格，以至于幻想着自己能回到 1914 年，变成一个生活在唐顿庄园里的男仆。听上去很疯狂吧？但我在那个时候确实发疯一般地迷上了这个剧集，在短短的一个月的时间内反复看了三遍。

在某一天，我忽然想通了！记住，如果你要借鉴其他的作品，从最棒的作品下手，而《唐顿庄园》就是我看过的最棒的电视剧集之一。除此之外，我喜爱的另一部电视剧也属于历史题材——《广告狂人》（*Mad Men*）。多年以来，大家都认为观众不喜欢历史题材的作品，但《广告狂人》和《唐顿庄园》的成功却证明了这种观点的错误。在这两部剧的启发之下，我重新把故事设定在 1950 年左右，那时候第二次世界大战刚刚结束，电视机也才出现不久。故事的主人公是一个庄园中的女仆。她怀孕并生下了一个动物，不仅出乎她自己的意料，也吓坏了她的雇主——想象一下唐顿庄园中的玛吉·史密斯（Maggie Smith）女爵看到自己的女仆在波斯地毯上生下了一个巨大的鹅蛋。我根据自己最初的设想重新构思了整个故事，甚至查阅了英式英语的字典，找到了很多50年代流行的俚语来丰富我的对话。

忽然之间，我之前的疲惫一扫而空，一种要立刻动笔开始写作的冲动充满了我的内心！我认为，至少到目前为止，如此古怪的一个构思最适合用短篇作品来表达。短篇这种形式经常被人低估，但其实相当不错。我强烈推荐专栏和电视节目作者在遇到创作困难的时候从短篇开始入手。那种感觉就像在清澈的湖水中游泳，让你瞬间感觉焕然一新。在不到20页的篇幅内，你要囊括开头、过程和结局，以及大量丰富的情节。不用担心故事是否发展得过快，只要动笔写作就好。

最后，我将这个故事写成了一篇19页的短篇小说《维恩利的呼唤》（*Call of the Wylleen*），主人公就叫维恩利·索恩比（Wylleen Thornby）［我小时候特别喜欢《凶兆》中的达米安（Damien Thorn）］。小说题目的灵感来自杰克·伦敦（Jack London）的经典作品。* 大多数读过《维恩利的呼唤》的人都会发笑，并喜欢上这个神奇的故事。一个知名的情景喜剧作家这样评论它："在此之前，我从没想过人兽之间的结合也能写得这么引人入胜。"

至于为什么维恩利在更年期经历的生育力高峰能使她获得野生动物的青睐？不知道。反正就这么发生了。在一个短篇作品中，你甚至不用担心这些事，因为短篇小说不关心为什么，只关心人物还有他们的情感和经历。我还在故事中包含了黑暗（接近于恐怖）的元素和温情的场景。这个故事的创作过程让我学会了很多东西。

而这一切之所以能够发生，只是因为我曾经将一段关于母性的对

---

* 与杰克·伦敦的《荒野的呼唤》（*The Call of the Wild*）谐音。

话和惹人怜爱的小老鼠宠物联系在了一起。另外顺便提一句，塔琳后来回答了我提出的这个最奇怪的问题：她愿意生下一只小老鼠，因为那样不会很痛。

练　习

随意选择发生在你家里、办公室里或者火车上的一段对话。把这段对话记下来。

以这段对话为主题，并把它和一件与对话无关的事物联系在一起。

从这个想法出发，创作一个包含开头、过程和结局的短篇小说或剧本（少于 20 页）。

从正在播放的新闻、喜欢的电视节目或电影中寻找灵感，确定故事的基调。尝试选择不同的历史时期作为大背景。

开始创作吧！

六个字的欢乐

塞阔亚·汉密尔顿（Sequoia Hamilton）是奥吉作家联合会（Ojai Writers Conference）的创始人和奥吉作品节（Ojai WordFest）的联合创始人之一，后者是南加州一个为期八天的文学节。她是“全球写作大冒险”（Global Writing Adventures）包括“巴黎作家大撤退”（Paris Writers Retreat）的拥有者。她是《我护照上的香水》（*Perfume on My Passport*）的作者和《巴黎故事选》（*Paris Stories-An Anthology*）的出版者。

我们生活在一个交流极度方便的黄金年代，一个有短信、博客、微博、微信，还有表情包的年代。

现在想象一个用词必须极度节省的世界——在这个世界上每个人都只能用六个字回答问题。

传说中最早提出六字挑战的人是欧内斯特·海明威（Ernest Hemingway）。他在一个酒吧里和人打赌可以用十个甚至更少的字写出一个故事。轮到六个字的时候，他写道：“崭新童鞋出让。”

一个只有六个字，却包含丰富内涵的故事。

2006 年，《史密斯》杂志（*Smith Magazine*）根据海明威的故事创作挑战，以个人回忆为主题举办了一场写作比赛：“你的六字一生”。编辑部希望用六字回忆录的形式表达他们对人物传记的钟爱。

这场竞赛收到了 20 万份简短而深刻的六字回忆录。《史密斯》杂志也因此培养了一大批活跃在网络社区，充满热情的微传记作家。在随后的四年间，这个新鲜的比赛迅速地扩展为价值数百万美元的产业，包含互动式网站、图书出版、桌面游戏、日历和 T 恤衫。

下面是几条《史密斯》网站上的热门精选：

“多疑症患者：土豆凝望着我。”*

“拼字游戏板上的求婚。”

“圆月之夜，妻子在舞蹈，丈夫在嘶嚎。”

“生活的美好，在柔软的睡衣中。”

另外还有几条是关于写作技巧的：

“停止创作意味着作家的死亡。”

“天赋，请出现在我面前吧。”

“创意写作，由此开始。”

在《史密斯》开创了用六个字在网站上发表传记性作品的先河之后，很快吸引了其他类型作者的注意，他们都想分享其中的快乐。一时间，网路上出现了多个类似的挑战：

六字诗创作。

六字说唱歌词创作。

六字祈祷词创作。

六字讣告创作。

六字恐怖小说创作。

六字奇幻世界创作。

甚至一个房车论坛也开始征集“六个字描述你的房车生涯”，并收到了 51 份回帖。

作为“幻想之王”的幻想小说，更是这类竞赛的宠儿。你能用六个字讲述一个放荡不羁、幽默诙谐或悬疑推理的故事吗？这个由《连线》（*Wired*）杂志提出的挑战催生了一批优秀的科幻、奇幻和恐怖作品。

---

* 原文为“Paranoia：My potato is watching me.”共计六个英文单词。本文中所说的“六个字”皆指英文单词个数，在中文语境中会有变化。

其中的佼佼者包括：

“电脑，我们带电池了吗？电脑？”——艾琳·冈恩（Eileen Gunn）

“他的生殖器脱落了；他怀孕了！”——鲁迪·拉克（Rudy Rucker）

“挥挥沾满鲜血的手，我说了一声再见。”——弗兰克·米勒（Frank Miller）

在近期的一个写作研讨班上，我提出了一个修改版的六字挑战：用六个字概括一个故事，随后把它扩充成一段话。

班上有一个十几岁的小女孩。她参加这个研讨班的目的，只是希望通过写作抚慰她失去父亲的伤痛。她提交的作品是这样的：

不吸烟，只吃糖

桑德拉·帕金斯（Sandra Perkins）

那时我只有十岁。当时已经很晚了，过了我的睡觉时间。我装作爬起来去厨房倒一杯水喝。这时，他走进来拿棒棒糖吃，因为医生不让他再吸烟了。他对我笑笑，摸着我的头发，告诉我他爱我。他让我赶紧上床睡觉，因为临终安养院的护士明早就要来了。我说，我也爱他，然后就去睡了。两周以后，他走了。

我被这个故事感动了。我想起了自己的经历。当我的母亲由于一种罕见的关节炎并发症引起的心梗去世时，我只有 24 岁，而她只有 54 岁。那时候，医生走进了重症监护室的陪伴室，低声说了六个字：“很遗憾，她走了。”

生命就像六个字一样短暂。

练　习

六字挑战初看起来很简单，但非常有趣，而且可以作为一种很有效的写作训练，帮助我们得到更深刻、更丰富的故事。接下来，我介绍几个在写作课程上常用的步骤：

1. 用六个字概括你的小说、故事或创意。

2. 在白色的卡片上用六个字描述以下内容：你的主人公是谁、他的目标是什么、遇到的阻碍是什么、作品的主题、你故事中的世界、这个世界的法则，等等。在卡片的背面写下相关的说明。

3. 用六个字总结故事中主要人物的经历。

4. 在创作新故事的时候，先写下六个字的标题，再扩充成一小段（以前面那个小学员提交的文字为例）。重复写 3～6 个这样的标题和段落，将它们进行排列组合，得到你故事的开头、过程和结局，以及情节和人物的演化轨迹。

5. 用六字填空游戏来克服写作障碍。尝试想象这些话出自你的人物之口，然后用一个词补全下面的句子。

“没有________________，我都认不出是你了。”

“天啊，你的________________怎么了？”

“千万别把________________告诉任何人。”

塔罗牌在写作中的应用

詹姆斯·温礼斯（James Wanless）博士是未来学家和新思想先锋。他是领航者塔罗（Voyager Tarot）的创始人，是《伟大的甲骨文：21世纪的战略直觉》（*Way of the Great Oracle，Strategic Intuition for the 21st Century*）、《新时代塔罗》（*New Age Tarot*）、《塔罗之轮》（*Wheel of Tarot*）和《工作中的直觉》（*Intuition@Work*）等书的作者。作为绿色运动的支持者，他还是《小石头：生命的朋友》（*Little Stone：Your Friend for Life*）、《可持续生活：新的成功》（*Sustainable Life：The New Success*）等书的作者。

当劳丽找到我参与这本书写作的时候，我一开始感到很困惑。后来，她向我解释说塔罗牌可以成为作家——尤其是幻想小说作家——手中有用的工具，因为对他们而言，神话和符号学都是必不可少的内容。

作为一名作者，我只写过一些非小说类的意识类型的书籍，所以我绝对不会在这里班门弄斧地对写小说发表任何意见。我喜欢读小说，但是对如何创作毫无概念。我要和你们分享的是关于塔罗牌的知识，尤其是我自己的版本——旅行家塔罗牌（Voyager Tarot）。

有些塔罗牌的玩家和设计者坚持使用传统的牌语解释，而另一些人（比如我本人）则拥有自己的风格和方法。让全部塔罗牌的玩家对玩法和解释达成一致意见，几乎是一件不可能完成的工作。他们都是我行我素的人，通常还有点古怪，而且都有自己的一套行事法则——我猜作家可能也是这样吧。

塔罗牌的传统玩法是用来预测未来。假设我们的未来都是预先设定好的“命数”，通过塔罗牌我们可以提前预测吉凶祸福。

从现代的观点来看，我们的命运更多的是掌握在我们自己手中。除了基因遗传和物竞天择之外，自由意志在我们的生活中也会起到很重要的作用，特别是当我们意识到自己的行为，并愿意为个人发展负责的时候。旅行家塔罗牌正是从这一点出发对传统进行了修改。

对我而言，塔罗牌指引了通往至善至美的方向，是灵魂的导航，是帮助我们成为英雄的工具。从 0 到 20 顺序排列的主牌，每一张都代表了一种原初能量，一个神话中的人物或神祇，以及一类品质或特征。这些主牌作为一个整体，象征着从拥有无限可能的零点出发（标号为 0 的牌，以前称为“蠢人”，我称它为“单纯的孩子”），通过各种经历，最后到达完美状态（标号为 20 的牌，以前称为“世界”，我改名为“宇宙”）的道路。

除了主牌之外，还有附属牌，我们现在称为功能牌。功能牌分为四类，分别代表人类的四个方面——心灵（水晶牌，以前称为“剑”），情感（杯子牌），身体和物质（世界牌，以前称为“触手”），以及精神（魔杖牌，以前称为“管道”）。

在教学实践中，我经常会尝试新的方法，通过塔罗牌来探寻通往和谐的道路，了解需要关注和提高的方向，提醒需要注意的东西，并预知牌语指示的旅途终点。

除此之外，凝视和思考塔罗牌也是有趣的体验。每一张牌都具有丰富的画面和大量符号标记。在旅行家塔罗牌中，我重新设计了所有牌的标志，希望用复杂的拼贴画帮助玩家和自己的潜意识对话，并运用他们的直觉。

如果你对塔罗牌有兴趣，可以去魔术用品商店体验一下不同的版本。选择其中可以和你发生共鸣的牌。当然，你也可以在网上挑选。每一套牌一般都会搭配属于它自己的说明书，包含设计者对每张牌的解释。但是，不要让这些解释束缚你的思维。它们只是帮助你发挥直觉和想象的起点。

当你熟悉了一副塔罗牌以后，接下来就可以尝试用它来辅助创意写作。下面我以旅行家塔罗牌为例进行说明，但这个练习可以用任何一副牌来完成。

练 习

1. 通过在塔罗牌中寻找某一特定的符号或原型（比如蠢人、国王、女祭司、月亮，等等），深入了解每张牌正反两面的含义。

2. 用牌语辅助故事创作：从主牌中随机抽取五张。它们是否可以作为主要人物或主题？或者是故事的转折点？

比如，你抽中的五张牌是魔法师、恋人、力量、死亡和太阳。思考一下这些牌代表的含义、它们正面和反面的属性，以及是否可以把它们联系起来成为一个故事？也许在魔法师和一对恋人之间存在着冲突？或者魔法师是恋人中的一员？他也许想从太阳中获取某种形式的力量以对抗死亡？

3. 占卜人物：通过阅读牌语以增加对某个人物的了解。从整副牌中抽取三张：第一张代表了人物的过去，第二张代表现在，第三张代表未来。这些牌揭示了人物怎样的过去，又展现了什么样的未来？

4. 占卜冲突：在旅行家塔罗牌中，我在附属牌中设计了十二张“警示”牌，分别是愤怒、失望、悲伤、恐惧、停滞、负面、混乱、愚钝、狭隘、妄想、压抑和挫折。在我眼中，这些牌并不代表着既定的霉运，而是我们要在生活中注意避免的东西。而且，每张牌也都有其正面的意义。比如，“妄想”牌（第 10 张水晶牌，代表心智）可能表示创新的思想，即见他人所未见的能力。但是狂妄自大地自我催眠就会给你带来无穷的麻烦。

从这些牌中抽取一张，作为某个人物的主要缺点。或者将正面牌语作为正面人物的品质，而将负面牌语所代表的极端形象赋予怪物、坏蛋等反面人物。

5. 在传统塔罗牌的附属牌中有四张皇室牌——王子、公主、国王和王后。我对这类表示阶级的东西不感兴趣，于是把它们改成了儿童、男人、女人和贤明。每张牌都有属于自己的品质，并且每种组合都代表了人物的一个方面。所以你可以这些牌来创作人物，以及人物之间的冲突。一个由水晶牌（智力）代表的男人和他的由魔杖牌（精神）代表的女儿之间会发生什么冲突？和物质的（世界牌）妻子呢？或者是情绪化的（杯子牌）祖父？

我可以列出许多类似的步骤，但我想你们已经知道了如何用塔罗牌来辅助创意写作。接下来将由你们继续发挥想象，探索塔罗牌的应用。

自由科幻电视创作

迈克尔·里维斯（Michael Reaves）做了 30 多年自由撰稿人。他编剧和制作过近 400 集电视剧集，并创作图书、电影、漫画小说和短篇故事。他获得过一次艾美奖，在 2012 年 H. P. 洛夫克拉夫特电影节上获得了豪伊终身成就奖。他现在已经年过花甲，是个出了名的暴脾气——所以别去打扰他。

在过去的二十年间，电视出版行业发生了翻天覆地的变化。（旁白：在我职业生涯的最初五年中，我一直和打字机做伴。你知道这些就够了。）在我出道的时候，美国只有三家广播公司：ABC、NBC 和 CBS。这三家公司组成了整个电视市场。如果你的作品不能卖给三家中的一家，留给你的舞台很可能只有自己家的后院。

事情在 70 年代发生了变化。那时候出现了第一批联合播出的剧集，其中的代表作是《星际迷航：下一代》（*Star Trek*：*The Next Generation*）。虽然人们依然喜欢看老派的经典情景喜剧，但它们的辉煌程度早已经今非昔比了。

随后出现了有线电视，市场也变得越来越复杂。在很短的时间内出现了众多电视频道：尼克国际儿童频道（Nickelodeon）、迪士尼频道（the Disney Channel）、TBS、AMC、BET，等等。那一段时间对宅男而言，简直像天堂一样美好。

无情的扩张依然在继续。教育频道（the Learning Channel）、探索频道（the Discovery Channel）、历史频道（the History Channel）、动物星球（Animal Planet）、奥普拉有线台（the Oprah Winfrey Network），上帝啊！我们在目瞪口呆地看着新频道雨后春笋般出现的同时，也不得不忍受着一些马拉松式作品经年累月的持续折磨。

最终，我们迎来了网络和电视的结合。网络电视（Web TV）绝不是我们所熟悉的传统电视，而更像是疯子科学家创造出来的电视。在许多事情发生翻天覆地变化的同时，有些事情却始终未曾改变，而且也不会改变。我们所追求的，依然是用电视节目把故事讲好。

记住这一点，你就能理解下面的一些建议：

很多有抱负的作家向我咨询，作为一名制片人或者编辑，我最看重的自由职业作家的品质是什么。答案非常简单：我需要可以信赖的作者。他能够写出符合要求的作品，而且从不拖延。或者换种说法：我想要不给我找麻烦的作者。就这么简单。我没有什么秘密的暗号，也不搞像光照会（Illuminati）那样的神秘组织，我只需要合格的作者。作为一名还不错的作者，我成功地在这个行业生存了30多年，而作为制片人和编辑，我的成功仰仗于几个值得我信赖的作家。要知道，满足我这个简单要求的作家是非常少见的。所以一旦我遇到能在同一个剧本中将喜剧和恐怖都表现得淋漓尽致的作者时，我会毫不犹豫地签下他。因为在同一时间，这个星球上可能只有五个这样的人。

另外，我非常遗憾地告诉你，作家不能什么努力都不付出，坐等着被别人发现。你要四处参加活动，写作研讨班、科幻大展、相关的聚会，等等。重要的是和别人见面，和他们谈话，从他们那里得到信息和建议。而且，如果你找到了一档特别心仪的节目，想为它写剧本，那么就坐下来，用尽你的全力进行创作。你要写出一个前所未有、无与伦比的剧集。记住，无论是科幻或奇幻，还是剧情或戏剧，只要是电视系列剧集，那么重点只有一个：家庭。

以家庭为核心，写出一个每一步剧情展开都非常自然，但最后的结果却出人意料的故事。当你把结局呈现在观众面前的时候，观众应该被它所震撼，但仔细回想就会相信这其实是唯一的选择。如果能做到这一点，很好，你创造了一部佳作。

想听个例子吗？让我们来回忆一下《机械战警》（*Robocop*）的结局：嬉皮士迪克·琼斯（Dick Jones）被OCP的主任解雇，从而解除了第四号命令赋予他的安全保障，于是机械战警可以随心所欲地把他打成筛子。事后想来，这个结局多么自然！但是，它在带给观众惊喜的同时，也收获了他们的欢笑。我记得我曾经表扬过两名编剧中的一位，说他设计的结局“简单且必然”。他答道：“是啊——它太简单了，以至于我们只花了三个星期就想到了。”我相信他的话。另一个关于结局的真理是：它看起来越是不费吹灰之力，背后需要的工夫越大。

听起来很难吗？如果觉得难的话，不如现在换个工作吧。但是请记住一个事实：我曾经做到过，而这意味着任何人都能做到。这并不是说要做到它很容易，相反，你需要了解这个剧集方方面面的内容。而且，不要只研究剧集，也要花尽量多的精力去了解这档节目的制片人。为什么？在回答之前我先问个问题：如果我是一个周播剧集的制片人。现在有一期空档，同时有两个作者提交了两个剧本。他们两个人的各方面情况基本相同：剧本写得不错、角色设计出彩、拍摄成本也控制得挺好。唯一的区别是其中一个作者我不认识，而另一个我在展览会见过、在健身房见过、在保养会所也见过。我会选择哪一个？（你们的一半成绩取决于这个问题的答案。）

世界就是这样的。如果你能成功，那么恭喜你找到了最棒的工作。毫无疑问，靠编故事挣钱是一件很令人得意的事，而且其中充满了乐趣。相信我，我从事这一行超过 30 年了，至今依然热情高涨。

练　习

1. 从电视剧的核心是家庭这个概念出发，想象你要创作一个发生在星际飞船上的故事。构思人物之间的关系。挖掘家庭中经常出现的矛盾，比如代沟，同时加入新的冲突。

2. 关于外星人的影片如果想获得成功，它们必须拥有人类的行为举止。作为最伟大的科幻作家之一，西奥多・斯特金（Theodore

Sturgeon）曾经创作了《星际迷航》系列中最棒的一集《狂乱时间》（*Amok Time*）。他的灵感来自这样一个问题："如果斯波克为了繁衍后代或维持生命，不得不每隔几年回一趟母星，那么会发生什么?"（如果你没看过这集，那么立刻把书放下，去网上找来看。现在就去，我会在这里等着你们回来。）

3. 从不同人物的视角出发构思故事线。然后选择最不寻常的一个人作为叙事者，从他的视角展开故事。

4. 根据你故事中的设定，利用科幻题材的特点，从普通剧情片不可能实现的角度去审视人性。人物之间可能存在生理上的区别、文化上的区别，等等。记住，有三种冲突关系是最基本的：**人与人、人与自然、人与自我**。从这三种基本关系出发，我和别人联合创作了网络剧集《星际迷航：新旅行家号》（*Star Trek*：*New Voyages*），并获得了雨果奖和星云奖的最终提名。

5. 不要害怕从经典的故事原型中寻找灵感，只要不是模式化的故事就好。[区别在哪里？比如，一种偷懒的办法是把西部片的剧情搬到火星上，把枪换成激光炮，印第安人变成火星人。如果只是模式化地处理，只能让人嗤之以鼻。但是乔斯·韦登（Joss Whedon）创作出了《萤火虫》（*Firefly*）。如果你看不出这两者之间的区别，那就当我前面的话都是对牛弹琴吧。]

谁在乎世界的毁灭？末世故事中的人物演化

雷蒙德·奥布斯特菲尔德（Raymond Obstfeld）著有40多部小说、非虚构作品和诗歌，以及十几部剧本，其中大部分已经售出。他最近与卡里姆·阿卜杜-贾巴尔（Kareem Abdul-Jabbar）合作创作了《纽约时报》畅销童书《我的世界是什么颜色?》（*What Color Is My World?*）（Candlewick），以及中学生小说《画中的大脚野人》（*Sasquatch in the Paint*）（Hyperion-Disney）。他最近完成了一篇青少年小说《时间猎人的文身》（*The Time-Reaper's Tattoo*），贺曼公司（Hallmark）购买了他的剧本《小小的圣诞祝福》（*A Little Christmas Con*）。

末世故事大多充满了刺激。无论是《饥饿游戏》（*Hunger Games*）和《大逃杀》（*Battle Royale*）（这两部作品讲述的其实是同一个故事），还是《行尸走肉》（*The Walking Dead*）和《末日之战》（*World War Z*），或者是《末日逼近》（*The Stand*）以及其他同类型作品，都会唤起我们对世界末日的恐惧，以及隐藏在内心深处的渴望。这些作品在年轻一代的观众中更为流行，因为十几二十岁的青年对这个世界并没有太深厚的感情。毕竟，这个世界一直在教育他们做什么、想什么、成为什么样的人。他们为什么要捍卫一个一直在“压迫”他们的世界？在他们的心中，一个靠校服把人分为三六九等的社会，显然比不上一个靠箭术吃饭的世界。

我在“军阀”（Warlord）系列小说中创造了这样一个世界，并给主人公起名为杰森·弗罗斯特（Jason Frost）（这是我能想到的最威猛的名字）。在这个系列中，一场地震使加利福尼亚州脱离了美国本土，而且由于核电站被毁，围绕着这个新分离出来的岛屿形成了一圈具有放射性的穹顶，导致任何人都无法离开或进入加利福尼亚。留在岛上的人退化到了为了生存无所不用其极的原始状态。而且，小说的主人公手持一把很酷的弩。

会有很多优秀的作家告诉你们如何创造这样一个世界。在这里我想要分享的，是如何让读者关心生活在这些世界中的人。我将介绍一系列步骤，来帮助你们了解末世世界和人物的冒险经历将如何影响人物。这些理解将使一本小说不仅包含同类型小说都有的相似的动作场景，还能提供更深层次的内涵。否则，这本小说只能是大量廉价的复制品中的一员，最多维持个不温不火的状态。

作家在创作末世小说时，要特别注意不要只沉浸在创造世界的各种细节之中，而忽略了生活在世界中的人物。记住，世界只是为了展示主人公演化过程的背景，而不是小说的核心。

在很多小说中，主人公随着情节发展而产生的变化（即人物演化过程）是最值得注意的核心问题。只有让读者对主人公产生情感上的认同，一部单纯的动作类作品才能变成一个令人印象深刻的故事。要建立这种认同，我们就必须让主人公不仅为了生存而战斗，而且要立志成为一个更好更快乐的人。

练　习

建立人物演化过程

首先，我们必须确定主人公的类型。他是否招人喜欢？他是多才多艺还是智力超群？他是否因为这些出众的技能而成为一个天生的领袖？或者他一开始并没有什么过人之处，而是随着故事的进程变得越来越强壮、越来越聪明？要确定人物演化过程，我们需要回答以下几个问题：

1. 在正常的世界里，主人公是什么样的人？

作为一个初学写作的人，常犯的严重错误是为主人公设计一个重大的情感缺陷，然后在故事的每一个场景中都不断地重复强调这个特征。也许主人公的伤感是因为父亲去世或者离家出走，也许她严重的安全感缺失是因为童年的情感创伤。无论这个特征是什么，作者的本意是让读者产生同情（进而喜欢主人公），并为主人公设置需要克服的障碍。这听起来似乎没什么问题。

但是人物设置远比这复杂得多。如果你在创作一部少年文学，你也许可以靠简单肤浅的人物设定蒙混过关。但如果你的目标读者是复杂的年轻人和成年人，你需要创造更细腻的人物。如何做到这一点？靠刻画人物在正常世界中的状态。她在日常生活中做什么？她喜欢什么书、什么食物、什么音乐、什么电视节目？她在上床后做什么？吃冰淇淋？读诗集？还是和朋友短信聊天？通过描写这些日常生活的琐事，我们能在主人公以往和现在的生活之间建立一种反差。而主人公失去的一切将让读者更关心她的未来。

如果在小说的设定中，末世的灾难（使世界秩序崩溃的事件）已经发生，你可以通过一些残留的事物、记忆或者倒叙来描绘崩溃之前的世界。如果灾难的发生是小说的一部分，那么灾难前的场景将向读者展示主人公曾经的生活和她将要完成的任务。

2. 主人公拥有哪方面的优秀品质？

人物的力量源于他们所拥有的品质（身体素质的特长不在此列）。在这里，我们要找到最主要的一类品质：同情心、智慧、领袖气质，等等。这个特质将成为构思情节的关键：你需要设计场景使人物接受相关方面的挑战，而人物需要利用自己的特质克服障碍。

3. 主人公最大的缺点是什么？

确定人物的主要缺点。所谓主要缺点，并不是啰唆和缺乏幽默感这样的小毛病，而是能阻碍人物获得成功和快乐的性格缺陷：没有纪律性，无法对他人形成准确的判断，想获得所有人的好感，等等。这个缺点同样可以为情节设计提供指导：我们要为主人公安排激烈的冲突，使他由于性格缺陷偶尔品尝失败的痛苦。这些失败会使读者对主人公的力量产生怀疑，不确定他能否在最后的高潮中获得胜利，并由此为小说带来悬念。

4. 主人公主要的技能是什么？

在通常情况下，主人公应该具有某项特长或爱好。其主要原因如下：

（1）可以展示他对某件事情的热情。读者更喜欢有激情的主人公。

（2）可以通过描述他对这件事情产生兴趣的原因，增加人物的深度。这样的故事能帮助读者以一种轻松的方式了解人物之间的关系，曾经经历的创伤和挣扎，等等。和“倾销式”的叙述相比，这种写法更加活泼，也不会为了交代背景信息而造成故事的中断。

（3）可以增强故事的悬念。我们都知道无论主人公钟情于什么，都会在随后的剧情中起到关键的作用。因此这项特长或爱好看起来越没有用处，产生的悬念就越强。

具体选择什么样的爱好并没有一定之规，只要看起来有趣就可以。收集漫画书、弹吉他、斗青蛙，在小说的世界中没有区别。《每周一片》（TV Movie of the Week）这个栏目播放的第一部影片是由罗伯特·瓦格纳（Robert Wagner）主演的《我的暑假》（*How I Spent My Summer Vacation*）。在这个故事中，瓦格纳饰演了一个毫无天赋而且被宠坏了的无业花花公子。他的特长是可以长时间屏住呼吸。在电影中，主人公一开始只是用这项能力在泳池派对中取悦他的朋友。但后来，当他被关在一个充满毒气的电梯中时，这项技能成功地使他逃出生天。

5. 主人公的主要弱点是什么？

有时候，主人公所具有的身体方面的缺陷，会阻碍他实现自己的目标：体重超重、腿脚不便、视力不好，等等。这些身体方面的缺陷还可能和心理方面的缺陷相关联。比如，他是否将身体的缺陷作为借口，以逃避应该承担的责任？在电影《脱线女王》（*Young Adult*）中，查理兹·塞隆（Charlize Theron）饰演了一个曾经辉煌，但长大以后生活窘迫的女孩。在她回到家乡的小城以后，遇到了一个她以前在学校时从没放在眼中的身材矮胖的男孩。这个男孩曾经被误认为是同性恋，因此遭到一群孩子的围殴，并造成了腿部残疾。高中毕业以后，他干着低级的工作，在自己的车库里酿私酒，还把不同的动作影片角色拼贴在一起变成混搭英雄。多年以来，他以自己遭遇到的不公和由此带来的残疾作为借口，将自己与这个不公平的社会隔绝开来。

6. 主人公是否招人喜欢？如果不是，他拥有哪些值得挽救的品质？

在有些作品中，人物一开始像个恶魔一样让人憎恶。而故事的悬念在于他能否弃恶从善，变成一个好人。在这种情况下，作者所面临的难题，是使读者对恶魔一样的主人公产生兴趣，并希望了解后续的发展。

这个问题的答案是，要为不招人喜欢的主人公设计一个值得被挽救的品质。通过这个品质，读者能看到在主人公的内心深处还有善良的一面。一旦条件合适，人物内心的善良被唤醒，他能够就此洗心革面。

在小说《发条橙》（*A Clockwork Orange*）和同名电影中，主人公阿莱克斯是一个残暴成性的小偷、强奸犯和杀人犯。读者为什么依然关心他的经历呢？首先，他的性格非常鲜明且行事不可预测，使得整个故事非常有张力。其次，他拥有值得挽救的品质：对贝多芬音乐的热爱。在读者眼中，对音乐的热爱说明他的内心依然具有代表人性美好的火花，如果能将火花点燃，阿莱克斯就能脱胎换骨，获得新生。

将人物融入故事

通过回答以上的几个问题，我们已经确定了主人公。接下来，我们要通过激烈的剧情冲突展现人物的品质和缺陷。不要单纯的叙述和独白，而要用灵活多样的方式通过故事情节刻画人物的方方面面。

结局：恶魔出没之地

洛伊丝·格雷什（Lois Gresh）六次入选《纽约时报》畅销书作家，有27本书和45部短篇小说入选《出版人周刊》（*Publishers Weekly*）畅销平装书、《出版人周刊》畅销童书。她的作品被翻译成20种语言。洛伊丝的作品获得过布莱姆·斯托克奖、星云奖、西奥多·斯特金纪念奖（Theodore Sturgeon Memorial Award）和国际恐怖协会奖（International Horror Guild Award）的提名。

我们都曾经有过这样的经历：在一本奇幻小说读到一半的时候，你猜到了故事的结局。也许你喜欢书中的主人公，也许你也喜欢小说的设定和优美的文笔，但是从猜到故事结局的那一刻起，所有这些优点都无法改善你对这本书的感觉。

让读者保持注意力的唯一方法，是让他们不停地猜测，最好将悬念一直保留到故事的最后一页。

从这个要求出发，让我们看看如何创作一部优秀的恶魔小说。我最近编辑了一本名为《黑暗聚变：恶魔出没之地》（*Dark Fusions：Where Monsters Lurk*）的小说集（PS Publishing，2013）。在所有收到的稿件中，有三分之二是典型的恶魔小说。它们都描写了一个善良的主人公（通常是一个单亲家庭的孩子）和行踪诡异的恶魔之间的对抗。在故事中，一开始总会发生一些怪事：阳光下的游泳池忽然变得浑浊，草地被看不到的阴影覆盖，平静的天空突然刮起了妖风。随着情节的推进，也许会有一个配角人物消失，也许主人公会发现亲人死在浑浊的泳池（或者草地的阴影、抑或是妖风）之中。

在很多故事中，恶魔拥有人类的形态。比如恐怖小说中的变态杀手，或者太空歌剧、军事科幻以及其他类型中的人形反派。

我们能够坚持读完一本小说，是因为关注其中的主人公和他的最终命运。因此，读者最希望看到作者能以一个出人意料的精妙设计作为故事的结局。否则，如果我们提前猜到了结果（哦，这个恶魔会最终从浑浊的泳池中走出，并杀掉某个人），那后面的故事也就失去了存在的意义。

另外一个值得注意的问题，是主人公必须随着故事的推进发生改变。从他在读者面前出现，到最后和恶魔对抗的高潮之间，主人公要有实质意义上的变化，而他最后的行为必须反映这种变化，并且极大地颠覆了他原来的形象或信仰。如果你的结局能和主人公内心激烈的情感发生呼应，读者也必然会被感动。

一部典型的恶魔小说可能有以下三种结局：

1. 主人公最终看到了恶魔，并和它发生激战。他可能战胜并杀死了恶魔，也可能失败被恶魔杀死。

2. 主人公被邪恶的力量所感染，也成为恶魔的一部分。

3. 主人公发现恶魔其实并不存在。

只要你的结局属于以上三类，读者就一定会对你的故事感到失望。所以你该怎么做？

一种可能是在主人公发生改变的时候，恶魔也发生了改变。如果改变后的恶魔不再成为一个威胁，那么主人公会不会取而代之？

或者，主人公最终面对的只是一个替身，而真正的恶魔依然潜伏在黑暗中，等待着在主人公放松警惕的时候发起突然袭击。

另一种可能是主人公并没有简单地杀死恶魔，相反却让它受尽无穷的折磨。

此外，主人公也许发现我们每个人都是恶魔，所谓邪恶的力量其实是人性的通病。

由此可见，我们其实有无穷无尽的选择，完全没有必要从那三个默守成规的答案中选择。

在我的黑暗童话《甜蜜女孩》（Wee Sweet Girlies）［收录于文集《魔怪进化》（*Eldritch Evolution*）］中，一个年轻的女孩自始至终都面临着恶魔的威胁。她最终杀死了恶魔吗？或是成了另一个恶魔？或者发现其实这一切都不是真实的？全都不是。那么她是否在故事中发生了深刻的变化，并在结局以行动展现了这种变化？是的。读一下这个故事，你就能明白我的意思。

在《数字凶兆：华尔街惊悚》（*Terror by Numbers*：*A Wall Street Thriller*）（Book View Café，2012）中，女主人公直到故事进行了很久之后才意识到恶魔的存在，并不得不为了自己的生存而战。注意，在大多数惊悚和恐怖小说中，恶魔都是双手沾满同类鲜血的人。我不会在这里透露这部小说的结局，但可以保证绝不是三个常规答案中的任何一个。我希望这个结局可以让你满意。

练　习

1. 找一篇你没有读过的短篇小说。读到一半的时候，猜猜结局是什么。把所有你觉得可能的结局都写下来。把故事读完，看看是否和你的猜测吻合。如果你猜中了，有没有失望的感觉？如果没猜中，思考一下为什么没想到这种可能。这个结局合理吗？主人公有没有随着故事的进行发生改变？这个结局有没有在情感上打动你？

2. 用 2 000 字展开一个科幻、奇幻或恐怖故事。你的故事要包含一个恶魔，它会威胁到主人公的生活或家庭。随着故事的进行，主人公要加深对自身的了解，并像普通人一样成长。接下来列出所有你觉得可能的结局，删掉可以归为三类常规结局的选项，从剩下的选项中选择一个把故事写完。

从结局开始……

迈克尔·迪伦·斯科特（Michael Dillon Scott）是爱尔兰最成功和高产的作家之一，100 多部作品横跨奇幻、科幻和民间传说类型。他的选集《爱尔兰民间传说和童话故事》（*Irish Folk & Fairy Tales*）、《爱尔兰神话传说》（*Irish Myths & Legends*）和《爱尔兰幽灵和鬼屋》（*Irish Ghosts & Hauntings*）在过去二十年中不断重印，是关于凯尔特民间传说最权威、引用率最高的作品。

我曾经见过许多作家。我认为他们可以被分为两大类：第一类按照既定的计划写作，另一类则没有计划。我对第二类作家一直非常敬仰，因为我完全无法想象他们是如何做到的。也许当他们面对着电脑或白纸的时候，故事会自然地从脑海中浮现。

但是，就我的经验来看，即使是那些不做计划的作家，也会提前想好一个结局，并在写作的过程中向那个方向靠拢。（当然，世界上一定会有人反对我的这个论断，并坚称他从来不需要事先想好结局。当真正的结局到来的时候，他会和读者一样大吃一惊。这也正好说明了每一位作家都有自己独特的创作方式。没有哪一种是绝对正确的。）

在幻想小说中，经常会出现系列作品。系列作品的概念起始于 19 世纪流行的廉价惊险小说，其代表作是《吸血鬼瓦涅爵士》（*Varney the Vampire*）。这系列作品自 1847 年首次发表之后，在两年多的时间里以杂志的形式连载了 100 多期。

之后，狄更斯的大部分杰出的作品都是先以月刊的形式连载，完结之后再出版单行本。读者也乐于在分别一段时间之后，再和他们钟爱的角色重逢。

此外，《人猿泰山》（*Tarzan*）最开始是以系列短篇故事的形式，从 1912 年起陆续发表于《故事杂志》(*All-Story Magazine*)。两年之后，同名小说才正式出版。

就连久负盛名的科幻杂志《惊奇故事》(*Amazing*) 和《惊异故事》(*Astounding*)，也都会以相同的人物为中心，刊登系列故事。这个传统一直保留到了今天的电影、电视和小说发行市场。

读者喜欢读系列小说，出版商更是把它视作摇钱树一般，而大多数作者也热衷于创作系列作品。

但是作为一名作者，在开始系列作品创作之前，必须意识到他将面对的是长达数年的工作。在我 80 年代开始写作的时候，常见的是三部曲，而现在会出现四部曲、五部曲、六部曲甚至更长的系列。而且这些书通常还会很厚——科幻和奇幻小说中很少见小部头的佳作！

最近，我刚刚写完了青少年文学“弗莱梅”(Flamel) 系列的第六本书。这个系列的第一本书开始于 2005 年，随后在 2007 年出版，而第五本书是在 2012 年出版。“弗莱梅”系列至今已经付印的字数超过 50 万字，而我在排版、重写和删节的过程中舍弃的文字至少是它的三倍。

《炼金术师：永生的尼古拉·弗莱梅的秘密》(*The Secrets of the Immortal Nicholas Flamel*) 从一开始就是按照六本书的系列作品构思的。在写作的过程中，我必须对每一本书都了如指掌，我需要知道每本书的高潮在哪里，特别需要知道整个系列的结局。在开始的时候，我必须要有一个方向。

事实上，在我动笔开始写第一部书之前，就已经写好了最终的结局。在此之后又过了七年，当我终于写完了整部作品的时候，七年以前写好的结局就在那里等待着我。只字未动。

所以，我对小说创作（特别是多部曲的系列作品）的建议是：从结局开始。

从某种程度上讲，写作的过程是一种奔向目的地的旅程，最后的终点就是故事的结局。和所有的旅程一样，我们应该在开始的时候就清楚终点的方向，这会让整个旅程变得更轻松自如。当你掌握了故事的结局时，你就洞悉了整个故事，因为你可以从结局出发，不断地向自己发问："为什么会这样?""在这之前发生了什么?"直到回到故事的开头。伴随着你对自己的发问，整个故事的弱点和强项也会一一展现在你的面前。

我们也可用同样的方法来塑造人物。

在整个过程中，我们从人物在故事高潮部分的状态出发，逐渐往回追溯演化的轨迹。通过研究人物的最终状态，可以帮助你确定他们原始的状态。如果发现人物在故事两端没有表现出本质的区别，那么你最好做一些调整。在任何一个故事中，人物都要发生改变。

从结局开始还会给人带来心理上的安慰。无论在路途中遇到了多少曲折和彷徨，你都知道终点就在那里!

练　习

1. 选择一篇已经写好的故事，从结局开始分析。先用几句话在卡片上简短地总结最后一章或最后一节。然后总结倒数第二章（或第二节），并一直进行到故事的开头。重新审视你的卡片：你的结局是否自然？它是否是过往经历的自然结果？

2. 选择一则新闻标题作为故事的最后一句。通过问自己**"在这之前发生了什么?"**逐渐回溯出整个故事。

3. 用两种不同的方法塑造同一个人物。首先从传统的人物设定开始，列出所有的好恶、背景和家庭信息，等等。然后，从确定的最终状态出发，重新塑造同一个人物。人物需要经历什么样的冲突，才会发生这样的转变？

4 惊悚和恐怖

如果你住在恶龙附近，忘记把它估算在计划内，会是个致命的危机。

——《霍比特人》（*The Hobbit*）中的甘道夫，J. R. R. 托尔金

它既然能吓着我，就能吓着别人，只要能把半夜纠缠我的暗鬼写出来不就成了。

——玛丽·沃斯通格拉夫特·雪莱

有关英雄和反派

威廉·F. 诺兰（William F. Nolan）是畅销书作家，出版过近 100 本书。他赢得过三个类型（推理、科幻和恐怖）的奖项，他的作品出现在 350 种选集和教科书中。他讲授大学层次的创意写作，他的作品包括《我不能死》（*Logan's Run*）和非虚构获奖图书《创意无限：如何写出畅销小说》（*Let's Get Creative：Writing Fiction That Sells！*）。

在电影中，主人公要成为英雄，必须做出符合英雄身份的事迹。什么是英雄事迹呢？从燃烧的火场中救出婴儿、在空难现场帮助步履蹒跚的老太太、从地震的废墟中救出被困的儿童、奋不顾身勇救落水者，这些都属于英雄事迹。但是，读者或观众最希望看到的，是英雄打败和他一样强大甚至更加强大的反派。没有什么比这更富有戏剧性，更让人心潮澎湃的了。

在马克斯·布兰德（Max Brand）最有名的西部片《碧血烟花》（*Destry Rides Again*）中，反面人物切斯特·本特（Chester Bent）比主角更强悍、枪法也更好，但是主人公德斯特里（Destry）最终战胜了他。关于小说的一个颠扑不破的真理是——更强的反派造就更强的英雄；反之，如果反派比较弱，就会削弱英雄的形象。

听起来也许有点费解？下面我来详细地解释一下。

我想到的第一个例子是超人：他是一个各方面趋近完美的典型的英雄人物。纯粹、正直、强壮，他打败过很多坏人，但是他最大的对手莱克斯·卢瑟（Lex Luthor）（从某种角度说算是一个典型的反派英雄）不仅邪恶，而且几乎同样不可战胜，是一个无比强大的反派！正因如此，他们两人之间才能爆发出史诗级的冲突和战斗，吸引了一代又一代的观众。

另一个例子，是乔治·卢卡斯执导的《星球大战》系列影片中的黑武士达斯·维达（Darth Vader）——他在年轻的卢克·天行者

（Luke Skywalker）心中产生了巨大的压迫感。在最初的几部电影中，维达是具有压倒性力量的反派，他的存在注定会粉碎抵抗联盟，让帝国的黑暗力量统治银河系中的每一寸空间。

在文学作品中也不乏这样的例子。伊恩·弗莱明（Ian Fleming）创作的詹姆斯·邦德系列小说中出现过很多想要击败这位偶像级英国间谍的坏蛋，其中金手指（Goldfinger）和诺博士（Dr. No）都是非常强大的对手。

有时候，反派人物甚至可以强大到抢走主角的风头，成为家喻户晓的坏蛋。布莱姆·斯托克（Bram Stoker）笔下的德古拉伯爵（Count Dracula），以及托马斯·哈里斯（Thomas Harris）在《红龙》（*Red Dragon*）中塑造的汉尼拔·莱克特博士（Dr. Hannibal Lecter）都是这样的人物。

从这些例子可以看出，作为一名作者，如果你希望在作品中制造足够的悬念，你必须塑造出一个非常真实的反派。一个平面化的反派是无法让读者信服，也无法给他们带来恐惧的。因此，你笔下的坏蛋要合理，要成为一个丰满立体的人物形象。此外，正邪之间的斗争要曲折——要有一个面临全面失败的黑暗瞬间，要让你的英雄面临生死攸关的考验。如果读者自始至终从未对英雄产生过怀疑，那么整个故事的悬念就无从谈起。因此，不要舍不得让英雄经受困境的考验，要让他体会生死一线的感觉。他在和反派对抗的过程中付出的越多，就会得到读者越多的认同和同情。

尽管你可以为主人公设置很多困难和障碍，但必须让他亲手打败敌人，而不能让坏蛋被天上掉下来的石头或者闪电弄死（这种写法被称为“机械降神”*，意思是必须靠天降神兵才能帮作者把写不下去的书收尾，这对读者是一种欺骗和侮辱）。在理想情况下，正义必将

---

* deus ex machina，英译为 God from the machine，在古希腊戏剧中，当剧情陷入胶着、困境难以解决时，突然出现拥有强大力量的神将难题解决。演出时利用起重机或起升机的机关，将扮演神的演员送至舞台上故得名。

战胜邪恶，但也有很多故事并不是这样结尾的，因此你完全可以按照自己的想法给读者设置悬念。要知道现在的读者口味非常挑剔，一般的结局很可能已经无法提起他们的兴趣了。

另外值得一提的是，反派角色不一定必须是人类。H. G. 威尔斯的名作《世界大战》（*The War of the Worlds*）中残暴的火星人，以及阿诺德·施瓦辛格（Arnold Schwarzenegger）在《终结者》（*The Terminator*）中饰演的仿生人杀手，都是非常经典的反面角色。在我的短篇小说《孤独的火车》（Lonely Train A’ Comin）中，反派是一列具有生命、会吞噬乘客的火车。英雄最终把这列火车炸成了碎片，并因此身负重伤。在这部作品中，我把火车塑造得非常真实，以确保读者能接受并相信它的存在。这是故事成功与否的关键。

最后，我再重复一遍小说创作的真理：强悍的反派造就强悍的英雄，孱弱的敌人只会削弱主角的形象。做好你的选择。

练　习

1. 创造一个既恐怖又有深度的反面角色。让他做一些邪恶的行径来展示他的罪恶。为他提供一个真实的背景。他从何而来？有什么样的能力？使这个人物真实可信。

2. 在正邪发生第一次碰撞的时候，让英雄经历一些失败和挫折。这将为英雄最后的胜利形成铺垫。

3. 在最后一战中，英雄如何取得了胜利？他是不是找到了反面人物的致命弱点？如果没有这种弱点，不妨制造一个。

4. 尝试从反派的视角进行创作：他想要做哪些坏事？其险恶用心是什么？他为什么要这么做？将我们带入坏人的内心世界。

5. 在高潮部分，始终为读者保留悬念，让读者不停地猜测：谁会取得最终的胜利？将以哪种方式？直到最后一刻，英雄反败为胜，正义最终战胜了邪恶。

恐怖故事的十一元素

克里斯汀·孔德拉特（Christine Conradt）创作过恐怖、惊悚和犯罪类型的 40 多部独立电影和电视电影剧本。她的电影在 FOX、Lifetime、Lifetime 有线电影频道、USA 等电视台播出。她是《夏日月光》（*Summer's Moon*）、《克里斯蒂的复仇》（*Christie's Revenge*）、《母亲的痴迷》（*Maternal Obsession*）和《加州旅馆》（*Hotel California*）的编剧。她拥有 USC 电影艺术硕士学位和波士顿大学刑事司法硕士学位。

从很小的时候起，我就钟爱令人毛骨悚然的事物。我最喜欢的节日是万圣节，因为可以肆无忌惮地展示内心黑暗的形象——邪恶的女巫、吸血鬼，或是弗兰肯斯坦的新娘。有一年，我想打扮成一具啦啦队员的尸体——苍白的脸上有蓝色的尸斑，脖子上有一道巨大的伤口，浑身沾满血迹。但是我母亲否定了这个想法，她怕我会吓到其他小孩子。我也只好听她的。

此后，我对恐怖、怪异、畸形和超自然的事物一直保持着极大的兴趣。虽然在创作恐怖故事的时候，我总是努力找回少年时期的想象力，但这并不是一件容易的事情。后来我发现，回归到恐怖的原始状态，分析使人类害怕的真正原因，将有助于创造出真正令人毛骨悚然的情节。

我认为所有的恐怖情节都可以归纳为以下 11 类。我将它们称为恐怖故事的十一元素：

1. 痛苦。忍受心理或生理上的痛苦会给人带来恐惧。这也是各种刑罚的来历。在战争中，审讯者会让战犯听到别人在痛苦中的嘶嚎，使他们认为那是其他犯人在接受刑罚，并由此体会到恐惧。这种想象中的恐惧会使他们屈服。在电影《电锯惊魂》（*Saw*）中，最主要的元素就是痛苦。电影自始至终都在挑战着观众："你能为了活命锯掉自己的脚吗?"

2. 死亡。大多数人对死亡怀有恐惧心理，而其中很多人乐于体会这种恐惧。在每个宗教信仰中，都包含对死后状态的描述。无论是永生还是转世，都能在人们面对不可避免的死亡，或者失去至亲至爱的时候提供安慰。《死神来了》（*Final Destination*）的主题就是无法逃避的死亡。

3. 丑陋。丑陋通常意味着邪恶和被社会排斥。女巫、怪兽、恶灵通常都被刻画成奇丑无比的生物。他们有些是天生面目可憎［比如《猛鬼街》中的弗莱迪·克鲁格（Freddy Krueger)］，有些是把自己隐藏在骇人的面具之下［比如《万圣节》（*Halloween*）中的迈克尔·迈尔斯（Michael Meyers)］。

4. 惩罚。人类是报复性很强的生物，在内心深处大多信奉以血还血。因此暴力惩罚通常被视作正义的行为（比如一个父亲把对他的孩子实施性侵的人活活打死）。因此，我们也同样害怕自己的过错会招来无情的惩罚。

5. 邪恶力量。人类无法控制的力量是很多恐怖电影的基本元素。《魔鬼圣婴》《鬼驱人》（*Poltergeist*）以及《鬼哭神嚎》（*The Amityville Horror*）都是利用超自然的恶灵之力给观众带来恐惧的。

6. 失去所爱之人。在小说或电影中，角色经常是因为所爱之人被杀或被绑架，才开始一系列的行动。人与人之间存在感情纽带，而两人之间连接得越紧密，就越害怕失去。

7. 孤独或被遗弃。在不得不面对可怕事物的时候，和其他人在一起肯定要比一个人独自面对好得多。想象一下《战栗汪洋》（*Open Water*）中的潜水员，在浮出水面之后却发现船已经离开的感觉。人类不喜欢独处，我们都有和其他人建立联系的本能。这也是为什么在小说或电影中，多数坏人总是独来独往。在我们的内心深处，单独一人这个行为本身就意味着怪异。

8. 未知。不可见或不可知的事物通常会让我们感到害怕。因此，面具和戏服会让人变得更可怕（它们会掩盖人本来的面目），黑暗也会使人紧张（可怕的东西会在黑暗中悄悄地向我靠近）。

9. 地狱。地狱是所有痛苦事物的集合，代表了终极的邪恶和力量。因此对地狱的恐惧是超越时间和空间的。对基督徒来说，地狱意味着永恒的惩罚。事实上，在过去的几千年里，道德得以维系的原因之一就是人们相信地狱的存在，并对它保持畏惧。

10. 人类的极限。我们对自身的极限都很敏感，而恐怖小说和电影也经常利用这种敏感。几乎所有的恐怖形象都具有超越人类极限的能力。吸血鬼是不朽的，幽灵是隐身的，女巫可以施放魔法，狼人拥有超人的力量，等等。

11. 自身的堕落。在每天的新闻中，人们总是关注最血腥的事件。这是因为我们会被超越自身道德准则的人或事所吸引。连环杀手会折磨、杀害和肢解受害人，这些都是我们连想都不敢想的事情。但同时，这些残暴的罪行也唤醒了隐藏在我们内心深处最原初的冲动。

几乎在每一部成功的恐怖电影或恐怖小说中，都能找到上述这些元素的踪影。接下来，我们选择三部为大家所熟知的恐怖电影，分析其中包含的元素。这三部电影都入选了《时代》（*Time*）周刊评选的“25 部最好的恐怖电影”。

《驱魔人》。影片的主要角色小里根（Regan）的身体里隐藏着一个恶灵，而驱魔仪式是将恶灵铲除的唯一希望。包含的恐怖元素有：丑陋（里根的脸被烧伤，身体也被扭曲）；失去所爱之人（恶灵将女儿从母亲的身边夺走）；邪恶力量（被恶灵上身）；人类的极限（一个普通的天主教牧师能否战胜强大的恶魔?）；死亡（恶灵会杀人），以及未知（为什么恶灵要选择这个无辜的小女孩?）

《魔女嘉莉》（*Carrie*）。影片讲述了一个在学校备受排挤的十几岁少女，逐渐发现她拥有强大的意念力，并用这股力量在毕业舞会上制造了大量恐怖事件。包含的恐怖元素有：死亡（嘉莉杀死了折磨她的人)；惩罚(嘉莉的所作所为，都是在报复虐待她的人)；邪恶力量(嘉莉拥有超自然的魔力)；未知(在嘉莉爆发之前，没人发现她拥有如此强大的力量)；人类的极限(没人能阻止嘉莉)；自身的堕落(嘉莉所遭受的虐待，以及她报复的手段)。

《大白鲨》。在影片中，一条巨大的嗜血鲨鱼给海边小镇带来了死亡和恐慌。包含的恐怖元素有：痛苦(想象一下鲨鱼的利齿)；死亡(鲨鱼杀死了很多人)；丑陋(鲨鱼口中的残肢)；邪恶力量(在主角昆特口中，鲨鱼拥有一双冷酷的黑色眼睛，暗示着空洞的灵魂)；失去所爱之人(爱人和宠物在鲨鱼的口中丧生)；孤独或被遗弃(如果只有我一个幸存者，该怎么办?)；未知(游泳的人看不到水面下的情况)；人类的极限(在水中，人类不可能逃过鲨鱼的追击)。

在构思一部恐怖电影时，我会经常复习这 11 个元素，并反复思考如何在故事或镜头中展示这些元素。

练　习

选择一部你喜欢的恐怖电影或恐怖小说，或是你自己的一个构思。你能在其中找到多少类元素？针对那些不在其列的元素，写下几个可以将它们囊括到故事当中的想法。你想到的主意越多，得到的故事就可能越恐怖。

解析人物的选择

德里克·D. 皮特（Derrick D. Pete）是电影编剧，他最新的奇幻冒险作品由皮尔斯·布鲁斯南（Pierce Brosnan）的公司拍摄。他是UCLA的电影编剧艺术硕士。他本科学习的是化学工程，拥有两项关于利用Y型沸石催化剂提纯甲基叔二丁醚的国际专利。

科幻作家非常容易迷失在自己创造的世界里。这是因为作为科幻作者，我们除了呈现故事所必须具有的冲突和转折之外，还要展示作品的科学性，否则我们的故事就不能被冠以“科幻”二字。身为科幻/奇幻剧本俱乐部的一名正式成员，我非常清楚一个未知世界或魔域之都所带来的诱惑。因此，我假定你们都擅长创造世界——否则也不会选择这个类型了。在这里，我希望探讨一个和创造世界同样重要，但受到的关注却少得多的话题。

对任何一个类型的电影而言，成功的必要条件是塑造出令人印象深刻的人物。接下来，我会从一个比较独特的角度出发，介绍一个关于人物塑造的练习。有人说：“难忘的角色会超越时间，难忘的人会定义时间。”虽然这句话并没有错，但我个人认为，它并不能为剧本中的人物塑造提供具体的帮助。还有人说：“男人认同英雄。女人认同团队。”这句话同样只能用来增加演讲的文采，从实际应用的角度来看没什么用（而且这句话更多的是指男性观众认同故事中的英雄，而不是故事中的男性角色认同故事中的英雄）。所以，我对这个问题要提出自己的理解，并把它命名为“宇宙普适定律第1108a号”：令人难忘的人物要做出令人难忘的选择。为了创造出能生活在观众记忆中的立体的人物，我们要学会从以下四个方面解析人物的选择：危机、原因、考验和后果。记住，人物做出的每一个选择都要包含这四个部分，而操作是否熟练，将直接决定我们能否创造出一个清晰、鲜明且令人印象深刻的人物。

危机。将人物置于需要做出快速决断的境地，是一项非常重要的创作技巧。在很多电影中，二选一的状况（做与不做、是与否、生与死，等等）可以起到很好的效用。危机必须有一定的严重性，要求人物立即做出决定。而一旦人物做出了决定，还要有新的危机接踵而至。《洛城机密》（*L. A. Confidential*）中的艾德·埃克斯利（Ed Exley）是否决定告密？《紫色姐妹花》（*The Color Purple*）中的塞利（Celie）是否离开了主人的家？四姨太是否决定假装怀孕（《大红灯笼高高挂》）？《低俗小说》（*Pulp Fiction*）中的文森特·维加（Vincent Vega）会不会和米娅（Mia）上床？人每时每刻都在做着选择，但是，只有在危机时刻做出的选择才能帮助我们深入理解这个人。如果一个角色在早晨起来刷牙，这并不说明什么问题。但如果他在房子着火的时候依然跑去刷牙，这个选择就展示了人物的特殊性。

原因。一个人物的每一个选择，都是在故事设定的背景之下，由一系列条件促成的。尽管我们不一定认同他的选择，但必须了解使人物做出选择的原因。下面我列出可以促使电影人物在危机中做出抉择的六个原因：

1. 对某项任务（或爱好、目标）的执着；
2. 道德或伦理；
3. 原始的情感（比如恐惧、爱、嫉妒、愤怒）；
4. 责任感；
5. 心理创伤（比如被遗弃、被虐待）；
6. 报复（尤其是报复杀害或虐待自己亲人的人，比如孩子、配偶、爱人、父母、或者兄弟姐妹）。

值得注意的是，上述这些原因在观众的心中所占的分量并不相同。因此，促使人物在影片中做出决定的原因，必须符合故事的设定。在《闪亮的风采》（*Shine*）中，当戴维·赫尔夫戈特（David

Helfgott）不顾父亲的意愿，选择进入顶级音乐学院的时候，我们知道他这么做是因为对音乐的热爱。在《意外的春天》（*Sweet Hereafter*）中，当尼克尔（Nicole）选择隐瞒车祸真相的时候，我们知道她是因为看到家庭内部的乱伦而心灵受到了创伤。而在《泰坦尼克号》中，当杰克为罗丝牺牲的时候，我们理解他的选择并被他们之间的爱情所感动。

考验。危机和原因二者相结合，为我们的人物造成了一个无法逃避的考验。如果人物做出选择的根据是获得最好的效果，那么我们必须为他的所作所为设定好界限，即人物的行动必须在什么样的限制或环境下进行？只有划定好边界，不让人物有拖延或规避的空间，我们才能强化人物所面临的压力，从而达到更好的效果。比如，一个谋杀犯遭到警察的追捕，对他而言肯定是一种危机。如果造成这个危机的原因是他的偏执和神经质，对观众的触动就非常有限。但是，如果谋杀的动机是为了给自己的孩子复仇，观众的心中就会面临着考验。这方面的例子，有宁愿冲下悬崖也不愿面对警察的塞尔玛和路易斯［《末路狂花》（*Thelma & Louise*）］；有选择留在贝德福德（Bedford Falls）的乔治［《生活多美好》（*It's a Wonderful Life*）］；还有选择杀害陌生人的戴维［《七宗罪》（*Seven*）］。

后果。每一个选择都会造成相应的后果。在一部电影中，如果发生了一系列毫无因果关系的事件，观众会感到困惑和失望。相反，如果这些事件都是某个选择的直接结果，这种因果关系就会自然而然形成一条暗线，将整个电影串起来。如果你准备构思一个电影系列，就要为人物的选择准备好一系列的后果，从而保持不同影片之间的连贯性。如果麦克墨菲（McMurphy）抓住时机逃离了精神病院呢［《飞越疯人院》（*One Flew Over the Cuckoo's Nest*）］？如果加斯（Gaz）没有在舞台上脱得那么干净呢［《一脱到底》（*The Full Monty*）］？如果那个默默无闻的拳手没有去挑战阿波罗·克里德（Apollo Creed）呢［《洛奇》（*Rocky*）］？那么这些电影就会变得面目全非，而这些角色也早已被我们淡忘。毫无疑问，在伟大的影片中，必然会有令人难忘的人物做出令人难忘的选择。

练　习

无论你是在修改一个现成的剧本，还是在创作新的故事，都要确保自己能回答以下的问题：

1. 主要人物做出了哪些选择？这些选择是否有“画面感”？它们是否能通过解析的过程（危机、原因、考验和后果）得到强化？

2. 一个人做出的选择，通常可以和他的某些弱点建立联系。你的人物最人性化的特征（也就是弱点）是什么？比如，你的人物是不是马虎？粗鲁？酗酒？不上进？焦虑？傲慢？（这只是一小部分选项。）确立人物的弱点，并让它影响人物的选择。

3. 人物做出的选择，是否会导致具有“画面感”的后果？列出所有可能出现的结果，并思考它们是不是在符合逻辑的同时，还能增加故事的紧张气氛。

人物做的第一个选择是什么？它是否能展示人物的性格？人物的第一次出场不仅可以推销自己，也可以推销电影。抓住每一次机会，让你的人物做出令人难忘的选择。

斯皮尔伯格和莎士比亚的开场五分钟

托德·克利克（Todd Klick）是畅销书《电影叙事节奏：编剧必备的 120 分钟设计技巧》（*Something Startling Happens：The 120 Story Beats Every Writer Needs to Know*）（Michael Wiese Productions）和《编剧的童话故事：所有电影通用的故事类型》（*The Screenwriter's Fairy Tale：The Universal Story Within All Movie Stories*）的作者。他获得了尼克尔斯奖学金（Nicholls Fellowship），售出了五个剧本，另有三个被选中，他还签约为伦敦和百老汇舞台创作剧本。

五年以前，在世纪城洲际酒店举办的一次社交活动中，我碰到了一个在电影工作室负责筛选剧本的人，并和她聊了一会儿。我请她总结一下自己的日常工作方式。“是这样的，”她说，“我会读一下每个剧本的开头，如果在五页之内它没有吸引我，我就把它扔到垃圾桶里，再去读下一个。”

她如此坦诚的回答着实把我吓坏了。作为一名作者，我知道写一个剧本要花费数月甚至数年的时间，消耗无穷的精力，所以一想到这些努力会被这么草率地扔进垃圾桶，我感到非常的不公平。但是，在接受了这个残酷的现实之后，我立刻开始深入地研究戏剧大师们是如何吸引观众的。我发现有一些技巧，从莎士比亚的时代就被应用，一直到现在依然发挥着作用。而当我学会了这些技巧之后，我的剧本也从此摆脱了垃圾桶的厄运，获得了更多的机会。

在介绍这些古老的写作秘密和相关的练习之前，我先解释一下当时的历史背景。

在莎士比亚的年代，他的剧作都在英国伦敦的环球剧场（Globe Theatre）上演。这个剧场的观众以严苛著称。这些被称为“庸人”的观众，一旦发现某个演员或戏剧让他们觉得厌烦了，就会围着舞台大声嘲笑。莎士比亚为了安抚这些口味变化莫测的观众，很快就发展了一套可以用故事牢牢吸引住观众的技巧。

这就是英式剧作家要掌握的节奏：渲染气氛或情感的节奏。它就像一首优美的情歌中的节拍一样。在 20 世纪早期，大多数银幕作家都从事过舞台剧创作，因此也会用同样的节奏创作他们的早期银幕作品。于是，在一部成功的戏剧或电影中，这些作家都会有意无意地在至关重要的开头几分钟，用一种特殊的叙事节奏铺垫剧情。我将这个节奏的前五拍分别命名为：初设紧张、增强压力、拧紧螺栓、提高等级、骇人听闻。它们应该以每分钟一拍的节奏出现在电影或戏剧的开头五分钟。下面，我以莎士比亚的《哈姆雷特》和斯皮尔伯格的《夺宝奇兵》(*Riders of the Lost Ark*) 为例，做进一步说明。

第一分钟：初设紧张

在《夺宝奇兵》的第一分钟，印第安纳·琼斯（Indiana Jones）和他的队员深入密林进行探险。在《哈姆雷特》的第一分钟，伯纳多（Bernardo）怀疑有人潜伏在他周围的黑暗中。

无论是剧情片、惊悚片、喜剧片、恐怖片、科幻片、浪漫喜剧片还是西部片，成功的电影和戏剧都需要有一个充满紧张气氛的开头。优秀的作家会选择以下五个角度来渲染紧张：危险、焦虑、敌意、不安、性。斯皮尔伯格和莎士比亚选择了不安来开始他们的故事，而这种不安暗示了即将到来的危险。

第二分钟：增强压力

在接受了第一分钟所建立起来的紧张情绪之后，观众期待着更强的压力。职业作家明白，虽然故事开局的紧张气氛能吸引住观众，但如果压力没有增强，他们会很快失去兴趣。一种增强压力的好方法，是采用“不仅……还……”的句式安排情节。印第安纳·琼斯不仅带领他的队员深入密林（第一分钟），他还发现了一支致命的毒箭（第二分钟）。

不仅伯纳多怀疑有人潜伏在他身边的黑暗中（第一分钟），还有马塞勒斯（Marcellus）声称他看到了可怕的幻影。

第三分钟：拧紧螺栓

这个名字的来源，是因为我想起了小时候父亲曾经教我如何使用扳手。我后来还熟练地用扳手拧紧旧车发动机上的螺栓。当一下一下地转动扳手的时候，我能感受到手腕处逐渐增强的压力。优秀的作家使用同样的原理在第三和第四分钟继续渲染紧张的气氛。要达到这个目的，你可以使用"此外……"这个句式。此外，"箭上的毒药还是新鲜的。"塞提波（Satipo）在《夺宝奇兵》中说道。此外，还有一个可怕的幽灵走上了《哈姆雷特》的舞台。

第四分钟：提高等级

要在第四分钟把压力提高一个等级，你可以试试"如果你觉得这已经够糟糕了……"如果你觉得这已经够糟糕了，印第安纳·琼斯的同伙忽然把枪对准了他。如果你觉得这已经够糟糕了，在《哈姆雷特》中，霍雷肖（Horatio）的脸色忽然变得异常苍白，巨大的恐惧让他不禁颤抖起来。

第五分钟：骇人听闻

到目前为止，你已经在前四分钟建立了足够的紧张情绪。现在，你需要一个所有人都想象不到的转折。伟大的剧作家们会在这一分钟给观众带来巨大的震撼。他们会在角色的面前展示一些见所未见、闻所未闻的东西，在给角色带来惊吓的同时，强烈地刺激观众。因此，这一分钟的内容和前四分钟是不同的。比如，在《哈姆雷特》中，霍雷肖说那个幽灵很像丹麦死去的国王，也就是他的朋友哈姆雷特已经过世的父亲。这对他而言绝对是一件无比骇人听闻的事。

在《夺宝奇兵》中，无数黑色的毒蜘蛛爬到了印第安纳和他朋友的后背上！此外，斯皮尔伯格在《大白鲨》的第五分钟也使用了同样的手法，让鲨鱼在水下接近了裸泳的女人，并吃掉了她。

这种创作的节奏同样适用于小说和漫画。让我们将这个已经演奏了 400 年的韵律继续发扬光大。

练　习

1. 用前面提到的五种方式，各写一个第一分钟初设紧张的开头。看看哪一种最适合你的故事。

2. 在选定了开头之后，用“不仅……还……”句式增强初设的紧张气氛。

3. 从上一分钟的状态出发，用“此外……”句式继续拧紧螺栓。

4. 在螺栓拧紧之后，用“如果你觉得这已经够糟糕了……”句式，把压力提高一个等级。

至此，你已经在前四分钟成功地营造了足够的紧张气氛。在第五分钟，抛出你能想到的最骇人听闻的转折，彻底抓住你的观众。你将在角色面前展示什么？是不是彻底超出角色和观众想象力的东西？

黑暗中的碰撞

萨拉·B. 库珀（Sara B. Cooper）原来是针灸师，在代理人将她的待售剧本交给《星际迷航：下一代》的制片人后成为电视编剧。除了创造了该剧集中的卡达西（Cardassian）种族之外，库珀还为《X 档案》（*The X-Files*）、《芝加哥希望》（*Chicago Hope*）、《凶杀》（*Homicide*）、《豪斯医生》（*House*）和《异形庇护所》（*Sanctuary*）等剧集写过剧本。

2007 年，爱德华多·B. 安德拉德（Eduardo B. Andrade）和乔尔·B. 科恩（Joel B. Cohen）发表了一篇题为《负面情绪消费》（On the Consumption of Negative Feelings）的论文。这篇论文基于一个重要的假定，即虽然个体倾向于避开可怕的事物，但“如果其心理处于受到保护的状态，即能和带来恐惧的事物保持脱离，就可以在感受害怕的同时，体验到正面情绪”。换句话说，如果是身处舒适安全的家中，或是在拥挤的影院里，大多数人都乐于接受一个好的恐怖故事。还有什么比怪物更恐怖的呢？

我是在七岁那年第一次接触怪物故事的。在那个故事中，一台吸尘器被改装成了吞噬声音的机器，会让任何发出声音的事物保持安静。不幸的是，这台机器的制造者很快就发现，当机器遇到有生命的东西时，会将其杀死以保持安静。在故事的结尾，主人公被她制造的机器困在房子里，希望躲过机器的追杀。就在机器慢慢靠近的时候，她忽然听到了自己心脏跳动的声音。我在随后的几个月时间里都吓得不敢睡觉。

这个故事为什么让我感到害怕呢？因为它讲述了某个人在不经意间做了某件事，并引起了无法控制的可怕后果，而这恰恰是我最担心的状况。有没有人和我一样，害怕自己的无心之举会带来严重的灾难？我想会有吧。

除此之外，我还害怕另外一种情况——某件和我无关的事物突然闯进我的生活，并把它搞得一团糟。我想一定也有人具有相同的情感。和所有的作家一样，我会将自己的这种情绪带入作品当中。

一个成功的怪物必须要引发恐惧。作家要清楚地知道自己最害怕什么。在这里，我并不是指蜘蛛或者整形失败的女人（不过以它们为主题也可以写出很好的怪物故事……），而是潜意识中对某种事物或情况的恐惧。

荣格（Jung）在《潜意识心理学》（On the Psychology of the Unconscious）中写道："在每个人心中都有黑暗的一面，这本身就是一件很可怕的事。这个黑暗面并不仅仅是一些弱点或怪癖，而是真正邪恶的力量……正常情况下，这些黑暗的心理不会产生影响，但一旦付诸实际，就会造就一个可怕的怪物。"

"这真是个可怕的想法"——这句话是对戏剧作品最好的概括。我们日常的理性思维会对内心的恶魔产生畏惧。所以，只有在充满勇气且放弃自我评价的基础上，我们才有可能冷静公正地审视黑暗的自我。而唯有如此，我们才能在它的基础上创造出成功的怪物。在你的内心寻找愤怒、狂躁或是谋杀的冲动，同时体会自己对这些负面心理的恐惧，将二者分别赋予你笔下的恶魔和主人公。这就是你的故事。

然后我们要考虑怪物的形式——它究竟是什么？多年以来，在创作和接触了各种各样的怪物之后，我始终对当年的那个故事印象深刻，同时震惊于这么简单平常的事物可以带来如此巨大的恐怖。接下来，我会总结一下所有可能带来恐惧的事物：

不熟悉：包括所有看起来不一样、会做出不同行为的东西。例如在电影《异形》中，异形的外貌、繁殖方式和交流方式都和我们不一样。所有不合理和不符合预期的东西，都会让我们感到害怕。

不可见：对于视力正常的人而言，对现实世界的认识大多是通过视觉来完成的。因此，听到某种东西，却始终看不到它，会引起强烈的恐惧。

对自己失去控制：包括被强大的或具有超能力的怪物控制，以及被某人或某物操纵或欺骗。

由于自己的过错造成灾难：像弗兰肯斯坦一样制造了杀人恶魔、失手杀害了他人，或是放跑了克隆恐龙。

反常：任何违背日常规律的事物。玩具忽然能说会动，而且产生了谋杀的冲动；汽车具有了意识；会自己移动，而且会把人点燃的影子。

最后要引入惊悚的情节。危险从何而来？人们都害怕死亡和失去。你也许面临失去理智、失去自我的危险，也许所有人都将失去灵魂，或者你将失去心爱的人？选择其中的一种进行创作。

为了有效地渲染紧张情绪，你需要“穿红制服的人”——《星际迷航》的影迷一定明白我在说什么。如果你不了解这个说法，维基百科对它的定义是：“小说中刚出现就会很快死去的配角。这个名词首先是由《星际迷航》电视剧集（1966—1969）的观众提出来的。在这部剧集中，联邦舰队的安保人员身着红色制服，而且在故事中经常死去。他们的死亡经常被用于渲染主角所面临的危险。”

而且，不要吝啬使用血腥的场景，因为它们确实有效。

练　习

1. 花点时间写下所有让你觉得害怕、紧张、不安的事物。了解你的恐惧。

2. 用某种形式表现出来。

（1）在家里选择某样通常被认为是比较“安全”的事物，比如搅拌器、打印机、植物或动物，或是家人。看起来越无害越好。我们都知道刀子是危险的，所以不如考虑下……仓鼠？

（2）或者创造某种超出日常经验的事物。不要选择吸血鬼、狼人或僵尸这一类普通的怪物。

3. 确定面临的危险。

写一个简短的故事。在故事中，主人公首先发现某样东西出现了异常，先是试图反抗或逃脱，随后有一两个穿红制服的人遇害，然后就在这里结尾。这样，由于主人公并未取得胜利，读者也就不会停止为他的命运担心。

如何创造恶魔

本·汤普森（Ben Thompson）是“坏家伙”系列的作者，包括《坏家伙：传奇的诞生》（*Badass：The Birth of a Legend*）和《坏家伙：终极死亡竞赛》（*Badass：Ultimate Deathmatch*）（均由 HarperCollins 出版）。他为《裂痕》（*Cracked*）、《方格利亚》（*Fangoria*）和《阁楼》（*Penthouse*）等杂志撰写文章，曾经被地方报纸评为“西雅图最性感的地下城主”。

众所周知，每个人都有自己喜欢的反派类型，从嚼着雪茄骑着哈雷摩托的黑帮分子，到搀扶老奶奶过马路德智体全面发展的三好学生。每个人都会对坏蛋有一些莫名的好感。无论是妄图毁灭地球的疯子天才，还是杀人分尸的反社会杀手；无论是穿越时空的外星法西斯，还是恶贯满盈的犯罪分子，这些小说中经常出现的角色都会吸引我们的目光。

这并不意味着我们是坏人。虽然我们在工作和生活中遇到挫折的时候，偶尔会有一些疯狂的野心，也会产生难以抑制的毁灭欲，但大多数人不会仅仅因为工作上的烦恼，就要建立变种人大军去征服火星。也许你认为，这是因为自己习惯了生活的折磨，或是因为丧失了激情，还有可能是因为剩余的理智告诉你，这么做的后果很可能会招来詹姆斯·邦德破门而入，用枪打爆你的头。但是事实的真相是，我们根本就不具备做这些坏事的能力。

但是，反派人物们却可以做到。这些坏人不会像我们一样可悲，被狭隘的道德和伦理束缚。他们可以率性而为，以百倍的手段回应遭受的侵犯，用疯狂的杀戮缓解生活的压力，对每一个让自己不爽的人施以残酷的报复。我们不会因为周六被老板叫去加班，就在他的办公室里扔一枚炸弹，但是在内心深处，我们却希望看到坏人用武士刀戳烂指使他们干活的人。是的，我们都喜欢。当然，我们知道这是个坏人，也乐于看到他被英雄痛扁，但同时他也非常有型，以至于我们不忍心看到他的离开。如果能做到这一点，你塑造的反派就将成为小说中最出色的角色。接下来，我来讲讲如何创造一个让人难忘的坏蛋。

练　习

1. 选中一个人。反派不能从一开始就占据统治地位，有一大批死心塌地的军团愿意为他做任何事，即使付出生命也在所不惜。他必须有成长的过程。虽然他有可能比一般人更聪明、更强壮，或者更帅，但即使是魔王索伦，也是从一个普通的精灵变成一只传播仇恨的巨眼的。如果你希望自己的反派和读者产生哪怕一点点的共鸣，至少要让读者粗略地了解他的来龙去脉。因此，我们要把反派的背景和经历交代清楚。他是谁？从哪里来？童年经历是什么样的？母亲是谁？曾经的愿望和梦想是什么？害怕什么？喜欢什么样的音乐？大学是学什么专业的？读者需要了解的，不是童年时期的坏蛋是如何在家里吃苹果派的，而是那些能体现他性格、使他更加丰满的细节。

2. 毁掉他的生活。很少有人会立志成长为一名坏蛋。毁灭博士（Victor von Doom）不会在某天早上醒来的时候对自己说："我要征服一个叫拉脱维亚的东欧国家，成为那里的独裁者，建立一支克隆人的大军，再给自己找一身可以防弹的盔甲，不仅能发射激光枪，还能上天入海。"在他身上必须发生过某些可怕的事情，才迫使他做出这么极端的行为。他不愿选择放弃或忍让，于是只好释放内心的黑暗，将自己变成毁灭博士。

因此，你需要将人物推向崩溃。也许是因为他掌握了用烂橘子或动物尸体制造人类的方法，却得不到社会的认同；也许是因为他的家人被杀害，所以他有点不开心；也许是因为正面人物在游戏中战胜了他，又带着香车美女扬长而去，总之他要在失败和不满的情绪中越陷越深。不要吝啬你的想象力——要知道，这个人因此要征服世界，所以无论在他身上发生了什么，一定非常严重。让他失去胳膊或者腿，把他毁容，使他终身残疾，让他在学校备受欺凌，打翻他手里的饭碗，把他彻底孤立……用各种方法残忍地对待他，直到把他培养成一个坏蛋。

3. 构思复仇计划。接下来，这个内心绝望、充满愤恨，而且无所畏惧的人，将渴望一场丰盛且冷酷的复仇大宴。他恨的人是谁？为什么？他会选择什么样的方式摧毁他们？这个邪恶计划的终极目标是什么？在计划的进程中，他将遇到哪些困难，又会如何克服？为了复仇，他能付出什么样的代价？他是否意识到自己成了一个坏人？他是根本不在乎，还是将自己看作正义的化身？

4. 将他武装起来。在确定了动机之后，紧接着就要确定复仇的具体方式。通常情况下，违法的事情都需要大量的资金作为基础，但并不是绝对的。有时候一柄大砍刀、一个冰球头盔、一个可以让人承受更多物理攻击的古老魔法都能让坏蛋脱颖而出。汉尼拔·莱克特拥有超人的智慧。达斯·维达可以用念力把人掐死，并且有一柄削铁如泥的武器。哥斯拉（Godzilla）在接受放射性废料污染后，变异为庞然大物。施莱德（Shredder）以黑暗魔法和多年的武术训练对抗忍者神龟（Teenage Mutant Ninja Turtles）。你的人物需要一件武器，无论是金钱、智慧还是真正的兵器，也需要一个可以使用的机会。你笔下的反派具有什么样的能力？他是如何得到这种能力的？是否有限制和弱点？他是高调宣扬还是低调隐瞒？在对抗中，他将如何使用这种能力？

5. 寻找帮手。无论汉斯·格鲁伯（Hans Gruber）* 有多么聪明绝顶，即使计划以异常顺利的方式进行，他也无法凭一己之力控制中富大厦（Nakatomi Tower）。在他摆出造型进行恐吓的时候，有一队

---

* 《虎胆龙威》（*Die Hard*）中的反派。

装备精良的东德恐怖分子在为他跑前跑后。大坏蛋不会亲自动手去做琐碎的事，他会招募一群喽啰。一方面，喽啰可以帮助大坏蛋完成不方便或不屑做的环节；另一方面，喽啰也在英雄前进的道路上平添了许多障碍。弗兰肯斯坦博士非常聪明，但他需要伊戈尔（Igor）去获取人类的大脑。魔王索伦是无所不能的，但如果没有半兽人大军，他单凭一只飘浮在空中的眼睛也无法统治世界。骷髅王（Skeletor）* 同时拥有超人的智力和身体，但他同样需要怪物军团为他打理琐事。找到你笔下反派的弱点，并为他招来帮手弥补这些弱点。他平日里是骑着会说话的熊，还是和普通人一样开车？为他战斗的是机器人军团，还是唯利是图的雇佣兵？

这些人为什么会跟随他？他们又从何而来？他能给他们什么好处？又该如何维持忠诚度？他们是否会一直追随着他？他们会给英雄带来多大的困难？你的反派角色是否真的需要这些喽啰？或者他更习惯独来独往？如果是这样的话，他能否习惯身边有人跟随？

6. 赋予他优秀的品质。在条件允许的情况下，尽量让英雄和反派拥有同样优秀的品质。在你的作品中，他们应该是同一类人，区别仅在于英雄做了正确的决定，而反派则彻底抛弃了道德。如果在成长的过程中做了一些错误的决定，卢克·天行者很可能会变成另一个达斯·维达。莫里亚蒂（Moriarty）只不过是将力量用于邪恶目的的福尔摩斯。甚至埃哈伯船长和莫比迪克也有共同之处——他们都渴望将对方置于死地。尽可能地寻找英雄和反派之间的共同点，但不要过于牵强。在这方面，每一个细节都是至关重要的。

7. 找出致命的弱点。至此，你已经创造了一个坏蛋，他曾经受过伤，为此处心积虑地要报复社会，拥有足够的能力和机会，也有一些喽啰心甘情愿地供他驱使。我们该怎么阻止他？他会不会过于强大了？

---

* 卡通片《宇宙巨人希曼》（*He-Man and the Masters of the Universe*）中的反派。

幸运的是，大多数反派都有一个最终导致他失败的弱点，而且在多数情况下是傲慢自大。坏人知道自己拥有强大的力量，所以一旦占据了上风，他们不会简单地扭断英雄的脖子，而是开始忘乎所以地喋喋不休，直到英雄找到机会反败为胜。所以，他们的失败起始于胜利。

在你的故事中，反派并不一定要重复这个过程，但你需要找出他的弱点，以便英雄能够取得最终的胜利。你可以安插一个不那么忠诚的手下，可以让英雄掌握一条至关重要的情报，也可以安排反派因为疯狂的嫉妒而自毁长城。总之，要创造出可以让英雄利用的优势，而且要提前打好伏笔。

在做好上述的步骤之后，你终于成功地创造出了一个令人“喜爱”的反派角色。让我们为他统治世界的计划祈祷吧。最后我要提醒你注意的是，不要吝啬你的想象力，尽你所能将反派角色塑造得极端邪恶、极端无情、极端狡猾。记住，反派人物成功与否，将直接决定一个故事的命运。

寻找黑暗

爱德华·德乔治（Edward Degeorge）是网络系列小说《阴影》（*Sombras*）的制作人和主要作者。他的恐怖小说入选了《地狱中心》（*Hell in the Heartland*）、《亡灵节》（*Dia de los Muertos*）和《幽灵!》（*Spooks !*）等选集。

作为恐怖小说作家，你的任务是像普罗米修斯为人类带来火种一样，为读者带来恐惧。恐怖就是你给世界带来的礼物，一件糟糕的礼物。

很多事物都会带来恐惧，其中最原初的来源是黑暗。当挤在山洞中的原始人用火来驱散黑暗的时候，他们甚至不确定明天的太阳一定会升起。如果光明象征着正义，黑暗就对应着邪恶，而和黑暗有关的一切事物都会给你带来恐惧。

人类依赖视觉来感知世界，因此特别害怕失去双眼。我们无法对看不到的事物进行判断，只能将它定义为未知，并用自己的想象力赋予它最可怕的性质。

在我的记忆中，我有好几次在黑暗的夜里从朋友家走回自己的家。为了抄近路，我不得不离开大路，穿过一片没有路灯的空地。这时候，月光和星光让周围的一切都泛起苍白的颜色。这地方有什么不对劲吗？有什么东西隐藏在茂密的草丛中吗？它会不会突然跳出来，用冰冷的手抓住我？

我奶奶经常说："在黑暗中逡巡的都是坏东西。"小朋友们都会理解她的意思。他们害怕床底下隐藏的东西，而那时候父母所能提供的保护，只不过是把被子盖严。因此，当看到《咒怨》（*The Grudge*）中的女孩发现连她的床也不再安全的时候，我感到深深的恐惧。

简单地闭上眼睛并不能让你体会到这种恐惧，你要将自己置于绝对的黑暗当中。在伸手不见五指的环境中，恐惧会和黑暗一起将你吞没。

接下来我要推荐的练习，并不是写作练习，因此并不需要笔和纸。我要带你们去体会，因此请牢记你们的每一种体验。另外，要发挥自己的想象力调动紧张的情绪。如果你能吓到你自己，就有可能吓到你的读者。

练　习

1. 在黑暗中散步。我指的不是晚上 9 点半的那种黑暗，而是午夜过后真正的黑暗。等邻居家的灯光熄灭之后，去没有路灯的地方散步。在这样的环境中，你甚至在自己家的后院都能感到恐怖。你是不是每迈出一步都感到无比的艰难？现在开始想象，并记住自己的反应——呼吸、心跳，还有体温。

2. 爬到床下。想象着自己被活埋——听着泥土落在棺材盖上的声音，无边的压力落在你的身上，每一次呼吸都消耗着有限的氧气，全身瘫软得连一根手指都无法动弹，还有什么东西爬到了你的脚上。

3. 躲在衣橱里。想象某个东西在追杀你，体会作为猎物的感觉。猎手在慢慢靠近，而你被困在这里，被抓住只是时间的问题。

总而言之，尽力使自己感到害怕。体会并酝酿恐惧的感觉，然后提起笔，用文字让你的读者感到同样的恐惧。

恐怖作品中的设定

丽莎·莫顿（Lisa Morton）是电影编剧、万圣节专家，出版过许多短篇恐怖故事，在《黑暗美食》（*Dark Delicacies*）、《墓园之舞》（*Cemetery Dance*）和《僵尸启示录！》（*Zombie Apocalypse！*）等图书和杂志上发表过作品。她的《洛杉矶城堡》（*The Castle of Los Angeles*）获得过布莱姆·斯托克奖最佳处女作奖，她的第一本选集《洛杉矶怪物》（*Monsters of L. A.*）由 Bad Moon Books 出版。

在优秀的恐怖小说中，故事发生的地方经常会令人印象深刻。布莱姆·斯托克的著作《德古拉》使特兰西瓦尼亚（Transylvania）成为了恐怖的代名词。在斯蒂芬·金的小说《撒冷镇》（*Salem's Lot*）中，作家甚至直接用地名作为书名，足见其在故事中的重要性。此外，还有无数发生在鬼屋或墓地的故事，以及叙述成年后的主人公必须回到故乡去对抗恶魔的小说。

恐怖小说成功的关键，是要使读者感到焦虑或恐惧，并在渲染紧张气氛的同时穿插强烈的刺激。选择一个好的设定，可以很好地帮助作者为全书奠定正确的基调。例如，我们很难以阳光普照的草地为背景制造持久的恐怖气氛。但是，如果将同样的故事转移到一条没有路灯的荒僻小路，在路的尽头孤独地矗立着一座空无一人的房子，恐怖的程度就会大大增强。

一个优秀的恐怖设定，甚至可以在恶魔或凶案尚未出现的时候，就让读者感到不安。例如，在戴维·莫雷尔（David Morrell）的小说《爬行者》（*Creepers*）中，一队城市探险者将目标瞄准了帕拉贡旅店。这个旅店曾经以充满艺术气息的建筑风格而著称，但早已荒废多年。莫雷尔选择典型的鬼屋作为故事发生的地方，但并没有引入幽灵或其他超自然力量，而是单纯靠这座老房子本身来制造恐怖。莫雷尔的成功之处，在于他不仅用这座房子渲染气氛，而且在小说的多个地方，还利用这个特殊的地点来制造意外和危险。因此，在这部小说中，设定本身就是恐怖的来源。

有时候，一个恐怖的地点可以为一系列故事提供背景。H. P. 洛夫克拉夫特（H. P. Lovecraft）笔下的马萨诸塞州小镇阿卡姆（Arkham）就是个很好的例子。他的多部经典作品——比如《星之彩》（*The Colour Out of Space*）和《印斯茅斯阴影》（*The Shadow Over Innsmouth*）——都发生在这个虚构的小镇上。洛夫克拉夫特不仅想象了这个小镇的历史，还细致刻画了密斯卡塔尼克大学（Miskatonic University）等重要地点。（洛夫克拉夫特创造的阿卡姆小镇获得了巨大的成功。甚至在他去世之后，依然有其他作家以它为背景进行创作。此外，还有一家以它命名的出版公司——阿卡姆书屋。）近年来，加里·布劳恩贝克（Gary Braunbeck）创造的俄亥俄州的小镇雪松山（Cedar Hill）又成了恐怖事件的新宠。布劳恩贝克详细地描述了这个小镇的布局和它的历史，以至于你很难想象世界上根本没有这个地方。（当然，考虑到在这里发生了太多的恐怖事件，我们宁愿相信它其实是不存在的。）

在有些作品中，故事的发生地代表了美国的典型环境。例如，在雷·布拉德伯里的小说《当邪恶来敲门》（*Something Wicked This Way Comes*）和其他几部作品中，作者用现实世界中并不存在的伊利诺伊州格林镇（Green Town）作为美国小镇的代表。对每一个曾经去过这样小镇的人而言，都能在一瞬间产生共鸣。因此，当某种可怕的事物（例如黑暗先生的马戏团）入侵格林镇的时候，我们会产生强烈的代入感，并由此感到恐惧。

有时候，即使是非常细节的设定也能引起悬念和不安。在夏洛特·帕金斯·吉尔曼（Charlotte Perkins Gilman）的经典作品《黄色壁纸》（*The Yellow Wallpaper*）中，一个女人在一间铺满“肮脏的焦油一样的黄色”壁纸的屋子里走向疯狂。在 1950 年的短篇小说《男人和女人的诞生》（Born of Man and Woman）中，理查德·马特森（Richard Matheson）将故事设定在一间幽闭的地下室中，以强调主人公（被亲生父母关起来的畸形儿）的悲惨遭遇。

尽管恐怖小说并不经常选择真实的地点，但如果应用得当，同样能得到很好的效果。例如安妮·赖斯（Anne Rice）将《夜访吸血鬼》（*Interview with the Vampire*）的部分故事放到新奥尔良，以强调她笔下那些不死的吸血恶魔的年龄、行事风格和堕落生活。在有些时候，人们对某个真实地点的认知，还会对创作起到辅助作用。例如，歌德（Goethe）根据民间传说，将《浮士德》（*Faust*）中女巫的狂欢安排在德国的布罗肯山*。

在我的小说《洛杉矶城堡》（*The Castle of Los Angeles*）中，我在一个真实的地方（洛杉矶市中心）创造了一个虚构的建筑（城堡）。城堡的创意来源于洛杉矶一处被称为“啤酒厂”（the Brewery）的艺术家社区。我没有将故事放到真正的“啤酒厂”，首先是为了避免吃官司（那里的房主显然不希望自己的产业留下闹鬼的恶名），其次，我也不希望刺激那些曾经去过“啤酒厂”的读者。此外，选择一座虚拟的建筑，还可以为我赢得自由发挥的空间——在故事中我需要一间巨大的豪华复式套房，而“啤酒厂”却没有这种地方。而我之所以将城堡置于现实世界中“啤酒厂”的地点，是为了增强故事的真实感。

练　习

打量一下你自己的家和周边的环境。有没有据说闹过鬼的地方？或者是因为曾经发生过可怕的事情而被荒废的地方？如果你对自己居住的小镇历史并不十分了解，可以去当地的图书馆查县志，找老住户

---

* 德国哈尔茨山中的最高峰，相传是巫女和魔鬼幽会的地方。

聊天，或是上网搜索。现在大多数小镇都有自己的社交网络群组或留言板，可以在上面找到熟知小镇历史的人。

选定了这样的地方之后，亲自去实地考察一番，并尽可能详细记录周围的环境：街道、其他房子、植物、建筑细节、家具，等等。

将人物置于这个环境之中，想象他们在这里生活。也许这里曾经是个招人喜欢的好地方？或者它一直如此残破，但人物出于某种原因必须留下？这里的环境是否允许你制造意外？比如树枝折断？地面下陷？或是楼梯垮塌？

注意，对环境的描写不能过于琐碎，否则会使故事变得拖沓。在实地考察过环境之后，你的笔记可能包含很多内容，但是你只需要从中挑选几个最有效的元素来完成设定。和整页事无巨细的环境描写相比，经过认真挑选的细节——比如腐朽的楼梯或破碎的窗户——通常会产生更好的效果。

身边的恐怖

简·科兹洛夫斯基（Jan Kozlowski）1975 年开始爱上恐怖小说，当时斯蒂芬·金的《撒冷镇》黑色封面上一滴红宝石般的血滴，让她着了迷似的买下了这本书。她的短篇小说见于《渴望你的爱：僵尸浪漫小说选》（*Hungry for Your Love：An Anthology of Zombie Romance*）和《尖牙热吻：尖牙、利爪和性爱情色小说选》（*Fang Bangers：An Erotic Anthology of Fangs，Claws，Sex and Love*）中。2012 年，她的长篇小说《去死吧，混蛋！》（*Die，You Bastard！Die！*）成为新的恐怖小说出版商 Ravenous Shadows 的首发作品之一。

我是斯蒂芬·金的忠实读者。正如简介中所述，是金的第二部作品《撒冷镇》使我从 70 年代起就喜爱上了恐怖小说。也许你们会问：为什么是金？为什么不是洛夫克拉夫特，或是爱伦·坡，或是其他恐怖小说作家？为什么这些人的作品没有给我带来相同的感受？

我对这个问题的回答，首先是因为金创作的那些优秀作品确实能让我害怕，更重要的是，这些故事向我证明恐怖并非只存在于骇人的特兰西瓦尼亚或遥远的外星球。在金的故事中，可怕的事情发生在和我一样的普通人身上。前一刻他们可能还过着平静正常的生活，转眼之间就被拖入惊悚的漩涡之中。

当然，并不是每个人都喜欢这种风格的恐怖小说。你可能更喜欢恣意妄为的腐败警察、富可敌国的连环杀手，或者精力无限的吸血鬼。但对我而言，金的这种“乡村恐怖”风格更有吸引力。我不仅愿意花钱去读，也乐于自己创作。

接下来，我将介绍一下自己在构思情节和人物时经常进行的练习。我特别要感谢雷·布拉德伯里和他的《写作中的禅意：关于创造力的论述》（*Zen in the Art of Writing：Essays on Creativity*）。这本优秀的书教会了我如何使用词组列表进行创作。

练　习

1. 列两张词汇表。第一张表是你经常去的地方或做的事，比如去洗衣店、带宠物看病，或是遭遇严重的堵车。

第二张表是你害怕的事物。比如，我非常害怕沼泽，并在自己的小说《去死吧，混蛋!》中描述了相应的场景。如果你一时想不到很多内容，可以去“恐惧大全”网站上（phobialist. com）寻找灵感。

做好两张表以后，从中各自挑出一个选项，然后用五分钟写下任何想到的内容，无论这些内容有多离谱。写完之后，再次审视自己写下的文字，看是否能提供创作的灵感。能否从中提炼出一个人物？一个设定？或是剧情设计？如果都没有，重新尝试另一对词汇。

2. 当你再遇到创作障碍的时候，与其心情烦躁、一无所获，不如试着想想**此时此刻**能发生在你身上的最可怕的事情是什么？印度恶魔罗刹毁掉了你家附近的咖啡店？一辆着火的拖拉机将你困在电话亭里？一个连环杀手潜伏在电影院的厕所里？发挥你的想象力，挖掘内心深处的恐惧，把它写成故事，并注意在情绪上感染读者。

5 构建世界

我不思考，只试验。

——安东尼·伯吉斯（Anthony Burgess）

我们不在堪萨斯了！

——《绿野仙踪》（*The Wonderful Wizard of Oz*）
中的多萝西，L. 弗兰克·鲍姆（L. Frank Baum）

从真实到虚构

E. E. 金（E. E. King）是《德克·奎戈比的转世指南》（*Dirk Quigby's Guide to Afterlife*）（Exterminating Angel Press）和《想象的朋友，真实的对话》（*Real Conversations with Imaginary Friends*）（27th Dimension Publishing）等获奖作品的作者。她最新的长篇小说是《卡牌游戏》（*The Card Game*），在 IsotropicFiction. com 网站连载。她获得了写作、生物学和绘画方面的国际资助，致力于全世界不同的生物学项目。

我还记得第一次有意识地这样做的时间和地点。那是在俄亥俄州的布塞勒斯。我刚刚写出一篇完美的“小小说”。人们通常认为 1 000 字以内的小小说算不上小说。当我举办作品朗诵会——我称之为文学脱口秀——我建议控制在 200 字左右。这样如果文章不够好，至少它会结束得比较快。

不过出版是另一回事。我偏好的小说长度发微博嫌太长，讲故事又嫌太短。如果你按字数收取稿酬，大概要挨饿了。

当我受邀分享一个写作中使用的练习时，我不想特意创造一个。我希望分享一种理解，一些我每次写作时都会做的事。当我写作时，即使是写作小小说，也要运用事实，进行调研，作品的篇幅越长，就需要越广泛的调研。

下面这个故事让我意识到自己在做什么。

时间之沙

在过去和回忆之间的时间之沙中，一个小男孩在旅行。旅程开始时，他还是个流着鼻涕、闷闷不乐的臭小子。

进入他母亲的回忆，他忽然变成了一个英俊、聪明、勇敢的王子。在通往他父亲的回忆的旅途中，他变成了一个有孝心、有爱心的运动家。现在作为一个男人，他听过了父母的故事。当小男孩设法穿越沙漠，找到完整的自我，他想起了父母的回忆。他拥有超越实际年龄的智慧——优秀、无私、富有同情心、真诚、善良，而且是个运动天才。但是他的姐姐卡萝尔还记得那个流着鼻涕、闷闷不乐的臭小子。

完成了！虽然很容易发表，也很适合继续创作，但我还是想要扩充它。我决定追随卡萝尔。她显然不快乐，心中充满怨愤。为什么？她可能遭遇了挫折。她在一座叫米德韦斯特的小城终老……可能在俄亥俄，几乎肯定令人讨厌……我开始进行调研，停在了俄亥俄州的布塞勒斯，全世界的腊肠之都。这是一个真实的地方。在咆哮的 20 年代，阿尔·卡彭（Al Capone）曾经在布塞勒斯的一处地下酒吧驻唱。几十年过去了，地下酒吧被遗忘了；错综复杂的地下管道在布塞勒斯的街道下蜿蜒。现在它是库珀苹果酒厂的一间储藏室。他们在那里储存苹果，苹果在厚厚的墙壁间发酵，这些墙壁厚得连冲锋枪的火力都不能穿透。

就是在这时候我意识到，对我来说，调研和事实是我灵感的来源。

或许这是因为我是个生物学家。或许是因为所有的好故事，无论奇幻、科幻还是恐怖故事都构筑在真实的框架之内。现实比小说更离奇，不是因为它奇怪，而是因为它真实。海洋里的珊瑚鱼一生至少要改变一次性别。黏菌有超过 750 种不同的性别。

生物学还没有涉及最近（一语双关）的量子理论世界，弦理论认为存在无穷多个现实。另外一个现实距离此时此地可能只有一张纸巾那么薄的距离，甚至就存在于同一个空间，只不过在不同的维度上。黄树林中有两条岔路，你同时从两条路上走过。

我爱幻想，但我选择事实作为终身伴侣。你的故事发生在哪里？即使是一个虚构的城市或者想象的星球，现实和科学仍然可以帮助你。

练　习

1. 首先，一定要把灵感和创意写下来，即使它们是凌晨 2 点从你的睡梦中冒出来的，特别是如果它们真的是凌晨 2 点从你的睡梦中冒出来的。你可能以为你会记得，但你不会。我的导师雷·布拉德伯里说：“早晨倾倒，下午打扫。”

例如：“他是个裁缝/心理医生。他设计的服装能够隐藏所有的情绪。”这是一个起点。现在你必须决定你的故事发生在何时何地。或许是火星上的一座小城镇？对小城镇和火星二者进行调研，你将创造出非常真实的幻想。

2. 这个世界中有花吗？它们什么样，最重要的是它们如何授粉？考虑每一种生物背后的驱动力……繁殖！鸟、蜜蜂、花和树莫不如此……而且它们通过无数种奇异而美妙的方式来繁殖。有没有性描写并不重要。创造并不只是基因的延续，还包括思想和观点的传递、创作艺术品和控制世界的尝试。同样的驱动力，不同的结果。

3. 我们只能看到色彩的一小部分，闻到和听到世界的一小部分。其他动物看到、听到和闻到什么？进行调研，世界会给你提供创意。

历史性思考

戴维·安东尼·德拉姆（David Anthony Durham）是六部获奖历史和奇幻小说的作者。他的“阿卡亚帝国”（Acacia）史诗奇幻系列的第一部入围了想象力大奖（Prix Imaginales），并赢得了约翰·W. 坎贝尔奖最佳科幻新作家奖。他的长篇小说两次入围《纽约时报》年度好书，两次赢得美国图书馆协会奖，被翻译成 8 种语言。

在着手创作史诗奇幻系列（“阿卡亚帝国”三部曲）之前，我写过三部历史小说。许多人问我：“为什么会有这种戏剧性的转变？”奇幻创作与处理史料难道不是截然不同的吗？那时候我不这么认为，现在也不。

作为一个历史小说作家，你要复活一个除了在你的想象中已经不复存在的世界。在读者看来，它可能很陌生，文化习俗、技术水平、精神信仰和科学知识都截然不同。这些完全适用于幻想场景的设定。

通常，困扰历史作家的问题也是科幻和奇幻作家的难题。在历史小说中，我们需要应对的是如何构建世界、传达哪些细节、如何避免时代错误，以及如何记录那些塑造了我们想要描写的时代的事件。这一切也完全适用于科幻和奇幻小说。作为一个幻想作家，你可以虚构事实，而不是去研究它们，但你仍然需要找到最好的方法，去向读者展示你的世界的细节。

在历史小说中构建世界不只是复述历史事实、人名、地名、物品和模式。这些可能是历史课本的内容，但是历史小说必须为它们注入生命力。场景要感觉真实，让人身临其境。它们需要用生活中的点滴细节来填充。记住这点，来看下面的练习。

我建议采用一组四阶段的限时写作练习的形式。你可以事后再回头修改。第一次尝试这个练习时，请将计时器定在 3 分钟（每个阶段），开启计时器，开始写作。到时间之前不要停下来。让你的笔一直动着。如果你只能写出废话，那么就写废话。但即使你将心中最先浮现的东西诉诸笔端，仍然要不断调整目标，聚焦于主题。

试试看。这个练习最初是我为写作历史小说设计的。为了我们的目标，针对幻想小说做了改动。

练　习

1. 用 3 分钟描述一座建筑物的内部，特定时间地点的一个房间。可以在地球上，也可以在地球的变种、另一个星球上或者幻想世界中。不要告诉我们具体位置。相反，只要把你心中浮现的大大小小的细节形象化地描述出来。试着将你想象自己在房间中看到、感觉到和闻到的东西全部写出来——无论在哪个宇宙中。

2. 用 3 分钟描写一个上述房间中的人物。他应该是个令你感兴趣的人，有着特别设定、独一无二的特征。

3. 让我们倾听你的人物讲话。从跟他认识的人的一小段对话开始，自由发展。

4. 现在进入对话的正题。介绍人物对话背后的问题，这个问题受到场景的影响，是你在 21 世纪的生活中从未遇到的，但是会以某种方式直接击中读者的心。将会照亮故事走向的棘手的问题是什么？

元上都……幻想的根基

马克·塞班克（Mark Sebanc）和詹姆斯·G. 安德森（James G. Anderson）合作创作了“斯通·哈珀的遗产”（Legacy of the Stone Harp）系列奇幻小说。系列的前两部是《执石人》（*The Stoneholding*）和《黑暗领域埃夫隆》（*Darkling Fields of Avron*），两本书均由 Baen Books 出版。塞班克还是一位编辑和翻译。

在民间传说中，中间地带经常被赋予特殊的、通常是不祥的意义，比如森林和农田的边界，或者黎明和黄昏这样标志着昼夜缓慢交替的时刻。

与此同时，这些地点和时间转换的不确定性也意味着神秘和充满希望的可能性。这些边界以许多形式成为危险和矛盾的隐喻，用神秘性和脆弱性标志着人类经验的未知领域，比如出生和死亡、疾病和健康、失去和得到、旅行和归来，等等。

类似地，从我们人性的这一重要方面衍生出来，奇幻作为一种文学类型，占据了“真实生活”与想象力自由翱翔之间的不确定和未知的领域，吸引读者朝着新奇而陌生的方向前进。对我们这些从事文字工作的人来说，奇幻能构成严肃的艺术挑战，特别是因为它占据了如此危险的不确定性领域。

写作幻想小说是一项艰巨的任务，当我们试图穿越坚定的现实主义和想象力的虚构产物之间存在的种种陷阱和危险，需要拿出高标准的良好判断力。像有史以来的所有作家一样，我们的目标就是让读者**“主动放弃质疑”**，这个术语是由 19 世纪英国诗人塞缪尔·泰勒·柯勒律治（Samuel Taylor Coleridge）发明的。

有的学派认为，作家应该写他们知道的东西，比如他们自己的生活经验。在奇幻文学类型中，这一经验法则显然需要重新审视和表述。举一个著名的例子，精灵和半兽人显然不是从托尔金的实践经验中来的。这是因为托尔金不仅描写了他知道的东西，而且以恰当的方式描写了他丰富想象力的产物。这样做令他吸引了无数读者。但这不完全是想象力的结果。归根结底，这是平衡的结果。托尔金获得了惊人的成功，因为他完美地描绘了日常生活中熟悉、确定的现实，同时把它们放在一个不同寻常而又令人信服的想象世界中。托尔金想象力的关键在于，它既不随意武断，也不脱离现实。

尽管他想象力的产物如此奇妙非凡，但它们最重要的特征却是一致性和可靠性。它们能与读者产生共鸣，因为它们展现出双重的力量。一方面，它们被置于日常生活之中，我们能从许多地方看到普通的人性。在这方面，托尔金写的是他知道和经历过的东西。另一方面，他的创作方法得益于他在古英语和中世纪北欧历史方面的广博学识，辅以他自己天才和创造力的修饰。在这方面，托尔金想象力的产物证明了谚语所说的，现实比小说更离奇。

在所有的文学类型中，在帮助读者主动放弃质疑时，奇幻最需要真实这块试金石的帮助。就像电器需要接地一样，幻想小说也需要真实的根基。否则，它就会变成令人难以置信的奇异幻象。在我们的"斯通·哈珀的遗产"系列中，我和合作者吉姆·安德森有一条基本原则，我们创造的安诺维斯（Ahn Norvys）世界应该在至关重要的方面反映真实世界的法律和规范。当然，基于真实的实际性质和程度在每部作品中都不同，归根结底是艺术判断和偏好的问题。不过我和吉姆相信，通过一些相对严格的例外，不可思议的情节设计为我们对安诺维斯的描写加入了真实性。

我们在系列中使用的**歌之版图**的概念就是一个很好的例子。这个灵感是我在阅读旅行作家布鲁斯·查特文（Bruce Chatwin）的书时产生的，书中介绍了这一概念对澳洲土著居民的重要性。"草牧线"的概念跟歌之版图非常相似，是一种看待我们周围世界的耐人寻味的全新方式。

对我来说，游记和非虚构历史作品经常能够激发我的想象力。这里我特别想到一些发人深省的考古学理论，比如格雷厄姆·汉考克（Graham Hancock）的作品，或者约翰·曼（John Man）对古代蒙古和中国文明进行的迷人研究。这些都是绝佳的素材，帮助我们将作品保持在可信的范围之内。

在浪漫时期最著名的诗歌《忽必烈汗》（Kubla Khan）中，柯勒律治极好地说明了我的意思。作为关于想象在文学中作用的一位重要评论家，柯勒律治从对极富幻想色彩的元上都的描写开始，这里是蒙古皇帝忽必烈的夏季行宫。虽然诗中的元上都实际上更多地参考了柯勒律治的故乡萨默塞特，而不是中国北方，但我们还知道他从一位伊丽莎白时代的地理学家塞缪尔·珀切斯（Samuel Purchas）的文章中汲取了灵感。

练　习

选择世界上一个你感兴趣或着迷的地方。花 20～30 分钟，用谷歌之类的搜索引擎，查找相关的历史信息和旅行日志。特别留意那些现实比小说更离奇的逸闻趣事，这些可能成为一个幻想世界的基调。

互联网如此包罗万象，相信你一定能找到足够的素材，激发你的想象。然后，用 15～20 分钟写出一个一两段话的大纲，这可以成为一部长篇小说的基础。

布景：构建世界，支撑故事

梅丽莎·斯科特（Melissa Scott）著有 20 多部科幻和奇幻小说，获得过拉姆达文学奖（Lambda Literary Awards）、光谱奖（Spectrum Awards）和约翰·W. 坎贝尔奖最佳新作家奖。她最新的长篇小说是与乔·格雷厄姆（Jo Graham）合作的《失物》（*Lost Things*）及续集《钢铁布鲁斯》（*Steel Blues*）（Crossroad Press）。

有一个关于音乐厅的老笑话，似乎跟科幻和奇幻小说（SFF）中构建世界的相关讨论密不可分：无论你是一个多么优秀的设计师，都不会在布景的时候退场。这跟 SFF 不尽相同——有些作品的世界和人物一样受人喜爱——不过事实是，大多数情况下，你花费数月创作的仍然是布景，用来展现人物和故事的场景。即使那些因精心构建的世界而著名的小说——比如《魔戒》——如果没有人物和故事，也不可能吸引这么多热情的读者。

当然，由于 SFF 的基本性质，世界的细节至关重要。这一类型中大部分作品实际上是像现实主义小说一样写作的，运用现实主义小说的一切传统，只不过所描写的世界完全是想象的，而且通常是不可能的。这背后的理由是要给读者一条进入大量截然不同的虚构世界的通道：无论这个世界多么奇特，科学上多么牵强，你始终在利用一种读者能够理解的框架。他们知道如何解释规则，你只需要向他们灌输陌生的信息。

在一定程度上，这是说服读者主动放弃质疑：构造一致、可靠的细节，看起来就是你所做出的选择逻辑上的自然结果；要做到这一点，你需要彻底了解你的想象世界。你的核心假设越离奇，支撑它的细节就要越牢固。即使故事的重点是发现某种新事物，或者探索未知的地点，人物（和读者）要在探索的过程中了解这个世界，但你作为作者要比他们知道的多，由此你才能选择完美的细节来引导（或误导）读者的注意力。

详细地了解你的世界还有一个理由是，这能够帮助你了解你的人物。世界塑造了人物；他们能够如何谋生、如何生活，他们能够想象到什么，甚至为他们的身体设定了限制。你对世界了解得越多，就能为画面加入越多的细节，也能越好地理解如何设计人物的生活和选择。

例如，在写作《梦幻之船》（*Dreamships*）时，我知道珀耳塞福涅（Persephone）的人口，在这个小说设定的场景中，人口划分为弗雷娅的“苦力”和都市世界的白领，前者从事低端劳动，后者则掌握了大部分管理职能。两个人群使用不同的语言，苦力即使在他们的故乡世界人数也相对较少，生活穷困，其中很多人是聋子，手语是他们的主要沟通方式。小说的主要人物瑞福迪·吉安（Reverdy Jian）跨越了两个世界：她在工业化的上层世界工作，能够流畅地使用手语，但她是在中间世界出生和受教育的。在珀耳塞福涅的等级社会中，她实际上在哪里都格格不入。当我创作出更多的细节，我意识到沉默几乎总是社会底层和弱势群体的符号。这意味着瑞福迪为了维护自己的社会地位，永远不会说出心里话。这种认识改变了小说中的所有对话。

一句提醒：你不要——可能也不应该——把你发现的一切都用上，至少不要把它们直接扔到故事里。不过，你知道在故事的焦点之外这个世界是什么样子，那些角落和没进入的房间里有什么；你将更好地理解你的人物，以及他们为什么会做出这样的选择。隐性的知识和它创造的真实性能够成就一个更好的故事。

练　习

我经常会做这个练习，因为它让我同时创作世界和人物，二者彼此增强。

1. 平常的一天：你的人物在平常的一天会做什么？他们靠什么谋生，这如何决定了他们每天的生活节奏？他们习以为常的惯例是什么？他们做了什么、看到和听到什么，却从来没有真正注意过？（要为那些打破日常生活、卷入小说中的事件的人物填充背景，这种方法特别有用。）

2. 休息一天：如果就这么一次，你的人物无须顾及外界的压力，他们会用假期做什么？他们怎样娱乐和放松？他们不上班也没人指望他们时会做什么？人物能够想象的最奇妙的晚间娱乐是什么，他们实际上能够负担得起的是什么？他们能够做的最大胆的事是什么？（对于那些职业是故事核心的人物，这特别有用。）

系统规则

L. E. 莫德西特（L. E. Modesitt，Jr.）出版过 60 多部长篇小说和许多短篇小说，以及环境经济学领域的技术文献。他最著名的作品是销量超过 200 万册的“隐士传奇”（Saga of Recluce）系列奇幻小说和最近的“化影为真”（Imager Portfolio）系列小说（二者均由 Tor Fantasy 出版）。而且他仍然在继续创作科幻小说。

如果你打算创作幻想小说，这通常意味着你要写的世界要么处于另一个技术水平上，要么有魔法存在——或者二者兼有。太多新作家在处理魔法和技术时都存在一个问题，他们不明白如果不能结构化地处理技术和魔法的使用和成本，会使整本书的水准大打折扣。

实际上，我写作第一本奇幻小说《隐士的魔法》（*The Magic of Recluce*）就是因为受够了那些充斥着错误百出、显然不可行的魔法系统的奇幻小说，其中很多没有经过深思熟虑，或者是从民间传说和游戏系统中全盘照搬过来的，显然不适用于作者的意图。当我开始写作，我面临一个非常真实的问题，就是在一个实际的经济、政治和技术框架内创造一个符合逻辑、合理、可行的魔法系统，既不过分异国情调，也不照搬西欧历史上的一切。

尽管今天的作家通常在创造魔法系统时做得更好，但他们通常不会考虑到他们发明的魔法的所有影响。下面的问题就是为了发现这些影响。这里说的是“魔法”，但许多问题同样适用于高科技。

练　习

魔法系统八问

用这些问题来检验你的魔法系统：

1. 这个魔法系统是合乎逻辑、切实可行的，还是不合逻辑、随意武断的？这个问题似乎很显然，的确如此，但这个选择背后的影响并不显然。几乎总是这样，一个合乎逻辑、切实可行的魔法系统让人物至少有希望和机会与世界达成妥协。一个任意专断、不遵循规律的魔法系统则将人物的命运交给反复无常的世界一时的心血来潮。这不一定是坏事，但这会造就另一种类型的故事。

2. 魔法的来源是什么？来自神（上帝或女神），还是来自在魔法世界体系中的学习能力？如果来自神，显然神授的法力就会更强，可能还有附加条件。

如果来自魔法世界的体系，可能就要受到世界本身的局限和影响，但理论上也有可能影响世界。

3. 魔法的力量有多强？魔法的限制是什么？为了实用，魔法应该有限制，因为如果没有限制，它就能够并且将会摧毁你所描写的宇宙。除此之外，如果它是你的宇宙的一部分，这个部分不应该大于整体。

4. 谁能使用魔法？为什么？一般说来，使用魔法可以是基因决定的（与生俱来的能力）、通过学习和训练掌握的技能，或者“荣光”（比如，由一种高等力量授予）……或者这些的组合。

在一切人类社会中，或许在一切智慧生命的社会中，任何有力量或价值的技能都只能由少数人掌握。

5. 魔法的使用者需要付出什么？使用高等技能需要使用者付出代价。可能是通过经年累月的训练才能掌握这项技能，或者需要离群索居，或者需要持续使用技能来维持这种力量……或者加速衰老……无论如何都必须有代价，这一代价对于所有使用者应该是一致的。使用的力量越多，使用者付出的代价也越大，虽然这一代价可以以许多方式来“偿付”。

6. 魔法在社会中是如何使用的？像任何智慧生命一样，人类会使用工具。这意味着除非魔法是可以预期、可以重复并物有所值的，否则它在社会中就没有一个特定的位置。魔法如何满足这些条件，决定了魔法的使用者是个贫穷的业余巫师（他的魔法靠不住，但有时候的确有效），还是一个强大的巨头，或者介于二者之间。

有用的魔法很可能具有经济价值，取决于它能够做什么，以及拥有同样技能的魔法使用者的人数。此外，魔法将影响任何社会的结构，因为它在会魔法和不会魔法的人之间制造了另一种隔离。

7. 魔法和技术之间的内在关系是怎样的？魔法提升了技术，还是技术提升了魔法？它们是相互排斥的吗？如果是，为什么，或者在什么条件下会发生排斥？

8. 在多大程度上，你的故事的最终结局或解决取决于魔法？一个结局完全由“魔法”决定的故事可能被认为借用了“上帝之手”，完全没有魔法则可能被归为“主流”、“言情”或其他类型，魔法只是点缀。最好的幻想小说结合了魔法（或技术）与人性的元素，对于结局，二者缺一不可。

你都知道什么？通过视角深化你的世界

贾尼丝·哈迪（Janice Hardy）常常思考治疗的黑暗面。在她的“治疗战争”（Healing Wars）奇幻三部曲中，她挖掘自己心中的阴暗面，创造了一个治疗是一种危险的世界，最好的初衷往往带来最坏的选择。她的作品包括 Balzer + Bray/HarperCollins 出版的《变形者》（*The Shifter*）、《蓝色的火》（*Blue Fire*）和《黑暗降临》（*Darkfall*）。

我还记得我最终“明白”了视角的那个时刻。我在阅读一篇关于我第一部长篇小说的评论文章。在一个场景中，我的主人公正在逃命，看到了一条可能的出路。这句话是这样写的：“她转过街角，看到码头上系着的那只小船。”

评论家问道：“她知道那儿有小船吗？这暗示了先验知识，我不认为她正在找小船，或者事先知道它在那里。”

当时我一点也不明白她在说什么。先验知识？呃？她继续解释说，这个词暗示着我的视角人物事先知道那里有小船。它不是随便一只小船（一般意义上的小船，她刚好看到而已），而是那只小船（她事先知道的东西）。

这个简单的对比显示了我的视角人物对那艘愚蠢的小船究竟知道多少。如果她不知道它在那里，她就不能称之为“那艘小船”。她没有关于它的先验知识。它跟周围的其他物体没有区别。一个平凡的细节，对人物和读者都没有特殊意义。

灯泡亮了。

对于描述你的世界、令读者感觉真实，你的人物知道什么是一件了不起的工具。它能帮助你决定展示哪些细节，以及如何以自然的方式将它们放进故事中。用作家的行话来说：它能帮助你展示，而不是告诉，还能免除堆砌信息和背景介绍。

你的人物知道什么，能够帮助读者脚踏实地地进入你的世界，解释这个世界的运行规则。她能向他们展示什么是常态、社会如何运行、文化规则如何发挥作用，以及你需要读者知道的一切。她如何在她的世界中行动，你就如何向读者描述这个世界。

如果你把一个 5 岁的小女孩和一个 40 岁的前海豹突击队员放在一个房间里，他们对在那里发现的一切会做出不同的反应。换作一个 200 岁的邪恶巫师和一个理想主义的年轻星舰舰长，也是如此。

这在幻想小说中尤其重要，因为大部分世界是虚构的，因此对于读者是未知的。他们不能依靠已知的一切来理解故事发生的世界。他们需要人物来向他们展示什么是重要的，以及事物的意义。

当你创造自己的世界和其中的人，要记住其中的人物认为那个世界的一切都是理所当然的，而且一向如此。我们认为不对劲的东西，在他们看来可能是完全正常和可以接受的。

即使他们试图改变那个世界，这种改变也不是要将世界变成我们认为理所应当的样子。他们试图改变的，是他们基于自己的经验不能认同的部分。

如果奴隶制度是可以接受的，他们不会为贫穷的奴隶考虑。一个人可能像对待家具一样对待他们，另一个人则像对待喜爱的宠物一样对待他们，她这么做还觉得自己很仁慈。如果生意上的暗箭伤人和冷酷无情是常态，一个人会毫不犹豫地背叛朋友。或者如果他们这样做了，他们不会认为自己是坏人，只会憎恶他们只有这样做才能获得成功的事实。

让你的人物看到他们的世界并与之互动，就像一个生活在那个世界中的人一样。用丰富的小细节来填充，展示对他们来说什么是重要的，而不只是与场景和情节有关的东西。

人们会像这个世界是属于他们的一样来看待它。充分利用这一点，你的故事世界会更加丰富。

练　习

问自己几个基本问题，思考你的人物会如何回答这些问题。他们如何看待你为他们创造的世界？

1. 主人公平常的一天是怎样的？这是一种很好的方法，来展示你的世界的日常元素和运行方式。如果太空旅行是常事，他可以有一些谈论外星之旅的朋友。

2. 她住在哪里？家庭环境提供了机会，展示他们关心和对他们重要的东西。或者他们需要隐藏的东西。如果书籍是违禁物品，一个人物可能千方百计将他宝贵的藏书隐藏起来。

3. 他在哪里工作或上学？这允许你展示你的世界中经济和教育的方面。如果你的人物穷困潦倒、食不果腹，他可能露宿街头，或者躲在太空站的底舱。

4. 她处于社会和经济阶梯的什么位置？将她和其他人做对比，允许你描述可能与视角人物无关的重要细节。情节可能需要读者了解谁是城堡的主人和他的相关细节，但是如果主人公从来没有见过他，就很难以一种自然的方式将他引入故事之中。但是通过关于他的坊间传言，所有的细节都能被揭示。

5. 谁是主人公的朋友？通过主人公如何看待友谊，你可以表达许多关于世界和其中的人的观点。他们有共同的问题？威胁？理想？朋友之间会交谈，从中可以流露出世界的细节。

6. 谁是主人公的敌人？（不只是反对者，任何不喜欢他的人都算。）

7. 他属于什么社会和经济组织？通过人物如何看待其他人，以及他们为什么会有这样的感受，你可以展示世界的阶级划分。

8. 在这个世界中生活有哪些挑战？什么令生活艰难？通常这与情节有关，允许你展示内在冲突，奠定重要的基础，而不需要堆砌大量信息。主人公要定期逃避的是什么？或许是环境因素、气候模式，或者一群人。也可以是为了不挨饿或者保守秘密。

9. 在这个世界中生活有哪些优势？别忘记积极的元素。

10. 人们认为什么是美的？渴望什么？什么令生活更容易？可能是一条河，让主人公能够神不知鬼不觉地移动，或者一种神秘能力，让他们完成艰巨的任务。

切身感受

吉尔·约翰逊（Kij Johnson）著有三部长篇小说和一部短篇小说集。她三度获得星云奖，还获得过世界奇幻奖、西奥多·斯特金纪念奖（Theodore Sturgeon Memorial）和克劳福德奖（Crawford Awards）。她每年夏天在堪萨斯大学科幻小说写作研讨班执教，还教授奇幻文学写作。

根据定义，科幻和奇幻小说发生在此时此地之外：未来、外星球、奥兹国、来世——或者跟我们的世界很相似，只不过有僵尸和会说话的马。很容易把这些地方当成一个二维的游戏棋盘，你可以推着人物移动，其深度和复杂程度只要足够展开情节就好，但实际上不是这样。对于人物来说，它们是真实的地方。有着上百万件人物能看到而你看不到的东西。他们的身体穿过空气（或者沼气和水），就像我们一样。

在我心目中，诀窍在于让我们对世界"身临其境"——展示人物注意到的东西，以及她注意到这些东西的方式。她怎么知道谁刚刚从背后走进了房间？通过气味？通过脚步声（或者滑行的声音）？除非她背后长了眼睛，或者那里有面镜子，必须有某种原因。许多人会告诉你，随着场景的展开，对其进行视觉化的想象，我想这正中目标。对我来说，这意味着自己把对话念出来，直到它们听上去没问题——不过因为我在咖啡馆写作，我得尽量小声念，但不是总能做到。我还会把场景表演出来；我的人物如何背着一个失去知觉的朋友穿过走廊而不让他的头撞上门楣？或许要蹲下身子？

这样做她会膝盖疼吗？我就会！她会失去平衡吗？或者她非常匆忙，让他的头撞了上去：没时间停下来闪避了！

或许他流血了，或者撞击让他醒了过来。无论是哪种情况，这个紧张的追逐场景有了一些独特之处，让它感觉更加真实。

但还不止如此：对我来说，要让一个场景（也可以引申到一个故事）真实，最重要的部分不是看到什么、说了什么、做了什么，而是经历和感觉。我们的人物可能正从外星人那里逃亡，或者与诸神饮宴，但无论发生了什么，她都在感觉、感受和体验事物——而且不只是“在一个场景中包含五种感官”那么简单。

练 习

所以，试试这个。选择一个你正在写作的场景，试着让你的人物经历以下体验。或许她偶然注意到一个人；或许有人在她做事情、说话或思考时打断了她；或许她有某种情绪或生理反应。或许她对这些事物的经验反映了一种你想要表达的情绪。尝试这些：

1. 血液化学。知道糖亢奋（sugar rush）是什么感觉吗？低血糖是什么感觉？肾上腺素令你胃里翻江倒海。内啡肽消失，人物会感到沮丧，每个人都会。

2. 渴。脱水 2%就会损害你清晰思考的能力。我不知道这回事，但这是真的。别忘了，她的眼皮会发黏，她会忍不住撕咬干裂的嘴唇，她手指的皮肤会变干变硬。

3. 人物脖颈的痉挛。任何体验过长期慢性痛苦的人都知道，它会影响一切。几年前我备受背疼的困扰，如果我是弗罗多，我会说见鬼去吧，让索伦获得胜利。

4. 环境温度。显然，寒冷会让穿针引线更困难，炎热意味着你穿得更少，不过有没有起痱子？冬装会使行动受限。在极寒天气中人物可能一路上都睁不开眼睛，她可能错过某些东西。

5. 环境噪音。闭上眼睛。你能听到 60 赫兹的电流声吗？它无处不在，是你的世界的一部分；如果它忽然消失了你会知道，即使你判断不出究竟是哪里不对劲。空调启动的声音？你身体前倾时腰带的摩擦声？不要只告诉我那些推动情节的声音——枪声、尖叫声、飞船降落的声音——人物生活的背景声音是怎样的？

6. 她接触到的东西。这会儿你身上有什么地方疼吗？痒？你的服饰有什么地方勒得慌：腰带、胸罩带、眼镜？你的人物也会。

如此等等。在观察事物中度过一天。当你吃东西时，注意食物的口味，还有它的颜色和质地，你的舌头感觉到的冷或热。当你走进一个新房间时，不仅要留意你看到了什么、谁在那里等待，还要观察光线从哪里来。空气干燥吗？让你的嘴唇皲裂了？当你躺下睡觉，思考你能透过眼皮看到什么，或者看不到什么；你的枕头如何变得温热；你的床单是不是揉成一团；它们有什么气味。

现在进行外推。在人物的世界中，可能没有窗帘擦过枕套，但是有其他轻柔的声音，令人感觉舒适。制造一种。你的人物走过（或者跑过，身后有熊在追）她的世界，用的是跟你我一样的方式：在一团感官经验的云雾中，在一具感觉到大大小小的事物的身体中。写给我看。

构建世界，不让读者厌烦，也不用成为旅游部长

克里斯·霍华德（Chris Howard）的作品包括《海洋生物》（*Seaborn*）（Juno Books，2008）。他的短篇小说发表在《奇幻杂志》（*Fantasy Magazine*）、《哈罗》（*The Harrow*）、《另一个世界》（*Another Realm*）等杂志上。他的短篇小说《锤子与蜗牛》（Hammers and Snails）是罗伯特·A. 海因莱因百年纪念短篇小说大赛的获奖作品。他正在绘制和创作漫画小说《盐水女巫》（*Saltwater Witch*）。

如果你在创作科幻、奇幻、恐怖、科技惊悚，或者任何幻想层面上的类型小说，你可能正在构建世界，而且可能遭遇“导游”问题、“喋喋不休的教授”问题、“博学的作家”问题等危险。这些问题在我自己的写作生涯中全都出现过。在这个练习中，我想找到一种方法，揭示你的世界所有美丽的细节，而不致让读者感到厌烦，或者为故事设置壁垒。

我会使用各种全新的世界和纯虚构世界的组合［碟形世界、维尔加（Virga）、沙丘、中土世界］，或者叠加在我们自己的世界之上的另一个有着显著差异的虚构世界［霍利·布莱克（Holly Black）笔下《勇士》（*Valiant*）中的纽约，苏琪·斯塔克豪斯（Sookie Stackhouse）的路易斯安那，理查德·摩根（Richard Morgan）笔下《副本》（*Altered Carbon*）中的旧金山］。

新世界，无论可爱还是危险，与我们自己的世界相似还是不同，都意味着要花上一些时间去适应。在好的方面，类型小说的读者期待一定程度的不确定性。他们也期待作者最终会给出大部分答案，他们通常愿意为此等待。读者期待被带到某个他们没去过的地方，或者看到与他们所熟知的截然不同的场景。但他们不希望这一切被一股脑儿

地倾倒给他们。

关键在于让他们等待。

在一个关于新世界的故事中，作者要努力控制把一切有趣的东西都讲出来的冲动。你希望吸引读者进入你的世界，向他们展示它，你花了那么多时间和精力创造地图、背景和文化细节，不能看都没看一眼就被掠过。我们为什么不能时不时地停下来，进入场景，指出太空站，或者轻嗅那些形状奇异的花朵？

你可以。只是需要一点耐心和指引。有一些方法可以成功地揭示你的世界的运行方式，同时当它们与故事脱节时让你察觉到。

来看看我在阅读中发现的一些普遍问题——包括阅读我自己的作品。

导游问题：我知道我不是唯一千方百计把“Fodor's 黄金旅游指南”系列或《孤独星球》（*Lonely Planet*）带进科幻和奇幻小说世界中的人。一个初次接触这类小说的读者可能不会这样做，通常是因为他们还没有经验。他们还没有在你的世界中度过三四百页。你知道你的世界有多美妙——细致到云中游牧民族的舞步和螺旋小径的名称是怎么来的——你迫不及待地想要告诉读者这些。

不要这样做。

不是严格意义上的一定不要，也有一些幸运的作家不会落入导游陷阱。这就是导游问题。陷阱必须被拆除或安全地销毁。问题必须得到解决、推到下一章解决，或者至少看起来不再成问题。到第四章或第五章，你的主要人物已经将读者拉进了故事之中，当他发现自己跟云中的游牧民族在一起并被邀请共舞，读者会很高兴继续阅读下去。

你可能听过这种说法：画下一些点，让读者自己连接它们。

一种更清晰的表述可能是：像读者手中有《米其林绿色指南》（*Michelin Green Guide*）一样描写你的传奇城市和海滨胜地。你可能要时不时地提醒他们一些细节，但是除非了解那些高级建筑材料或某些设备的分子结构对情节非常重要，你应该像读者几乎和你一样了解那个世界一样写作。

解决导游问题可以用“不要停下来闻东西”来概括。保持移动，在跑步的同时动用你的鼻子——如果必须这样做。这就够了。

喋喋不休的教授问题：在技术、科学或某种复杂的社会、魔法和工艺扮演重要角色的故事中，这个问题非常普遍。问题在于，教授通常要说一些构成整个世界根基的重要的东西，它们通常会影响情节或者人物如何做出关键决策；它们也可能很复杂，需要一个权威人物来传达。导游问题可以通过克制来解决，喋喋不休的教授问题则要求将许多信息打破，散布到整个故事中。你不能用三页长篇大论把它们倾倒给读者。读者可能对潜艇或某位古神降下的疫病，以及将特定植物的茎干混合起来对这种疾病免疫知之甚少，但你必须让他们了解这些细节，故事才能自圆其说。

关键在于将这些内容编织进故事中，让它们进入读者头脑的最有效方法是通过动作来展示它们。这并不意味着你不能用一章来让一个人物向另一个人物解释情况，同时向读者传达信息。只不过要谨慎，篇幅不要过长。

当故事需要你向读者传达很多信息，想想园艺所需要的耐心。如果你将细节的种子播撒到整个故事世界，让它们成长，在整个故事中星星点点地介绍和重复使用它们，你将获得成功的世界构建中最重要的方面：真实性。

你在各处撒下暗示，提到它们，让它们随着故事的进程发展，当它们生根发芽时，读者不会感到惊讶。读者会像他们一直生活在你的世界中一样接受其中的细节——因为事实上他们的确一直在那里。情节的枢纽和转折基于社会结构、喂养仪式、日食期间一棵树阴影的归属、潮汐的力量、历法的计算，或者你的世界中随着故事的发展不断演化的要素，这一切在读者心目中都会拥有更为坚实的基础。真实性就来源于此。有机等于真实。

博学的作家问题：有些关于世界的细节是必需的，有了它们故事才能自圆其说。但也有些细节实际上不是必需的，对情节和人物的行动影响很小，或者根本没有影响。这就是博学的作家问题，在架空历史或主流历史小说中更加普遍，那些知识渊博的读者希望作者了解组装罗马盔甲用的铆钉是什么样子的，或者 17 世纪非洲西海岸农业技术的一般水平。读者可能想要了解这些。他们只是不想一口气吞下所有这些细节。要解决博学的作家问题，我的方法是让他们自己索取，或者让他们去查阅术语表和注释。另一个选择是为一个人物建立博客或邮箱，以人物的身份发表文章或回信，展示你知道的那些不可思议的东西。但是别把一切都塞进你的小说里。

在开始练习之前，还要记住几件事情：

当你介绍关于你的世界的某个方面，它一定要在场景或章节的层面上对情节具有重要性，但不必在整体情节的层面上重要。比如帆布必须有一种特殊的涂层，以避免被当地的微生物蛀蚀，这对整个故事可能并不重要，但是接下来几章，你的人物要登船穿越害虫肆虐的水域，这对情节和你想要制造的紧张感就非常重要了。

构建世界的目标必须与讲故事的目标相适应。你希望读者继续翻页，对接下来会发生什么感到好奇，同情或者至少是理解你的视角人物，猜测人物在你为他们设置的世界中下一步的旅程，当事情没有按照计划发展时感到惊讶和满足。作为作家，你首先关心的是人物要做什么，作为世界的构建者，你首先关心的是他们在哪里，环境会如何影响或限制他们的行动。在二者之间保持正确的平衡，读者会爱上你的世界并渴望看到更多。

练　习

每个人都理解写作的一般规则："展示，不要告诉。"在呈现你的世界时，规则是："行动，不要解释。"特别是在书的开头场景中。

写作一个新故事的前三章（或者重写一个老故事的前三章），不要向读者解释关于你的世界的任何东西。全是行动，不要停下来填充任何细节。让人物在你的世界中移动，如果遇到的某些事实或特征需要用超过几个词来描述，给它取个名称（如果必须如此），然后继续。

记住指导原则：像读者已经去过那里一样写作。不要过度解释。假装他们什么都知道。让教授到第三章以后再出现。当然，人物会看到需要解释的东西。把大部分这种东西藏起来，直到读者已经进入故事再拿出来。

如果有什么限制人物的制约因素，比如有毒的空气或者诅咒的屏障，让人物像他们完全了解自己面对的是什么一样做出反应。现在向读者解释他们的行动还为时过早。先让他们那么做。

前三章的目标是为读者保持合理水平的不确定性。① 努力保留信息。如果你必须告诉读者某些东西，使用简要的描述或名字。有些情况下，你需要为一个名字注入足够的意义，来向读者解释其一般功能——但是仅限于此。例如，广场上有很多人类、机器人和石人(mellaliths)，接着写下去，就像每个读者都知道石人是什么一样。在名称中揭示多少东西取决于你自己。读者可能从“lith”这个词根想到石头，也可能不会。

我的观点是，至少在故事的前三章，不要解释任何细节。等到读者已经在你的世界中投入了足够的时间，等到他们跟你的人物呼吸到同样的空气，再向他们揭示幕后的精彩。读者会继续翻页，因为他们迫不及待地需要再次呼吸到那种空气。

---

① 参见詹姆斯·斯科特·贝尔（James Scott Bell）《冲突与悬念——小说创作的要素》（*Elements of Fiction Writing: Conflict & Suspense*）一书中的“令人愉快的不确定性”章节。

跟着钱走

南希·克雷斯（Nancy Kress）有31本著作，包括24部长篇小说、4部短篇小说集和3本关于写作方法的书籍。她的作品获得过四次星云奖、两次雨果奖、一次西奥多·斯特金纪念奖和约翰·W. 坎贝尔纪念奖。克雷斯教授写作，16年来她一直是《作家文摘》（*Writer's Digest*）杂志的小说专栏作家。

有时候，对一个人正在创作的作品最有用的批评也是最痛苦的。20多年前我参加了一个叫梧桐山（Sycamore Hill）的写作研讨班，17位职业科幻小说作家提交了各自的作品，供同行评议。研讨班耗时整整一个星期，还消耗了大量的白葡萄酒。我带来了一部中篇小说，我知道它不是我最好的作品，不过至少还过得去。

布鲁斯·斯特林（Bruce Sterling）不这么认为。布鲁斯是最好的科幻作家和最尖锐的批评家之一，他没有评论我的文笔，或者作品中的人物甚至事件，而是就我的未来社会大做文章。“这不合常理，”他说，长篇大论，鞭辟入里，“如果不合常理，我就不能相信它，整个故事就会分崩离析。一个太空殖民地如何运行？谁来制定规则？谁来掌握权力？钱在哪里？”

布鲁斯说得对极了。企业、殖民地（无论在不在地球上）、飞船、科考队、战争、城市，甚至家庭，都建立在经济的基础之上。经济可以采取货币的形式，也可以以物易物，或者合作生产[①]，或者你能想出来的任何形式。但是要创造一种可信的未来或幻想社会，它必须拥

---

① 参见厄休拉·勒古恩（Ursula Le Guin）美妙的《一无所有》（*The Dispossessed*）。

有可信的经济基础。即使一个在荒野中迷路的人也得从什么地方得到他的靴子和小刀。即使洞穴人的原始社会也有一套采集和分享资源的系统①。

但是（你要问了），如果我的故事跟经济完全无关呢？这是一个关于未来人与人之间关系的故事。好吧，幻想小说需要这些。但是你的人物彼此发生关系的未来并不是存在于真空中。每个人物都需要有地方住、有东西吃、有衣服穿，需要火箭燃料、铁剑、水罐或者放魔药用的小瓶，以及你的社会中需要的其他东西。你对这些东西如何出现了解得越多，你的故事看起来就越丰富。

不过，我想指出两个例外。首先，如果你的故事发生在现代或者很近的未来，你可以借用现存的经济，无论如何读者都假设你会这样做。这样你就无须解释女主人公是从哪里得到她的手机或丰田车的。其次，如果你的故事非常短——比如说 3 000 字——你可能不需要过多地考虑经济，因为你要紧密地聚焦于一两个场景。想象一朵花的特写，对于观看者来说，拍照时花在哪里并不重要。但是如果你用的是广角镜头——一片花海——照片的背景就变得更重要了。

从布鲁斯对我中篇小说的剖析中恢复过来之后，我对经济思考良多。“跟着钱走。”布鲁斯说，我这样尝试了。我接下来的作品《西班牙乞丐》（*Beggars in Spain*）赢得了雨果奖和星云奖。

所以，这是一般规则：你的幻想小说越长，在时间和空间上距离我们越远，你就要越多地考虑你的社会背后的经济。你应该怎样做？

在深入创作你的故事之前了解这些问题的答案，其价值怎么强调都不为过。不仅作品会更加丰富可信，考虑经济基础还可能提供你想要发展的情节线。例如，如果星际战争切断了地球对一个外星殖民地的物资供给，你的人物现在会缺乏：机器人的替换零部件？移民装备？新衣服？他们会寻找替代品、抢劫其他殖民地，与敌人结盟换取

---

① 参见琼·奥尔（Jean Auel）天才的《洞熊家族》（*Clan of the Cave Bear*）。

物资，还是怎样做？你的主人公会卷入其中吗？这让他更勇敢、一心复仇，还是变成一个叛徒？

最后，所有类型的所有故事都归结为人物。但是人物要与环境互动，而环境是由经济塑造的。你创造的经济越丰富，你的故事就越坚实可信。

即使布鲁斯·斯特林没有读过它。

练　习

考虑你正在写的长篇或短篇小说中的社会，保证你能回答下述问题：

1. 这个社会的技术水平如何？如果是一个大致相当于中世纪的幻想社会，他们有火药吗？十字弓？钢或者铁？玻璃？如果是一艘飞船，它的武器是什么？它能超光速飞行吗？（如果不能，你需要虫洞或者一艘代际飞船才能远离太阳系。）如果是一座未来或外星城市，他们载人和运送货物的交通水平是怎样的？你能看到它吗？

2. 这个技术水平上的原材料从哪里来？剑需要铁矿。飞船需要在复杂、广阔、防卫严密的设施内建造。布料也必须由原材料纺织或生产而来。每个人都必须吃东西。你需要农业、水培箱还是工厂？它们在哪里？谁来操作：奴隶、农奴、农村家庭、城市劳动阶层、机器人？谁建立了居住地（帐篷、房屋、教堂、城堡、殖民地）？金·斯坦利·罗宾逊（Kim Stanley Robinson）的《红火星》（*Red Mars*）之所以成为经典，一个原因就是在火星上建立了一个真实合理、细节丰富的人类文明。

3. 现在来看看要人：铸剑、建造飞船、建立殖民地、生产粮食、装备考察队，所有这些都掌握在谁手中？一个政府？如果是这样，哪种类型的政府（君主制、寡头政治、共和国、极权国家、神权政体）？一家公司？如果是这样，你的公司如何融入更广义的经济（国家的、全球的、全太阳系的、星际间的)？你的经济是资本主义、社会主义、自由主义、这些的混合，还是其他完全不同的东西？［沃尔特·乔恩·威廉姆斯（Walter Jon Williams）创造了一个基于卡路里消耗的有趣经济。］这意味着：在你的社会中谁来做出重大决策？同样重要的还有：

4. 这种经济控制是如何维系的？通过武力（军队、军官、警察)、法律（通常需要武力做后盾)，还是社会控制（忠诚、爱国主义、地狱的威胁、养家的需要、职业发展的渴望)？这些如何组合？

5. 谁想要保持和增强对其他人的掌控？（总有人试图这样做。）是如何做到的？

6 主题和意义

科幻小说鼓励我们去探索人类心灵能够想象到的各种各样的未来，有好的也有坏的。

——马里恩·季默·布拉德利（Marion Zimmer Bradley）

归根结底，作者只是作品的一半。另一半取决于读者，以及作者能够从读者那里学到什么。

——P. L. 特拉弗斯（P. L. Travers）

首先是标题

哈兰·埃里森（Harlan Ellison）发表过 1 700 篇短篇小说、中篇小说、随笔等。他是两套开创性的科幻小说选集：《危险影像》（*Dangerous Visions*）和《危险影像续篇》（*Again, Dangerous Visions*）的编辑，为《巴比伦 5 号》（*Babylon* 5）、《外星界限》和《阴阳魔界》等剧集写过剧本或担任概念顾问。埃里森获得过包括雨果奖、星云奖和埃德加奖在内的诸多奖项。

跟其他熟悉的陈词滥调一样，这句话中也包含着重要的、无可辩驳的事实：尽管这种做法很愚蠢，但人们还是会根据封面来评判一本书。我偶尔也会这样做。我买过一本平装书，叫《人猿之地》（*Apeland*），就是因为它的封面。我还因为被封面的吸引，花 7 美元买过一本精装的推理小说。书的名字叫《死亡钢琴》（*Dead Piano*）。小说本身没那么好，但是作者和出版商还会在乎吗？我已经买了，还花了 7 美元。

除了封面，读者还会根据书名来判断。很多时候他们先看书脊，如果是一本短篇集则先看目录中的标题，所以这种判断可能还发生在看封面之前。你给一个故事选择什么标题是非常重要的。

我会告诉你为什么。还有怎样选择一个吸引人的标题。

这里有一组标题，是我现编出来的。

《盒子》

《热闪电》

《到期即付》

《倾听世界的低语》

《旅行》

《黎明即死》

《每天都是世界末日》

《去做吧》

现在，除非你跟我认识的人都不一样，否则一般说来，你会首先选择《倾听世界的低语》，然后可能是《去做吧》，第三个是《黎明即死》。除非你的生活极其枯燥乏味，否则你倒数第二个才会选择《盒子》，直到把别的都看完了才会选择《旅行》。如果你第一个就选择《旅行》，去找一份砌砖的工作吧，你永远不会成为一名作家。《旅行》是我能想到的最乏味的名字，相信我，我好不容易才想出来的。

《倾听世界的低语》这个标题最有趣，不是因为它长或者复杂。我承认它还算不上最吸引人的标题，但是其中包含了一些有趣的元素，这意味着一种能够让人对作者产生信任的品质。他知道怎么运用语言。他有思想，有隐含的主题，故事的潜台词将会告诉我们这一点。这一切都发生在读者的潜意识层面上。而且（我们还要重复多少次？我都说烦了），信任是第一位的，是你能灌输给读者的最好的东西。如果读者信任你，他们就会自愿放弃怀疑并跟随你，这在任何类型的小说中都是需要的，在奇幻和科幻小说中更是绝对必需的。

它的第二个优点是在说得太多和说得太少之间保持了一种张力。有多少次，你因为杂志编辑修改标题、过早地泄露了玄机而感到愤怒：你从头开始阅读，被巧妙地从一个情节点引向下一个情节点，错综复杂的故事逐渐展开，你试图猜透作者的意图，然后你忽然想起了标题，然后想道：**哦，原来是这个意思**！余下的故事就完全在预料之中了。这来得太快了。标题剥夺了你的乐趣。

标题应该撩拨你、诱惑你、逗弄你、给你出难题，但是不能不知所云或者泄露秘密。《旅行》这样的标题既不有趣也不聪明。《倾听世界的低语》则符合标准，我希望如此（否则它就是个愚蠢的例子了）。

正如丘吉尔说过的，应该避免使用“××的××”这种类型的标题。你明白我的意思，《科拉蒙德的毁灭者》《诺优的舞者》《道威英雄》《杜罗斯托鲁姆之船》《伊拉兹的钟表》。这类巴洛克式的标题。

当然，我选择的这些例子包含了另外一种缺陷——让人摸不着头脑。它们都使用了让人不能脱口而出的陌生词汇，更重要的是，当读者想要购买或者向别人推荐这本书时，他们会想不起来书名。“嗨，我昨天读了一本好书。叫《斯古斯的踉跄》* 还是《西斯的复仇》，还是什么来着……我忘了，你找找看；封面是绿色的……”

阿西莫夫相信短标题，因为它们容易被书店店员、系列故事的购买者和那些既记不住书名也很少知道作者是谁的读者记住。不过，我和奇普·德拉尼（Chip Delany）都认为构思精巧的长标题能够让读者记住足够的关键词，即使记错了，剩下的部分也足够识别该作品。来看几个例子：《时间像半宝石的螺旋线》（Time Considered as a Helix of Semi-Precious Stones）、《在世界中心呼唤爱的野兽》（The Beast That Shouted Love at the Heart of the World）、《梯克托克曼说：“忏悔吧，哈勒昆！”》（“Repent，Harlequin!” said the Ticktockman）、《脸上的门，口中的灯》（The Doors of His Face，the Lamps of His Mouth）。两种观点都有有力的证明。《夜幕低垂》（Nightfall）、《斯兰》（*Slan*）、《沙丘》（*Dune*）、《杀人推土机》（Killdozer）都是不能忽视的例子。但是《机器人会梦见电子绵羊吗?》（*Do Androids Dream of Electric Sheep*）也不能。

当然，最简单的是经验法则：只要足够聪明和吸引人，长短并不重要。

但是也别聪明过头了。糟糕的双关语可能令读者讨厌，根本就不会考虑你的故事。《我从未许诺你一座玫瑰园》（*I Never Promised You a Rose Garden*）很好，《你的误区》（*Your Erroneous Zones*）就不行了。罗杰·泽拉兹尼（Roger Zelazny）的《变形人》（*He Who Shapes*）出版单行本时的书名是《梦的主人》（*The Dream Master*），

---

* *The Reelers of Skooth*，与《西斯的复仇》谐音。

这个故事原来的名字是《奥坦伯的满月之日》（*The Ides of Octember*），在我看来有点矫情。乔·霍尔德曼（Joe Haldeman）原本给他的《星际迷航》改编小说起的名字是《斯波克，疯狂的傻瓜!》（*Spock, Meshuginah!*）——荒唐的两连击。但是很有趣。我知道什么是有趣，这就是。在这方面，托马斯·迪斯科（Thomas Disch）是走钢丝的高手。《走向死亡》（*Getting into Death*）是大师级的，《新头脑乐趣多》（*Fun with Your New Head*）也是。不过迪斯科走得最惊险的一个例子是他的小说《被束缚的人类》（*Mankind under the Leash*）（Ace出版的平装本的名字，蠢事一桩），原来的书名叫作《塔拉的小狗》（*The Puppies of Terra*）。（该书在英国出版时用了这个书名。）

亚瑟·拜伦·科弗（Arthur Byron Cover）有一种天赋，他的书名荒谬到让你抓狂，忍不住买一本来看看他到底能不能自圆其说。比如这个：《世界末日的鸭嘴兽》（*The Platypus of Doom*）。

直到印刷之前最后一刻，玛格丽特·米切尔（Margaret Mitchell）的《飘》（*Gone With the Wind*）还叫作“马鞍上的缪斯”（*Mules in Horses' Harness*）。我相信F. 斯科特·菲茨杰拉德（F. Scott Fitzgerald）是受不了出版商的纠缠才把“西卵的特里马乔”（*Trimalchio in West Egg*）这个书名改成《了不起的盖茨比》（*The Great Gatsby*）的；我爱死了这个书名，所以在半个世纪之后用它作为我自己写的一篇文章的标题。

如果你在书名上卡了壳，让人物的名字有趣也是一种办法。做到这一点的科幻小说少得可怜，这反映了大多数传统的科幻作家不重视人物，而是更喜欢技术术语风格的名词，比如“试验台”（Test Stand）、“闪点”（Flashpoint）、“破坏性试验”（Test to Destruction）、“无连接”（No Connections）。我们很少看到《了不起的盖茨比》、《巴比特》（*Babbitt*）、《哈克贝利·费恩历险记》（*The Adventures of Huckleberry Finn*）或者《吉姆王》（*Lord Jim*）这样的书名。德拉尼的《戴尔格林》(*Dhalgren*)是一个范例，我的《诺克斯》(*Knox*)也不错，还有戈登·迪克森(Gordon Dickson)最受欢迎的故事《黑查理》(*Black Charlie*)。

理想情况下，标题应该在你读完一个故事之后起到锦上添花的作用。它应该包容整个故事，陈述主题，令人回味。我们希望它的含义比故事中平铺直叙的要多。朱迪斯·梅里尔(Judith Merril)的《只是一个母亲》(That Only a Mother)是一个很好的例子，她的一语双关的《死亡中心》(Dead Center)也是。对于机警的读者，这是一份额外的礼物，让他们感觉跟你更加亲近。

出于同样的原因，你不能拿一个聪明却不能提供回报的标题来欺骗读者。这方面首先出现在我脑海中的例子是《没有响的枪》(The Gun Without a Bang)，罗伯特·谢克里(Robert Sheckley)最棒的标题之一，他的故事通常都有不错的名字。这个名字很棒，唯一美中不足的是故事很无趣，讲的是一个人找到了一把枪却没有开过，无论从象征的、形而上的、文本的还是调性的意义上都没有比题目说得更多。

科幻小说界起名字的顶尖高手之一是杰克·乔克(Jack Chalker)。这里不讨论实际的故事，只说标题。《灵魂之井的午夜》(*Midnight at the Well of Souls*)、《恶魔拖你下地狱》(*The Devil Will Drag You Under*)、《雷霆海盗》(*Pirates of the Thunder*)都是美人，《荒野中的四十个日夜》(*Forty Days and Nights in the Wilderness*)更是迷死人的尤物。

不过回到1978年，杰克发表短篇小说《泰坦尼克号上的乐队》(Dance Band on the *Titanic*)时，每个人都恨不能杀了他。首先，因为这个标题糟糕透顶；其次，因为这个愚蠢的故事就是关于泰坦尼克号上的乐队的！

“不！”我们对他大喊道，“你这个大傻瓜，你不能把故事最主要的寓意放在标题上！”这个大难不死必有后福的家伙！

至于我自己，在想好题目之前不会开始写作一个故事。有时候我有了题目好几年之后才想到合适的故事，比如《死鸟传说》（The Deathbird）和《玛瑙里的墨菲斯托》（Mefisto in Onyx）。通常，一个故事在我心中先有了标题，成为写作它的动力，然后当我完成以后，原来的标题就不再适用了。这种标题没有随着故事中更加重要的东西同步发展，或者把重点放在了错误的地方，或者标题太轻佻，而作品本身更加严肃。在这种情况下，尽管对催生了整个作品的最初火花如此大不敬是非常痛苦的，但是作者必须冷酷无情，把这个标题雪藏起来以后使用，或者干脆彻底放弃它。这是一个成熟作家审查作品的做法，他必须对作品中的每一个字负责，因为从非常个人化的意义上讲，写作正是一种自我审查。选择定冠词“the”而不是不定冠词“a”，意味着你不仅排除了“a”，而且排除了所有可能从这个词延伸出的故事情节。你每选择一个词，就扼杀了一整个宇宙。这种作者的审查，永久地区分了业余和专业人士。

对于一个有趣、新颖的标题的重要性，怎么强调都不为过。编辑首先看到的就是它，它能够吸引重要的相关人士去阅读故事的第一页。

没人能拒绝一个叫《赫尔克是幸福的野兽》（The Hurkle Is a Happy Beast）或者《如果你是个摩尔金》（If You Was a Molkin）的故事，但是只有受虐狂才会忘情地投入一部叫作《藤椅》（*The Wicker Chair*）的书稿。

上面说的这些供你思考。

现在我要去写一个故事了，故事的名字叫《独眼巨人的另一只眼》（The Other Eye of Polyphemus）。

练　习

1. 列出一些可能的故事标题。有没有哪个激发了新的灵感？

2. 为一个正在进行的写作计划构思三个备选的标题。包括一个短的和一个长的。哪个标题最切合故事的核心和灵魂——既暗示主题又不泄露玄机，既容易记忆又不聪明过头?

找五六个人，问他们三个标题中哪个最有趣，请他们表达真实的看法。其中至少要有两个人读过你的故事，其他人没有。

进入未知的精神世界写作

佩恩·登沙姆（Pen Densham）是编剧、制片人、导演，他编剧和制作的电影包括《叛逆骄阳》（*The Dangerous Lives of Altar Boys*）、《烈火雄心》（*Backdraft*）、《侠盗王子罗宾汉》（*Robin Hood：Prince of Thieves*），他还参与了《外星界限》和《阴阳魔界》等电视剧集，并担任米高梅公司的《凤舞红尘》（*Moll Flanders*）的编剧、制片人和导演。他赢得过诸多奖项和提名，包括两次奥斯卡最佳短片的提名。

作为创作者，我从来不追求某种“类型”；相反，我总是听从内心愿望最强烈的召唤。

我编剧和执导过一部历史人物的传记片《凤舞红尘》，因为我和妻子有一个女儿，而这个故事似乎可以向我们的孩子说明，虽然我们没能给她带来完美的生活，但仍然是值得爱和尊敬的。

哈利·胡迪尼（Harry Houdini）令我着迷，他是一个如此强大的人物，以至于今天的魔术师还在试图超越他。即使是他也从未感到已经获得足够的赞美，足以让他肯定自己的价值。我想许多艺术家/表演者都有这种强迫症。

纵观我的职业生涯，从改编罗宾汉的历史传奇，到《比生命更重要的》（*Larger Than Life*）——比尔·莫瑞（Bill Murray）主演的一部电影，描写一个男人继承了一头大象——我一直在努力从内心的灵感出发写作。

我非常幸运地亲身参与了《外星界限》和《阴阳魔界》在电视网的重生。在我看来，对于我和其他人，每个系列都为在超自然和科幻的设定之下，在放大的焦点下探索人类的本性提供了巨大的机遇。在高度戏剧化的焦点之下，人物不得不迅速褪去他们的保护层，暴露出内在的人性动机，在极端的困境面前鼓起勇气，做出改变，努力找到自己的选择。

我正在写的一个剧本《夜班》（*Night Shifts*），真的把自己吓到了。写作的过程中就时不时地感到恐惧，我以前从没有过这种感觉。故事讲的是一个年轻的女医生不得不连续工作几十个小时，开始害怕一个昏迷中的病人试图占据她的身体。（我八岁那年失去了母亲，我父亲请灵媒师到家里来举行了降神会。）

我会说自己是个浪漫的怀疑论者，因为对于往生世界我没有发现过什么证据。除了历史文化中普遍存在的无法解释但记录翔实的濒死和白光体验。这些与我小时候从一个狂热的"灵媒师"那里得到的警告紧紧联系在一起，他说当我们睡着时："我们的灵魂会飘离身体。要当心，因为坏东西会夺走它们。"

约瑟夫·坎贝尔（Joseph Campbell）认为神话是活的东西，反映了创作者直接的社会经验和生活…… 我想我一直在寻找自己心底的那个孩子——那个仍然保留着睡着时也不敢失去控制的自我保护本能的孩子。就像我笔下的年轻医生，发现当自己试着抓紧时间小睡几分钟时会做出奇怪的举动。

我更愿意这个剧本被当作一个黑暗的现代神话，而不是一个恐怖故事。或多或少，一部电影被定义为恐怖片会贬低它的价值。"恐怖"是一种蔑称，让人不去思考其中对生命轮回和神秘未知的想象。在我看来，《夜班》是一次形而上学的超自然之旅，我们都可以陪伴女主角玛丽一起走过。当然，它采取了现在这种恐怖片的暗黑形式。不是"血腥—色情"（"Gomo"，gore-porn），而是通过呈现一系列超自然的可能性，让一个现代的女主人公面对她勇气的极限，探索她的过去，并开始诘问人类灵魂的存在。

当然，是娱乐性质的。

我坚定地相信我们喜欢恐怖片，是因为它们唤醒了我们自然的生存本能。我把像《侏罗纪公园》《异形》和《大白鲨》这样的电影统称为“不要被吃掉”的故事。我们被《沉默的羔羊》（*The Silence of the Lambs*）和《嗜血法医》（*Dexter*）吸引，是因为我们害怕被连环杀手杀死。我们看灾难片，是因为我们下意识地思考在影片呈现的类似情景下自己会采取怎样的策略。像《猛鬼街》、《灵动：鬼影实录》（*Paranormal Activity*）和《怪形》（*the Thing*）这样的电影，表现的是从我们的集体无意识中召唤出来的想要伤害或者控制我们的超自然物体（就像恶魔、妖怪、幽灵一样）。尽管我们现在位于哺乳动物的顶端，但我们体内仍然保留着600万年前类人猿祖先的冲动和本能。

练　习

异类联想（Bi-sociation）是一种简单的创造力工具：找到两个主题，把它们混搭在一起，创造出一种融合两者价值的混合体。

列出你喜欢的20部电影或恐怖/幻想小说。《死神来了》、《惊魂记》（*Psycho*）、《驱魔人》、《魔女嘉莉》、《弗兰肯斯坦》、《凶兆》、《但丁的地狱》（*Dante's Inferno*）、《异形》，等等。

然后发挥想象力，看你能不能将其中任意两个组合，创作出新的唤醒生存本能的故事！

举例：

《驱魔人》和《但丁的地狱》：一位神父决定深入地狱，去拯救一个无辜的灵魂。

《异形》和《凶兆》：恶魔占据了一艘太空飞船上船员的身体。

《魔女嘉莉》和《闪灵》：一群高中生被暴风雪围困在一座旅馆里，被他们捉弄的女孩开始用超能力追杀他们。

追赶未来

道格拉斯·麦高恩（Douglas Mcgowan）是《野兽本性：漫画小说》（*Nature of the Beast: A Graphic Novel*）的作者之一。他现居俄勒冈州，从事音乐再版发行，经营着 Yoga Records 和 Ethereal Sequence 唱片公司。

人类多姿多彩的想象力的奇思妙想和好莱坞主流制造的平庸幻象之间的鸿沟，经常让我感到惊讶。

事实上，现实通常都会压倒幻想，至少对那些紧跟科学技术最新发展的人来说是这样。

试想：我们距离人工智能超越真正的人类的“奇点”可能还有一二十年的时间。此时此刻，这种划时代的意义本应该占据我们最伟大的幻想作家的想象，未来的历史学家——注意，这里我们说的可能是机器人——会惊讶于这件事在 21 世纪初的集体意识中怎么会如此微不足道。或许他们不会，无所不包的数据已经使他们再也不会对任何事情感到惊讶。

是的，有一些值得注意的例外，比如《千钧一发》（*Gattaca*）、《黑客帝国》（*Matrix*）系列、《人工智能》（*A. I.*）、《美丽心灵的永恒阳光》以及《月球》（*Moon*），这些故事超越了单纯的想象，包含对未来的推断。但是总体而言，仍然可以说今天我们的创作者没有像过去那样创造性地思考未来。

悲观主义是一个原因。这是有史以来最艰难的一个千年。严肃认真地设想我们的未来是一件可怕的事。但是我们首先要在心中构思一个未来，然后才能去创造它。悲观一点是现实主义，过于悲观则会坏事——毕竟这是不能确定的。

缺乏创意也是一个重要因素。现在的科幻小说改编电影似乎更多地从其他电影和漫画，而不是从真实世界中获得灵感。

如果你的目标是创造某些惊人的东西，到别处去为你的科幻小说寻找灵感吧，不要寄希望于电影和流行文化。

如果你必须从电影中寻找灵感，一定要清楚地知道自己在做什么——必须确定，你不是在把别人的小说当成某种既定的现实。当然，还要确定你不是在剽窃现成的作品。

如果你更多地关注科学，小说自然就会浮现。

练 习

本练习从密切关注真实世界的科学发展前沿开始。订阅一个slashdot. com、blogs. scientificamerican. com 或者 weliveinthefuture. tumblr. com 之类的博客。找一个能够激发未来创意灵感的故事，进一步研究。

现在试着推测你能想象到的一切变化。例如，在一个高级人工智能的世界中长大是什么样子？当“权威之声”从一个看起来众所周知的智能手机、神经植入物或者泰迪熊传入他们耳中，年轻人跟他们的家庭、老师之间，以及他们相互间的关系是怎样的？一个有创造性的人如何在这样的世界中生存？一个教师呢？一个骗子呢？

确保你的灵感比我们现在所处的世界领先一步。你可能需要创造整个世界观，只是为了解释你的幻想故事中的一个物体、一个习惯、一句谚语为什么是这个样子。这是一项艰巨的任务，但是丰富的细节是最好的科幻小说的共同特征。

把一个现在或者过去的故事放到未来，标准是你认为未来的发展会影响我们的生活方式。例如，在这个新世界中重新讲述你的童年故事，或者将一个童话故事移植到这个新世界中。

最后，把你的科幻创意与今天的现实做对比。向你自己，以及你想要获得批评意见的人解释，你的创意中真正未来主义的东西是什么。画一条线连接现在到你想象的未来，证明为什么未来比现在已经发生的一切更先进、更令人信服。如果能做到这一点，你可能已经离成功不远了。

创作你自己的科幻小说

马克·斯科特·齐克瑞（Marc Scott Zicree）为大部分主要电视网和电影公司担任过编剧，制作过数百小时的节目。他正在与吉尔莫·德尔·托罗一道，为 Harper Design 出版社创作《吉尔莫·德尔·托罗的奇思妙想》（*Guillermo del Toro's Cabinet of Curiosities*）一书，并担任《太空司令部》（*Space Command*）的编剧、导演和制片人。

我还记得第一次看到《阴阳魔界》时的情景。那年我八岁，跟继父一起待在车库里。两台黑白电视机高高地摆在架子上。一台只有图像，一台只有声音。

突然间，左边那台无声的电视机上出现了奇怪的画面，三个人乘坐一艘宇宙飞船降落在一个外星球上，发现了一艘跟他们的飞船一模一样的失事飞船的残骸，更令人难以置信、更恐怖的是，里面还有他们自己的尸体。

我当时不知道这集电视剧的名字叫《幽灵船》（*Death Ship*），也不知道三个人中有两个演员叫作罗斯·马丁（Ross Martin）和杰克·克鲁格曼（Jack Klugman），不知道编剧是理查德·马西森（Richard Matheson），甚至不知道剧集的名字。我当然更不曾幻想我将开始一段绵延 40 多年的人生之旅，成为电视编剧、导演和制片人。但无论如何，我被迷住了。

我是看着《阴阳魔界》《星际迷航》和老版的《外星界限》长大的。它们塑造了今天的我，我的信念和动机，我的道德感和伦理观。

当我从大学毕业时，我知道我想成为电视编剧，但挑战在于如何学习这项业务，以及如何学好它。我相信通过研究一部经典剧集是如何诞生的，我能够发现如何去模仿它。

我开始寻觅关于《阴阳魔界》的文章和书籍，但是几乎一无所获。我意识到我必须自己写一本我想要读的书。所以在 22 岁那年，我开始写作《阴阳魔界指南》(*The Twilight Zone Companion*)，这本书至今还在出版，累计销量超过 100 万册。

之后不久我就卖出了我的第一个剧本，接着是数百小时的电视剧制作，我也从剧本编辑升到了执行制片人。这一切都始于向一个好榜样学习。

过去几十年里，我花了无数时间思考一部成功的科幻剧集成功的原因。我参与了一些著名的剧集，包括《星际迷航：下一代》、《星际迷航：深空九号》(*Star Trek*：*Deep Space Nine*)、《巴比伦 5 号》和旅行者（*Sliders*)。在我的职业生涯早期，制作过一部糟糕的真人特摄儿童剧《飞龙特攻队》(*Captain Power and the Soldiers of the Future*)，实际上这部剧集是为成年人写的，后来直接促成了《巴比伦 5 号》的创作。

除了这些我还写过无数的科幻试播集，包括《足够的天地和时间》（*World Enough and Time*)，这是我与乔治·竹井（George Takei）共同制作的《星际迷航》独立剧集，获得了雨果奖和星云奖提名。现在，我正在创作《太空司令部》。这个项目通过众筹平台 Kickstarter 向观众募集资金，将以系列电影和半小时剧集的形式播出。这是一次全新的尝试，在数码摄像机、计算机编辑软件和互联网时代之前是完全不可能的。

你应该如何开始创作一部科幻剧集？首先，跟任何电视剧集一样——是关于人物的。无论是柯克、斯波克和麦考伊*，还是《危机边缘》(*Fringe*) 或《神秘博士》(*Doctor Who*) 中的人物，你实际上是在为观众创造一个定期与之共度一段时光的虚拟家庭。

你还必须在每一集讲一个激动人心、结构巧妙、出人意料和富有娱乐性的故事。

除此以外，在科幻世界中你要创造整个宇宙。如果是一个特别深

---

* 《星际迷航》中的主要人物。

远和富于想象力的宇宙，它可以衍生出成百上千的故事和人物，就像《星际迷航》和《星球大战》一样。

创作你自己的科幻剧集的诀窍在于，让你关心的人物和主题与一个引起共鸣并且真实可信的科幻场景结合起来。还必须有一些新鲜的元素，一些我们没见过的东西。

这是很高的要求。应该从哪里开始呢？

首先，学习这一类型已有的作品。由此你可以知道你的剧集的设定是不是已经很常见，甚至成为俗套了。

其次，检查那些吸引你的人物和场景，让每个人物的声音彼此独立，并且确保你的科学（或者伪科学）站得住脚。

最后也是最关键的，确保你的创意有足够的广度，能够支撑一个系列剧集。看看你能够从中创作出多少故事情节，就可以知道这一点。如果它不能坚持至少 100 集，或许就更适合拍成一部电影，或者写成一部小说。

还要注意现在有两种类型的电视剧集——一种是每一集独立成章（如《星际迷航》原初版），另一种有一条主线，贯穿整季或数季。

得益于家用录像机的出现，有主线的剧集开始受到观众的欢迎和电视网的青睐。与旧时代相比，这是一个重大的变化。

你的科幻设定可以放在未来、现在、过去，或者在不同的时间框架之间来回穿越——甚至发生在平行宇宙中。但是要留意制作方面的现实，保证你的提议能够在电视节目的实际预算内实现。

创作你自己的科幻剧集时，一个重要的加分项是观众的忠诚度，如果有一大批粉丝，剧集在播出结束后还会重播、出书、出漫画，你尽可以想象。当然，像《星际迷航》、《星球大战》、《神秘博士》和《太空堡垒卡拉狄加》（*Battlestar Galactica*），还会拍摄新版。

最后也是最重要的——实话实说。无论你在想象的外衣下填充的是什么，你写的都是自己的生活和经历。与观众产生共鸣的是真实性。我的良师益友雷·布拉德伯里告诉我，永远要向内而不是向外寻找我们的故事。非常好的建议。但是在现实中，你所做的一切，你读到的、看到的、听到的、经历的一切都将成为你的养料。

只要保证你创作的东西中有你独一无二的自我，有你深切关心、愿意花费经年去实现的东西，你就能成为这场游戏的赢家。

我 13 岁那年，作为一件礼物，一个朋友带我去了《星际迷航》原初版的拍摄现场，当时正在拍摄的是剧集的最后一集。现在我正在为《太空司令部》搭建飞船的场景，站在舰桥上我仍然能感觉到同样的兴奋。

雷·布拉德伯里还告诉我一件事，当时他已经 80 多岁了。“我要告诉你一个秘密，”他说，示意我靠近些，“我只有 13 岁。”

真的是这样。因为在这个年龄我们的惊奇感是最纯粹的，而他仍然原封不动地保留着那种感觉，滋养着它，守护着它。我把他的话牢牢记在了心里，现在我希望你也这样做：把那个 13 岁的自己送到过去和未来，超越群星。

那是一个激动人心的宇宙……而且完全属于你。

练　习

1. 从思考你想创作哪种类型的科幻剧集开始。现实世界中什么让你兴奋，什么让你愤怒？你想对什么发表评论？从这里开始。

2. 设计五个主要人物。他们可以源于现实生活，也可以有别的来源，但现实生活是有帮助的。让他们各具特色，彼此不同。

3. 将这些人物置于你的科幻世界中。开始构思故事创意，从一两句话出发。试着构思至少二三十个创意。

4. 重读你写的东西，再想出五种方法让这些创意别出心裁，与你以前看过的东西都不同。

5. 如果你足够勇敢，可以写出其中几个故事的概要——开头、中间和结尾。每个概要都不应超过五页。

6. 如果你真的足够勇敢，可以写一套完整的剧集设定——一份你的剧集、人物、世界和故事情节的简要介绍，甚至可以包括剧集的主线。然后写出试验性剧本。现在你手上的东西就可以拿来出售了。祝你好运！

讲授罗伯特·海因莱因的《星船伞兵》

理查德·布莱勒（Richard Bleiler）是康涅狄格大学人文图书馆馆员，他也在该校讲授一门介绍科幻小说发展史的课程。他是《科幻小说作家》（*Science Fiction Writers*）和《超自然小说作家：当代奇幻和恐怖文学》（*Supernatural Fiction Writers: Contemporary Fantasy and Horror*）的编辑，是《早期科幻史》（*Science-Fiction: The Early Years*）和《根斯巴克科幻史》（*Science-Fiction: The Gernsback Years*）的作者之一。他获得过 2002 年布莱姆·斯托克奖最佳非虚构类奖（*Bram Stoker Award for Best Nonfiction*）的提名。

你不必喜欢你所讲授的作品，但你必须尊重它们，而我最尊重的作品之一就是罗伯特·海因莱因（Robert Heinlein）的《星船伞兵》（*Starship Troopers*）。这部作品已经诞生 50 多年了，但是在许多方面仍然惊人地充满活力。它的成功是多层面的，任何想要从事科幻写作或者了解美国科幻的人都应该阅读它。它是科幻史上里程碑式的作品。

《星船伞兵》首先是一部紧张刺激的冒险小说，这也是其最重要的特征，即使抛开海因莱因的叙事不谈，阅读这样一个惊心动魄的冒险故事的乐趣也不会减少。但是无论如何，《星船伞兵》远不止这么简单。它是一篇关于人性和人类未来的宣言；它是传统的成长小说与主题小说的混合体；它还是一个怪物故事。它融合了倾向性、挑衅性和有争议的政治哲学，许多学生对这本书的阅读是囫囵吞枣式的。

当我讲授这部小说时，班上的学生可以分为两个层次：我称之为**解读派**和**过度解读派**。只有通过对文本的解读才能达到过度解读，为了达成一种普遍的共识，我喜欢采取的方式是布置一份家庭作业，让学生写一篇关于这部小说的短文，不超过一页。我不给这篇短文打分，只要求他们回答一个基本问题：这部小说为什么是科幻小说？科幻小说有许多定义，到这时我们已经讲过其中一些，也已经讨论过伊斯特万·希瑟利-罗内（Istvan Csicsery-Ronay）的《科幻七美》（*The Seven Beauties of Science Fiction*）序言中给出的“当代科幻”书单——所以学生已经开始认识到试图定义这一类型时一些固有的问题。

接下来，我不讲解，而是让他们描述他们读到了什么，不要按照小说中呈现的顺序。相反，他们要按照时间顺序整理小说中发生的事件，简要描述行为动机和结果。（这至少能保证他们读过这本书，而不是只查过维基百科的词条。）对于《星船伞兵》，复述整个故事实际上相当困难，因为海因莱因的叙事技巧之一就是让读者关注一件东西，相信它非常重要，实际上却是将他们的注意力从更重要的东西上转移开。而且，海因莱因喜欢隐瞒信息：他防止泄露天机的方式就是几乎从不做任何解释，只留下暗示和模棱两可的陈述，只有在事后回顾时才能发现它们有多重要。

班上的学生必须搜集证据、填补空缺、回答问题和提出假设，他们对故事的理解逐渐达到一个平铺直叙的线性叙事无法企及的层次。他们在礼貌相待的前提下互相帮助修正彼此的观点。奇怪的是，很少有学生认识到海因莱因笔下的地球是处在一种良性的军事统治之下，所有人分为两个大类：公民和士兵。他们同样很少认识到只有士兵有选举权，统治着国家，讲授历史与道德哲学的课程；他们通常没有认识到士兵把公民视为羔羊。而且在阅读小说的过程中他们通常只看表面，轻易接受杜波司先生和其他人的观点；例如，“证明战争和道德完善源自同样的遗传基因。简言之，即所有战争均起源于人口压力。”

无论如何，一旦对解读达成共识，就可以提出过度解读的评判性评价的问题了。

接下来：关联和语境。这个班级阅读的第一部小说是爱德华·贝拉米（Edward Bellamy）的《回顾：2000—1887》（*Looking Backward*，2000－1887），这本书虽然叙事平庸，但是根据今天的标准，它提出的理念和解决方案能够引起广泛的讨论和争议。我指出《星船伞兵》和《回顾：2000—1887》一样颇具争议，而我的学生通常会惊讶地意识到，海因莱因只不过是用一种更加现代的语言，把故事讲得更加出色。他和贝拉米一样批判社会，并对他看到的问题提出了解决方案。

最后，在讲完这部小说后，我喜欢给学生一些相关文献。我让他们阅读托马斯·迪斯科语不惊人死不休的《科幻小说的尴尬》（*The Embarrassments of Science Fiction*），解决迪斯科提出的关于科幻小说的普遍问题和关于海因莱因的特定问题。这通常会引发讨论：学生发现他们要捍卫一部小说，尽管他们不一定接受其中的观点和结论。

练　习

阅读罗伯特·海因莱因的《星船伞兵》。

为了加深你对这本书和科幻作家普遍关心的问题的理解，这里有几个问题，你可以在阅读的过程中或读完之后思考。首先是“为什么”：

1. 为什么《星船伞兵》中几乎看不到女性，尽管小说第一章末尾和第二章征兵站的场景都毫无疑问地说明，她们跟男人一样坚强能干，足以胜任飞船驾驶员的角色？在海因莱因描述的社会中，可能的原因是什么？

2. 为什么在海因莱因的社会中，一个人只有一次参军的机会？为什么没有个人成长、成熟的空间和第二次机会？

3. 为什么海因莱因在第一章中用了一个很长的段落，回忆一个人在产道中的情景？这里诞生的是什么？如果这里是出生，那么在小说的过程中逐渐成熟的是什么？

4. 士兵们为什么与“虫族”作战？

5. 从约翰尼透露他的母语是他加禄语（Tagalog）可以得出什么

结论？为什么这个有趣的信息没有在书的开头给出？（我可以告诉你，塞缪尔·德拉尼对这回事的反应是："天哪，原来这不是又一个美国白人拯救世界的故事。主角是棕色人种——跟我一样！"）

然后是关于小说中的哲学的问题：

6. 杜波司先生对"暴力从来解决不了任何问题"的观点不屑一顾，他说历史上暴力解决的问题比任何其他因素都要多。真是这样吗？暴力是解决冲突的唯一方式吗？如果是这样，说明人性是怎样的？如果你不同意这种说法，指出杜波司先生在哪里使用了"遁词"，反驳他的观点。

7. 杜波司先生主张没有什么不可剥夺的权利，反对**生命**、**自由**与**追求幸福**这套说辞。他的反驳表明他将物理法则等同于政治法则。他同样反对青少年违法者的说法，认为从来就没有这种存在，他们只是小流氓。他的观点成立吗？

8. 当然，我要求我的学生（和你）像约翰尼一样，研究"所有战争均起源于人口压力"的观点。关于这一规律，你能找到有说服力的例外吗？

你认为海因莱因相信他自己的观点吗？或者他只是在玩弄概念？归根结底，在科幻小说中玩弄概念是值得鼓励的。

我希望对这部作品的分析表明，你能够创作一部精妙的概念小说，同时让它激动人心和值得尊敬。

通过创意写作更好地了解自己

布里安娜·温纳（Brianna Winner）和她的双胞胎姐妹布里塔尼是美国最年轻的多个奖项的获奖作家和创意写作教师。她们的第一部小说《斯特兰德预言》在她们13岁生日时成为全美畅销书。现在她们已经写过四本小说、一本漫画小说和一本关于写作的书籍。她们是世界资优儿童协会承认的神童。

你还记得孩提时代玩角色扮演游戏的情景吗？尽管当时你并没有认识到，但是这些游戏帮助你更好地理解了你自己和所处的环境。讲故事是人类生命的重要组成部分。这是一种本能，一种理解世界为什么是现在这个样子，以及克服我们的恐惧和问题的方法。当我们长大，一些人将这种创造力用到了艺术、表演、导演和音乐上。但讲故事根植在我们的生命中，无论是形象的还是文字的。

每个作家都有意无意地将他们自己和他们的生活带入到作品中。归根结底，你的创意来自你，是你经历和梦想的一切的结合。可以是你去过或者想去的地方、你希望中世界的样子，或者你努力成为的人。我们认识到，故事创意是我们生活中经历的事件和感觉的反映。

我从小就喜欢讲故事。当其他孩子不再玩角色扮演游戏时，我选择了继续。我太喜欢讲故事了，没办法放弃。我和我的双胞胎姐姐创造了充满科幻人物、星球和丰富历史的世界。我们的人物和故事主线错综复杂而又真实可信。我们可以花上一整天幻想我们创造的故事和世界，感到完全的满足。这些故事帮助我们适应了艰难的学校生活。对我们来说，讲故事不仅是一种激情，也是一种逃避。

讲故事帮助我过滤我从反复试错中学到的情感和经验。通过讲故事，我能够探索我想要成为什么样的人，想要改变自己身上的哪些部分。讲故事给了我一种逃避问题，然后设法让自己解决问题的方法。作为孩子玩角色扮演游戏和作为成年人讲故事没有太多不同，区别只是你的年龄。最大的区别在于，当你长大后你会把故事写下来。本质上每个作家都在进行角色扮演。

我和我的双胞胎姐姐现在是作家，我们对讲故事的热爱与日俱增。我们继续思考现实与虚构之间的关系，并回顾我们年轻时讲的故事。我们决定对年轻时想象过的一切进行“逆向工程”，运用情感和回忆，有意识地将它们小说化，这不仅是对我们情感的过滤，而且是一种产生新的故事创意的方法。这里有一个例子。

我带上一张纸和一支笔，找到一个安静的地方。选择一段典型的回忆，尝试将其形象化地描述出来，越详细越好。

硬纸盒

> 我从来没有这么紧张过。山那么高，我那么小，当时我只有10岁，而且比大多数同龄孩子还要瘦小。我的朋友和姐姐已经做到了，什么问题都没有。显然，我没有理由害怕。我姐姐递给我一个硬纸盒，我坐进去。她推动盒子，我开始滑下山坡。最初几秒钟很好玩，像坐过山车。但是尘土、石头和树叶让盒子晃来晃去。我用尽力气让它保持直立，但我越是使劲抓住盒子，它就晃得越厉害。盒子的一侧脱落了，我只能抓住盒底，拼命尖叫。当盒子终于在山脚下停下来，我吓坏了，好半天才缓过劲来。如果盒子翻了，尖利的岩石就会擦伤我的身体。我再也不会玩这个了，至今我对高山仍然很警惕。

我在纸上写下了我对这些问题的答案。

1. **我为什么选择这段回忆？**因为它让我认识到我只是个凡人。

2. **我有什么感觉？**起初我有点担心，但是并不害怕。一开始从山坡上滑下来时我很兴奋，但很快变成了恐惧。

3. **我从中得到了什么教训？**这件事让我彻底思考自己的行为，

不能只因为别人说没有什么可怕的就忽视自己的直觉。它还帮助我理解我的行为会造成后果。

现在我把这个故事写成小说，将我的回忆和答案作为创造某种新事物的源泉。我喜欢科幻小说，所以我将故事背景设定在遥远未来的外太空。

太空飞船

10 岁是没有权利驾驶太空飞船的。她知道这一点，但是这并没有阻止安娜。她的朋友和姐姐已经做过了，她们都说很好玩。

她生活的空间站在一个小行星带旁边。在学校里，所有孩子都学习驾驶太空飞船，有自己的小飞船用于训练。但他们只有在大人的监督下才能飞行。

所有的孩子都把飞船停在卧室窗外。安娜运用那天早些时候学到的潜入技能进入了控制室，打开了她的传送通道的窗户。她爬过通道，进入并启动了她的飞船。

她有些惴惴不安，但她决定不管它，继续下去。她深吸一口气，飞向小行星带。

小行星又大又多。起初在小行星之间飞进飞出很好玩，但是它们开始移动了。她的飞船两侧有两颗巨大的小行星开始相互靠近。她试图让飞船加速，但是速度还不够快。小行星擦过她的飞船侧面。外壳发出尖锐的金属摩擦声，氧气面罩从她头顶上掉下来。她急忙戴上面罩，继续加速。小行星把她的飞船扎出了一个洞，差点撞到她。她勉强在两颗小行星相撞之前穿了过去。她惊魂未定地坐了一会儿，动身飞回空间站。她再也不会飞进小行星带了。

练　习

带上一张纸和一支笔，找一个安静的地方写作。

现在闭上眼睛，寻找你生命中一段典型的回忆。尽可能详细地将其形象化地描述出来。选定回忆之后，问自己这些问题：

1. 我为什么选择这段回忆？
2. 我有什么感觉？
3. 我从中学到了什么教训？

在纸上写下你的答案。

现在把你的故事写成小说，将你的回忆和答案作为创造某种新事物的源泉。

一定要选择一种你喜欢的类型。

闭上眼睛，想象你选择的类型中的一个场景。找到你身体里仍然存在着的那个孩子，在你创造的世界中迷失。然后把你的场景写下来。继续梦想，继续写作。

让普通的客体有意识——客体的目标

德沃拉·卡特勒-鲁本斯坦（Devorah Cutler-Rubenstein）是南加州大学电影艺术学院（USCs School of Cinematic Arts）的兼职教授。她曾经做过电影工作室经理，从监制 20 世纪福克斯公司拍摄的罗杰·泽拉兹尼的《小街的毁灭》（*Damnation Alley*）开始职业生涯，是恐怖片《死囚房间》（*Zombie Death House*）的编剧之一。她最近的工作包括：FX 电视台的《U 字文身》（*Tattoo-U*）的编剧/制片人/导演，Showtime 电视台的《边缘故事》（*Stories from the Edge*）中《孔雀蓝调》（Peacock Blues）的联合编剧/导演。

孩提时代，我们用无休止的“如果”来折磨成年人。**如果天空塌下来怎么办？如果海洋干涸了怎么办？如果我埋在柑橘园里的死去的长尾小鹦鹉变成僵尸鸟飞回来怎么办？**

我 9 岁时写的第一首诗就是一个“如果”的经典案例：“紫尾巴的粉红小猫”，我把这首诗念给两个如痴如醉的听众——我的父母。11 岁时，我的父母离婚了，整个世界都变得有些灰暗。我写了一部不快乐的叛逆男孩把严厉的父母变成蝴蝶的短篇小说，这个故事在一次全市竞赛中击败了许多成年人。一点点鼓励就能延续很长时间，而且无论好坏，我通过帮助别人把这个传统延续下去，希望能激发那种孩子般的想象力的火花。我们所有人身体里都有一个无拘无束的孩子，举着大大的“如果”。如果每天都是我们跟想象力的约会日不好吗？

进行“想象工程”最好的方法之一，就是进行一种稍稍改版的“如果”游戏，检查你的核心人物的潜在目标——核心人物不一定非得是人类。你如何选择一个普通的人、地点或物体，为它注入可信的超自然力量、骇人的潜能，或者超凡脱俗的属性？

成功的故事的一个主要特征就是有强烈的目的感。在幻想小说中这通常非常简单——两种对立的力量为了统治世界一决雌雄。毫不奇怪，在这种宏大的力量对决之下还有更广义的目标，通常是精神或反精神性质的。这种“超目标”是驱动任何伟大故事前进的秘密燃料。如果你能够找到这个目标——能够从你的宏大创意中把它提炼出来——忽然间你的故事就有了腿、眼睛，甚至尖利的牙齿。

我的练习要求你为一个普通的客体赋予意识，找到这个现在有了意识的客体的内在目标。它想要什么？它可能想要的最有意思的东西是什么？它想要什么会让你感到惊讶和兴奋？它想要什么是我们以前从未在书本、舞台或荧幕上看到过的？

要赋予一个客体恐怖、科幻或奇幻的特定属性，作为作者，你需要诉诸自己的热情和好奇心，就是你在沙滩上或一个尘封的抽屉里找到一件东西时那种感觉。无论你的客体是从哪里获得的，它必须对你有某种“拉力”。你的魔力不一定来自占有——单纯的好奇心就够了。

例如，我喜欢微观的或者看不见的世界。当我看到一件普通的东西，我会想象那些我没看到的东西。几年前，我听说有一种特别的石头，你可以买来放在鱼缸里，叫作神秘石。收到货时，石头包裹在泡沫隔层里，附有一张来自 UACA［神奇水生生物协会（Unique Aquatic Creatures Association)］的出生证明，承诺每块神秘石的隐匿处都有许多沉睡的生物——类似《绿野仙踪》中的魔猴——只要加水，奇怪的小虾和独眼的水藻就会出现。我肯定你的想象力已经在超速运转了。

“如果＋目标”的游戏在幻想小说中尤为重要。这是让你的想象力大爆发的必要组成部分。它让你的心灵在合乎逻辑和不合逻辑的极端思想之间激荡，滑向一个由客体无法遏制的欲望所塑造的宇宙。

让我们来试着加入一些知觉。如果一块石头是一个生物、一个外星人，或者另一种类型的意识，能够寄生于宿主的头脑之中？然后两个意识之间的精神共生开始慢慢地夺去宿主的生命——像今天随便哪个关于病毒的恐怖故事一样。它的目标是把宿主逼疯，从而争取自己的解放吗？或者它想要的只是人类能够提供的手和脚，这是困在一块石头中所无法实现的？

为什么一个人选择画某个特定的人物，而另一个人选择画风景？这并不重要。听从你的想象力的召唤。无论这个练习带来了一个新故事，还是只作为你想象力的一次热身，如果你正坐在巴黎的一间咖啡馆里，只要记住“如果”。如果埃菲尔铁塔是外星人设在那里的导航标志？你的人物必须在地球毁灭之前找到他们隐藏的GPS？太俗套了？也许。继续努力。玩得开心点，别忘了带上你的想象力。

练　习

1. 从你的家、学校、办公室、当地的古玩店、附近的垃圾堆或者池塘中找一件普通的东西。选择一件看起来无伤大雅和转眼就忘，但是出于某种原因让你感到好奇和着迷的东西。

2. 接下来，在一张纸上进行一次计时的写作练习。花至少10分钟简单地描述它。它是什么材料制成的？边缘是锋利的还是钝的？形状是圆的还是方的？是彩色的还是黑白的？有纹理的还是光滑的？气味、重量、体积，要具体。它通常是做什么用的？把这点放在一边，因为你的想象力正在从你孩童般的天才大脑的调色盘中吸取颜料，不管用不用得上。

3. 再接下来，坐在一个舒服的地方，自由遐想。想象如果你的客体有一个目标，跟它本来设计的用途不一样，会发生什么事。例如，如果一把普通的餐叉是一种看不见的黑暗力量的避雷针？或者相反，只要用它吃一口东西就能治愈疾病？如果这把古董餐叉（因为其背景或未来设定而与众不同）是某种时间旅行的入口？或许你发现，它是几个世纪前，马萨诸塞州塞勒姆的铁匠用撒旦的口水打造的。或许它会腐蚀所有接触到的食物，把它们变成黑色，让它们烧焦冒烟…… 穷尽各种“如果”，通过赋予它神圣的（或者邪恶的）不同目标，让它衍生出各种各样连你自己都会感到惊讶的可能性。现在，事情怎么才能变好？怎样解除施加在一把诅咒餐叉上的诅咒？或者，如果它是一把治愈餐叉，事情可能怎样出错？谁或者什么第一个接触到它，需要破除什么传统或诅咒，或者从中得到什么教训？注意：为了避免落入俗套，继续思考你为什么喜欢它……这件东西吸引你的原因何在？除了让事情变好变坏之外，还要制造更多复杂的问题：你的人物—客体能够发展、建立和促进哪些可能的问题？目标也可以成长和变化。

4. 现在把刚才的探索中一些你喜欢的创意写下来。你已经有了一个故事的开头——就以你刚刚选择的普通客体为基础。

5. 在锁定它之前，你还要把类型的问题纳入考虑。例如，如果你打算写恐怖小说，是一种调子。如果你打算写混合类型，比如恐怖—喜剧，则是另一种调子。对于同样的目标，每种类型都有不同的调子——就像旋转的方向不同。

这里有一个等式：客体＋如果＋目标＝故事的平方！

例如：

一块石头＋能够思考＋想要控制它的主人。

一块石头（陨石）＋能让你听到真相（当你触摸它时）＋让人们做他们以前不敢做的事。

[我在后者的基础上创作了《流星雨》(*Starfall*)，这是我被 NBC 买下的第一个故事，它让我有了第一位代理人!]

变体：让别人选择一个客体，装在纸袋里，你看不到它，只能感觉。计时 5～10 分钟。写下它给你的感觉，猜猜它是什么——以及当你发现它是什么以后会对你做什么。

进入风景

温迪·梅韦斯（Wendy Mewes）写过许多书籍和文章，包括《发现布列塔尼的历史》（*Discovering the History of Brittany*）、游记《穿越布列塔尼》（*Crossing Brittany*），以及这一地区的徒步旅行指南。她最新的作品是《布列塔尼神话》（*Legends of Brittany*）。她著有两部小说，《月亮花园》（*Moon Garden*）和《五只圣杯》（*The Five of Cups*）。她现在正在为新作《镜中风景》（*The Mirror of Landscape*）进行调研。

虽然历史是我的日常工作，但我更侧重神话的一面。我将创意融入风景这座人与自然的大熔炉。神话起源于适应环境的需要。这是一种方法，通过进入一个重新阐释的别样世界来控制对未知的恐惧。夜晚荒野上的神秘光线，森林里若隐若现的暗影——我们给这些神秘的存在下定义，以便在心中面对它们，制定策略应对它们带来的威胁。最真实的幻想是刚刚跨越现实临界点的那种：二者需要联系。

在布列塔尼，我生活在凯尔特神话的中心，这些故事起源于森林和荒野、岩石峭壁和迷雾笼罩的沼泽，这片风景滋养了各种各样想象的生物。骷髅状的安口（Ankou）搜集被死神带走的灵魂，巨大的黑狗在孤独的道路上游荡，为了逃避它们的危险，旅人听从了午夜洗衣妇的召唤…… 对于栖居在这片荒凉、诡异景色中的充满恶意的生物，我们不由得联想到《魔戒》，在那部作品中托尔金把风景上升到了几乎跟人物同样的高度。

现在我正在构思《镜中风景》的概念。神话起源于人类土地管理的表层现实之下的某个地方：只有通过这面镜子才能看到这些隐藏的夹层，在那里我们自己的心理反映与古老生物的起源相会。这是想象力的考古学。

比如森林就富于双重的幻想。森林既危险又提供保护，隐士、怪物、罪犯和难民都栖身其中，光与影都是它的本质。浓荫下到处都有隐匿之所，森林近乎魔法的变幻和重生力量挑战我们的自我感知。在遮天蔽日的森林中，我们迷失了方向，生命的平衡忽然间被打破了。

14 世纪，但丁用他的比喻第一次描述了中年危机："我走过我们人生的一半旅程/却又步入一片幽暗的森林/这是因为我迷失了正确的路径。"突然陷入恐惧、困惑和无助源自森林扑朔迷离的地理环境，那些蜿蜒的路径、狭窄的视野和未知的边界。森林也会附在人身上。

森林原始的一面激发了一种本能反应：森林先于文明存在。它代表了正常价值之外的东西，巨人和野兽出没的地方。黑暗时代的僧侣砍伐树木，建立起有组织的社区。这种砍伐是控制的象征，用圣徒驱逐他们土地上邪恶生物的故事来摧毁异教徒的古老信仰。善与恶都在这片风景中谢幕。

森林中充满了幻想故事，从悲剧性的《树林里的孩子》（*Babes in the Wood*）到莎士比亚轻喜剧中亚登森林里发生的诡计和伪装。梅林的魔法在布劳赛良德的薇薇安（Viviane in Broceliande）的咒语前失去力量，对爱人不忠的骑士发现他们被困在没有归途的山谷。这些故事使得本来就不同寻常的风景愈加神秘：它们从地层中发掘出幻想，在大自然和人类世界之间建立起联系。

森林从来不是目的地，而是路程中的一步，一个冒险和挑战的背景。我们都需要时不时地迷路。

练　习

养成观察风景的习惯，并留意你自己对不同环境的反应。你的情绪与周围环境的关系是怎样的？观察各种各样的活动和季节的变换。记笔记、拍照片，思考颜色、声音和形状。

创造幻想的人物来代表风景中的不同元素。从简单的描述性关键词开始（山—高，森林—黑暗），然后试着建立心理上的连接，这反映的是你自己的经验和本能——水可以是诱人和放松的，也可以是危险和不可预知的，森林可以深邃宁静，也可以充满敌意和不安。

让我们走进森林，把你的情绪转变为场景和人物。

你发现自己在一棵大树的浓荫之下，几乎见不到光亮。从实际描述你周围的环境开始。

继续描述你对森林的感觉。你看到的一切让你冷静、焦虑还是害怕？你对这个场景的本能反应是什么？

突然，你听到一种奇怪的声音，感到附近有动静。那会是什么？找到合理的解释。你害怕那会是什么？运用你的想象力。

描述你是怎样努力找到走出森林的路的。物理的障碍怎样演变为情绪？你的身体对这种情景的反应是什么？你听到、触摸到和感觉到了什么？其实你是一个人吗？也许你听到了什么声音。你试图寻求帮助吗？你能幸存吗？

想象一个代表森林（不是一棵树！）的幻想人物。给出具体的外形描写和人物分析。然后把他放进一个叫作《龙森林之死》（Death Comes to Dragon Forest）的短篇小说里。

现在走进森林深处吧。

在幻想小说写作中寻找灵魂

埃里克·斯特纳·卡尔森（Eric Stener Carlson）是包括《布宜诺斯艾利斯的圣佩尔配图斯俱乐部》（*The Saint Perpetuus Club of Buenos Aires*）（Tartarus Press，2009）在内的三部超自然神秘小说的作者。他也是一位人权斗士，调查过阿根廷的万人坑和前南斯拉夫的侵犯人权事件。

写作不像在舞台上跟其他舞者一起跳舞，他们大多与你团结一致，所面对的评审团也是清楚明确的。写作不是基于某些统一的标准，最好的作家胜出的竞赛。

写作就像在森林中独舞。就像一直跳到脚趾流血、关节疼痛。写作是一场只有寄希望于上帝会看到的表演。实际上，这是一场希望存在一个上帝，无论你的小说能否出版，他都会为此感到欣慰的表演。

在这种希望某天能够有人分享的写作仪式持续多年以后，在许多个不眠之夜和支离破碎的社交生活之后，最后你手上有了一份 400 页的手稿，你把它装进一个付足邮资的回邮信封，然后开始等待。

这时候写作才结束。写作是出版的反面。事实上，随着年龄的增长，我越来越发现写作的质量和能否成功出版没有关系。

写作是信仰的行动，是对普遍性的把握。出版则是一场轮盘赌。

所以，我相信如果我们想对最终成品感到满意，就需要从精神层面上拯救写作这种行动本身。

当然，因为我们生活在一个物质的世界中，我们都梦想着靠写作来谋生，想要出版自己的作品。因此，正如许多优秀的写作老师说的，我们必须把读者牢记在心中。写作不仅是我们与自己的私人对话，而且是一种公开交流，虽然对方在我们结束好几年的自言自语之前不会出现。

但是，在过渡时期，在我们写作幻想小说这些年与第一位读者翻开书页的那一刻之间，我们必须忍受孤独。我肯定其他作家会推荐“参加研讨班”或者“写博客”或者“与你的朋友分享”。

是的，树林外的其他人能够在这种仪式的某些技术方面帮助你。

但不是写作。我对写作的观点跟我对宗教的观点一样——只有你和上帝的直接关系，没有“博客”，就像没有牧师能代替你祈祷。

正如圣约翰说的：“在起初已有圣言，圣言与天主同在，圣言就是天主。”所以，写作不仅是与上帝对话。写作实际上就是上帝。

写作是受苦，是的。正如我相信的，在一定程度上，宗教也是受苦。但是写作也是发现无穷的美，是发现林中空地上正在发生不可思议之事，从来没有人见过的幻想生物云集其中。写作是人类感觉显形的结果，是你精神的至高表达。

就此而言，写作比跟你会计系的大学同学一起吃午饭更重要。比看两个小时你根本不会记住的电视真人秀，或者把生命浪费在增加你在“社交网络”上的虚拟好友人数更重要。

这就是为什么我喜欢用希腊文中的幸福（eudemonia）一词来表达我对写作的感觉：这个词通常翻译成“幸福”，但实际上，它的意思是“拥有精心守护的灵魂”，或者我更喜欢的说法是“发现你的灵魂”［或者精灵（demon），不过是积极意义上的］。

这就是为什么当你写一个人物时，比如说一个想把灵魂出卖给魔鬼或者与灵界的爱人取得联系的人，我们不应该把自己与写作的经验分开。因为我们的灵魂至关重要，应该跟我们的人物同等重要。

每次你在纸上落笔或者坐在电脑前，你写下的每一个名词、每一个动词都应该是一句祈祷。它应该奉献给寻找你的灵魂。（不应该以出版为导向——想象其他人想要什么——我说过，那与写作的过程几乎没有关系。）

这并不是说，每一次写作都必须经历马塞尔·普鲁斯特（Marcel

Proust）的精神之旅。一些祈祷者怒气冲冲，口出秽言，半途而废，把作品揉成一团扔进字纸篓。我想，一些最好的祈祷者正是如此，因为我们在极端绝望的时候祈祷得最虔诚。但是这并不会贬损他们的价值。

虽然我用了许多基督教的例子作为参照，但是不要认为我是在兜售某种对写作或者对上帝的解释。正如通向上帝的道路一样，通过写作寻找你的灵魂也有许多条道路。

你可以归属于某个有组织的宗教。你也可以有自己的宗教。你可以根本不信仰宗教。你也可以根本不相信上帝。

但是你感到一种强烈的渴求，每天必须从计算表格、写代码、等座位或者往电线杆上贴海报之类的单调乏味的工作中抽出至少半小时来写作，是因为在你身体里有一种精神性的、非常深邃和美丽的东西，你想要把它表现出来。我称之为上帝。你可以称之为完全不同的其他东西。但是无论如何，它就在那里。

因此，你不需要脱离自身想象一场天使和魔鬼的斗争。作为作家，你已经卷进这场斗争之中了。你只需要利用它。

为了找到这个灵魂，特别是当我们谈论幻想文学时，我认为在这里信仰比结构更重要，下面提供三个简单的练习。去芜取精。不要让任何人来告诉你应该如何写作。特别是我。

练　习

1. 关于寻找灵魂：我的床头桌上有一本亚美尼亚圣徒纳雷科的圣额我略（St. Gregory of Narek）写的祈祷书——《从内心深处与天主对话》（*Speaking with God from the Depths of the Heart*）。我发现他写于一千多年前的哀歌如此动人，我从中得到了许多安慰。每当我需要克服关于截稿日、认可和可能的版税（是的）的种种思绪，我就读一段圣额我略的祈祷词，提醒自己写作本质上是一项精神的活动。

无论对你重要的是哪本书，无论它是宗教的还是世俗的——或许是激励你想要成为一名幻想作家的第一本书［爱伦·坡、拉·芬努（Le Fanu）或者梅琴（Machen）］——把它放在手边。时不时地重读某些片断，提醒自己你要进行的对话远远超越了你与任何出版商可能有的对话。

2. 关于灵魂的性质：我不相信一个“鬼”故事最重要的部分是吓人或者血腥。相反，它是关于人类灵魂的根本问题。如果世界上有受困的灵魂，对上帝意味着什么？对正义意味着什么？如果你的人物正在考虑用不朽的灵魂交换某些现世的东西——无论是获得世俗的财富还是拯救他的孩子——这笔交易中一定有某些可怕的东西，灵魂一定有难以估量的价值。如果灵魂不只是用来交换某种便利的筹码，而是我们的人物赖以生存和呼吸的东西，那么我想我们首先应该问自己，灵魂对我们意味着什么。你相信灵魂吗？我们死后它去了哪儿？我们会为了出版作品而出卖它吗？

3. 关于描写邪恶：我清楚地记得一天夜里在加勒比海上，我从梦中惊醒，本能地感觉房间里有什么邪恶的东西。不是那种假想的、在书上看到的邪恶，而是真正的邪恶，就在我身旁蠢蠢欲动。我打开所有的灯，找遍了整个房间，最后开始祈祷寻求保护。我一遍又一遍地念诵祈祷词，直到天亮。如果想让我们书中描写的邪恶引起共鸣，我们应该认识到它在我们的生活中扮演了什么样的角色。对我来说，加勒比海上的那个夜晚，以及我关于阿根廷万人坑的作品和我对前南斯拉夫战争罪行的调查，都在提醒我邪恶——无论是来自恶魔还是来自身边的人——是真实的。我们只要审视自己的生活（甚至只要打开晚间新闻），就能找到足够多的邪恶，足够我们塑造可信的人物。但是当我们完成关于邪恶的描写，在我们自己心中，值得安慰的是——如果恶魔存在，那么上帝也存在。

7 令人难忘的英雄、反派和怪物

写两个小时小说让作者筋疲力尽。因为这两个小时里，他在完全陌生的地方，与完全陌生的人在一起。

——罗尔德·达尔（Roald Dahl）

从名字开始

戴安娜·彼得弗洛恩特（Diana Peterfreund）著有九部小说，包括“秘密社团女生”（Secret Society Girl）系列，独角兽杀手小说《蔓延》（*Rampanf*）和《崛起》（*Ascendanf*），以及后启示录风格的《黑暗映衬群星》（*For Darkness Shows the Stars*）。她的短篇小说入选了《轨迹》（*Locus*）杂志的年度最佳和《年度最佳科幻和奇幻小说（第五卷）》（*The Best Science Fiction and Fantasy of the Year，Volume Five*）。

我是个名字控。直到选择好一个完美的名字之前，我都无法掌控一个人物。别去问我丈夫在给我们的第一个孩子起名字时，我辗转反侧了多长时间。

人物的名字是作者工具箱里最有用的工具之一，类型小说中最耀眼的明星作家早已充分利用了这个事实。想要准确地描写人物的个性？看看起名字的大师查尔斯·狄更斯［埃比尼泽·斯克鲁奇（Ebenezer Scrooge）是一个无法超越的经典］和 J. K. 罗琳（J. K. Rowling）［德拉科·马尔福（Draco Malfoy）是我个人的最爱］。想要跟读者的先入之见和心理预期玩游戏？乔斯·韦登给他变身吸血鬼杀手的美少女啦啦队长起名叫巴菲·萨默斯（Buffy Summers）是有原因的。想要从一开始就指出你的故事发生在一个完全不同的世界中？没有比贾斯泼·福德（Jasper Fforde）的星期四·耐克斯（Tuesday Next）和尼尔·斯蒂芬森（Neal Stephenson）的阿弘（Hiro Protagonist）更能说明问题的了。

一个名字里有什么？

● **背景**：不管怎样，表面上看来名字是由人物的父母选择的。我在《蔓延》中用了这个技巧，不情愿的年轻独角兽猎人阿斯特丽德·

卢埃林（Astrid Llewelyn），拒绝了因循守旧的母亲给她选择的瓦尔基里（Valkyrie）这个女战士的名字。

● **个性**：仅仅通过名字，你就能知道一个叫作阿不思·邓布利多（Albus Dumbledore）的人疯癫又古怪，一个叫作尤赖亚·希普（Uriah Heep）的人道德败坏。这对次要人物和龙套角色尤其有效。

● **建立世界**：你从一开始就知道一个叫作比尔博·巴金斯（Bilbo Baggins）的人和一个叫作索林·橡木盾（Thorin Oakenshield）的人生长在截然不同的国度，他们的人民的期望和价值观都不一样。让一个常见的名字和一个不常见的名字联姻给读者的信号是，你的幻想人物是一个人［《冰与火之歌：权力的游戏》（*Game of Thrones*）中的艾德·“奈德”·史塔克领主（Lord Eddard “Ned” Stark)］，或者你笔下未来的宇宙飞行员有地球血统［比如弗兰克·赫伯塔的《沙丘》中的杰西卡·亚崔迪夫人（Lady Jessica Atreides)］。

龙佩尔施迪尔钦（Rumplestiltskin）* （另一个绝佳的例子）说得对：名字有魔力。如果使用得当，名字能够只用一两个字就把各种各样的重要细节放进读者心中。一个精心选择的名字是“展示，不要告诉”这一作家准则的完美体现。

不要低估从一个人物为自己选择的名字中能够获得的力量。奥森·斯科特·卡德（Orson Scott Card）笔下的安德鲁·威金斯（Andrew Wiggin）由于童年时的误读为自己选择了“安德”** 这个名字，当他运用军事战略方面毁灭性的天赋摧毁了整个外星物种时，这成了一个恰如其分的黑暗绰号。连书名《安德的游戏》（*Ender's Game*）也是“终局”（endgame）这个词的变形。

《沙丘》中被放逐的贵族保罗·亚崔迪（Paul Atreides）选择穆哈迪（Muad'Dib）这个部落的名字——这是一个弗里曼时代的词汇，

---

* 《格林童话》中的一个小矮人。

** Ender，意为终结者。

既指一种悄然生活在沙漠中、适应能力超强的大老鼠，也是这个星球带有老鼠般形状阴影的月亮的名字。像穆哈迪一样，保罗在沙漠中秘密地积聚力量，不仅夺取了整个星球的控制权，进而统治了整个宇宙。

我在《黑暗映衬群星》中运用了这种技巧。在那部小说中，底层的奴隶被赋予一个单音节的名字，而且没有姓，很容易与他们有多音节名字且有姓氏的主人区分开来。获得自由后，他们用很长的名字来纪念他们的过去、他们的家庭成员，或者他们希望拥有的品质。书中有一个探险家，他的奴隶父亲迈（Mai）给他取名叫凯（Kai），在能够自由选择名字之后，他把自己的名字改成了马拉凯·温特-福斯（Malakai Went-forth）。

不过幻想小说过于矫饰的命名惯例经常沦为笑柄（例如，有太多的 Z、K 和撇号），要说明问题，你不必给你的人物取一个特别长的怪名字。[想想小提姆（Tiny Tim）*、乔纳森·斯特兰奇（Jonathan Strange）** 和前面提到的安德·威金斯。] 通常，给人物起一个平凡的名字，能使他看起来像每一个忽然闯进完全超乎想象的世界中的人一样 [比如哈利·波特和《终结者》中的莎拉·康纳（Sarah Connor）]。

当我有一个不太成型的人物，我最喜欢的窍门之一是通过改变他的名字来寻求突破。有一次，我已经用“维克多”这个名字艰难地写了好几章，在一句话的中间忽然写成了“文森特”，从那以后，一切忽然上了正轨，我找到了那个从一开始就想要描写的拥有超凡魅力的领袖人物。试试看。

练　习

检查你已经选择（或者可能选择）的名字。它们起到你希望的作

---

* 《圣诞颂歌》中的小男孩。

** 《英伦魔法师》的主人公，“斯特兰奇”意为奇怪的。

用了吗？

列出你的主要人物名单，在每个名字后边问自己：关于这个人物的社会背景，名字说明了什么？谁给人物起了这个名字（或许对他的成长教育有很大影响）？人物喜欢这个名字吗？勉强忍受？憎恶？这是人物出于自己的喜好选择的绰号吗？（如果是绰号，他更希望人们称呼他的真实姓名吗？）

注意人物在文中实际上是怎样被称呼的。被称呼姓？名？绰号？头衔？你完全可以给人物起名字叫诺比里蒂·冯·特鲁哈特·史密斯（Nobility von Trueheart Smith），但是如果每个人都管他叫史密斯先生或者“瑞德”（Red），那你的信息就根本没有传递出去。我写过一个叫杰米·奥克特（Jamie Orcutt）的人物，但是他冷酷阴险的个性是包含在他的绰号坡（Poe）中的。

类似地，不要依赖宝宝起名书中罗列在每个名字后边的意义。很少有读者知道莱斯利（Leslie）的意思是神圣的花园。暗含的和明示的意义同样重要。比如，阿道夫（Adolf）的意思是高贵的狼，但是在给你的英雄狼人王子起这个名字之前一定要慎重考虑，因为大多数读者会给它贴上邪恶的标签。

现在检查你的次要人物。你能通过给他们命名省略大段无聊的性格描写吗？你能不能给第四章中的龙套起名叫阿利斯泰尔·温斯顿·卡莱尔四世（Alistair Winston Carlisle Ⅳ），而不必告诉我们他是个享受信托基金的少爷？那个土里土气的农民能叫巴迪-雷（Buddy-Ray）而不是迈克（Mike）吗？

不要害怕在某几章给一个人物改名字，看看他们会变成什么样。毕竟，如果你决定改回来，“查找和替换”只不过是多点几下鼠标的事，而你会发现神秘的新名字本身拥有魔力。

人物如何驱动情节

凯伦·麦科伊（Karen Mccoy）是一名图书馆员，从 2008 年开始全职写作，包括为《儿童文学》（*Children's Literature*）和《图书馆杂志》（*Library Journal*）撰写评论，以及为《学校图书馆杂志》（*School Library Journal*）撰写专栏“青少年在读什么”（What Teens Are Really Reading）。她创作青少年科幻/奇幻小说，正在寻找代理人。

故事必须是冲突，特别是一个人内心善与恶两种力量之间的冲突。

——马克斯韦尔·安德森（Maxwell Anderson）

人物，无论是主角、反派、小角色还是次要人物，都应该尽可能多维。科幻、奇幻和恐怖故事更是如此。

J. K. 罗琳的“哈利·波特”系列拥有复杂的情节、精密的世界观和强烈的幽默感。虽然这些都是重要因素，但是“哈利·波特”系列中最令人难忘的还是复杂的、多层次的人物。如果哈利是个扁平的一维人，那他是否生活在一个图片会活动、猫头鹰会送信的世界里可能就不重要了。

以多维的西弗勒斯·斯内普（Severus Snape）为例。由于他真正的动机直到全书结尾才揭晓，他的行为始终让读者捉摸不透。他尖刻的性格和道德上的暧昧不明让他与众不同，使这个人物独立于情节仍然有趣。

正如代理人维基·莫特（Vickie Motter）在她的博客中写道：“通常在会面时，我会让作者描述主要人物。然后他们会告诉我这些人物在情节中发生了什么。不不不。我问的是人物。你的人物是谁？我们为什么要关心他们？什么令他们与众不同？他们吸引读者的地方是什么？”

在塑造多维人物时，这些都是必须问的问题。这里还有一些需要考虑的重要因素。

人物必须有自己的声音——不是你让他们讲话，而是他们自己有话要讲。当我第一次写作时，我写的对话糟糕透了。部分原因是我没有摆脱书面语言，但是也有我试图让人物讲话，而不是他们自己有话要讲的问题。

现在，当我修改文章时，我会研究对话，问自己：某某人真的会这样说吗？如果答案是不，我就让人物自己来告诉我他们想要说什么。

保证人物的对话各具特色也很重要，特别是如果你要写的是一个多视角的第一人称故事。如果某人说话的口吻和其他人听起来都一样，他冗长的评论就无法维持读者的注意力。

但是要谨慎地使用方言。一种常见的倾向是改变整个句子，让一个人物的口吻与众不同。其实只要随处改变一两个词就够了（比如用 yer 代替 your，用 an’代替 and）。

人物必须有动机（即使读者不一定知道）。你的人物必须有充分的理由来完成情节。必须保证他们不会从一个生死攸关的情景中走开，即使他们完全有理由这样做。

在一次访谈中，J. K. 罗琳提出了一个关于人物的好问题："为什么要战斗？"（哈利为什么要杀死伏地魔？他必须得到什么？）

这个"战斗"的问题非常有用——不仅能够帮助你明确人物的动机，而且一句话就问到了关键。

而且，这里指的不一定是真正的战斗。一个人物可能出于爱而不得不帮助某人。

贾尼丝·哈迪（Janice Hardy）的《变形者》（*The Shifter*）是一个关于人物动机的范例。在第一章中，尼亚（Nya）因为饥饿而陷入了危机。在与守卫战斗时，她发现自己拥有一系列独特的超能力。

如果尼亚没有去偷食物的动机，她就不会运用她的超能力来脱离危险，情节从一开始就无法推进。通过这种方法，人物的动机驱动了情节（而不是相反）。

让我们假设你的情节已经构思好了。没问题，只要思考你的人物为什么要到那个地方去、他们如何应对发生的事情，以及他们的动机是什么。

人物必须有独特的习惯，让他们成为他们自己。在塑造人物时，通常最好避免脸谱化。描写一个脸谱化的侦探形象一定会将你的人物置于死地。（而且我打赌读者不关心你的主角 5 英尺 8 英寸高、穿 7 号鞋，除非这些特征对情节是有用的。）

在写场景时，要仔细研究人物的行动，无论他是在试鞋还是烤蛋糕。你的人物完成这些行动的方式跟其他人有区别吗？

“碟形世界”（Discworld）系列的作者特里·普拉切特（Terry Pratchett）是这方面的顶尖高手。在《沃德姐妹》（*Wyrd Sisters*）中，他用独特的描写让一个本来普通的公爵显得与众不同：“公爵的心像钟表一样有规律，也像钟表报时一样，定期地犯一犯糊涂。”

在塑造令人难忘的人物时，最后要提醒的一点是：不要叙述太多的背景。背景对于塑造人物是有用的，但是当你完成最终稿时，人物的童年、习惯和个性不应该压倒故事的其他部分。

练　习

从你已经完成或正在创作的小说中选择一个人物，假装正在跟他进行一次访谈。问这个人物以下这些问题：

什么令你开心？

你认为自己最大的缺点是什么？为什么？

你在跟什么战斗？为什么？

什么最令你困扰？

你恨谁？为什么？

你爱谁？为什么？

你的希望和梦想是什么？如果它们没有实现你会做什么？

我们对故事的感觉

埃里克·埃德森（Eric Edson）是电影剧本创作教授，著有《故事策略·电影剧本必备的23个故事段落》（*The Story Solution：23 Actions All Great Heroes Must Take*）一书。他为索尼、华纳兄弟、迪士尼、CBS和Showtime等公司创作过17部剧本。他是加州大学北岭分校研究生剧本创作课程的导师。

作家创作小说，是为了接触人们的心灵。

说出来好像有点矫情，但是人类的真情实感通常都是这样的。这并不意味着它不真实。我们写作不是为了高调鼓吹拯救地球或者人类应该更加善待彼此之类的主题。不，我们想要创造一种情感经验，让读者自己去发现我们没有说出口的主题真正的价值。要做到这一点，所有的故事——无论是仅供阅读的，还是准备拍成电影的——都必须植入情绪。

在恐怖、奇幻和科幻这些建立在“如果……”的假设基础上的类型中，作者的一大挑战是让故事从一开始就聚焦于主角情感上的经历，而不要迷失在令人眼花缭乱的背景世界中。因为对于所有讲故事的人，第一步都是要在读者和主角之间建立起一种共鸣。读者需要先对核心人物产生深刻的关心，然后才能对故事有所感触。

要跟主角建立共鸣，读者必须首先在一定程度上喜欢他。所以在故事的开头，最重要的任务就是以一种能够让人对人物产生同情的方式介绍你的主角。无论你的主角是一个典型的好人，还是一个道德上值得质疑的反英雄。

塑造一个我们关心的主角并不意味着创造一个完人。在那些防御性极强的怪胎，那些在错误的场合说错话的人身上，我们能更多地看到自己。但是作者必须记住，要在人物的优点和缺点之间保持平衡。要与读者建立情感联系，主角的优点必须比缺点多。

这里有一份现成的配方，列出了让读者对主角产生共鸣的九种要素。这九种特征运用得越多，你的故事在情感上就越有效。用到六种就很不错。七种更好。这些是两千多年来引起共鸣的主角的个性特征和情节环境：

1. **勇气。**这不是可选项。你的主角必须有勇气。的确，我们更容易认同有缺点的人，但是这些缺点不包括缺乏勇气，因为只有勇敢的人才会采取行动，而只有行动才能驱动故事前进。

2. **受到不公平的伤害。**除了勇气，在读者与你的女主角之间建立联系第二快的方法就是一开始就把她置于明显不公平的情境中。没有什么能像不公平一样激发我们的感情。受到不公平的伤害也要求女主角做出某些反应——对任何故事来说这都是一个好的开始。

3. **专业。**我们仰慕那些优雅、专业、敏锐，能够在他们选择的工作中成为大师的人。无论你的主角属于哪个领域——工匠、裁缝还是 CEO——他都必须是其中的专家。

4. **幽默。**我们喜欢能让我们微笑的人。那些对擦肩而过的行人表现出幽默感的人自然就会吸引我们。所以如果你有可能赋予你的主角强烈的幽默感，一定要这样做。

5. **善良。**我们很容易关心那些善良、正派、诚实、乐于助人的人；赞赏那些善待他人、尊重弱者的人，那些保护弱小、扶危济困的人。

6. **危险。**如果我们第一次遇到女主角时，她已经置身于真正的危险境地，那么她立刻就能抓住我们的注意力。危险意味着个人伤害或损失的迫在眉睫的威胁。在特定的故事中什么代表着危险取决于故事的范畴。在奇幻、恐怖和科幻小说中，危险通常都是生死攸关的。

7. **家人和朋友的爱。**如果我们看到主角被其他人爱，我们马上就有了关心他的理由。你看过多少电影是这样开场的：满满一屋子至爱亲朋为主角举办惊喜派对，或者一场其他形式的聚会，充溢着父母、兄弟姐妹、伴侣、子女和至交好友之间的深厚感情。

8. **努力。**我们喜欢工作能力强的男女主角。努力工作的人能够创造驱动故事前进所需的能量。

9. **痴迷。**痴迷让一个勇敢、能干、勤奋的主角聚焦于某个目标，这对任何故事都是至关重要的。驾驭这种痴迷就创造了活跃的情节。

还有其他人物特征能够帮助我们塑造读者想要支持的主角，但是永远不要忽视这九个最基本的特征。自由地运用它们。

在科幻/恐怖电影《我是传奇》（*I am Legend*）的开头，主角罗伯特·内维尔（Robert Neville）[威尔·史密斯（Will Smith）饰] 被描绘为一个勇敢的人，身处险境，受到不公平的伤害，努力求生，他拥有朋友和家人的爱，善良、幽默，是非常专业的医学研究人员，痴迷于战胜吸血鬼病毒的蔓延。九条全中。这部电影大获成功。

在大制作科幻电影《绿灯侠》（*Green Lantern*）的开头，主角哈尔·乔丹（Hal Jordan）[瑞安·雷诺兹（Ryan Reynolds）饰] 被描绘为一个孩子气的、不负责任的人，缺乏真正的勇气，经常把事情搞得一团糟，业务平平、懒惰、不可靠、自私、刻薄，作为一名试飞员，在实战演练中把队友当作诱饵，当队友被“击落”、自己的战斗机毫无必要地坠毁时，还觉得很有趣，丝毫不考虑国家高达 5 亿美元的损失。这个人的幽默感是低劣的，没有人真正喜欢或者信任这样的人。九条里面一条也没有做到。这部电影也成了票房毒药。

让读者关心你的人物。当故事启程时他们会迫不及待地上车。

练　习

随便找一部只有一个主角的成功的美国商业电影。你可以在 BoxOfficeMojo. com 网站上查到票房情况。商业上的成功只意味着这个故事引起了许多人的共鸣。选择只有一个主角的电影是为了让练习更加专注和清晰。

从主角第一次出现在故事中那一刻开始，研究电影接下来的12～15 分钟。写下主角的优点和缺点。然后回答以下问题：

1. 塑造主角用到了制造共鸣的九种工具中的几个？

2. 主角的缺点是如何在不损害共鸣的情况下表现的？

3. 除了这里列出的九种，还用到了其他制造共鸣的工具吗？

4. 在观察了主角这段时间之后，你是否被吸引看完整部电影？为什么？

5. 如果主角是由一位电影明星饰演的，明星本人的哪些个人特征能够帮助你与主角建立起联系？

黑色独角兽

布鲁斯·麦卡利斯特（Bruce Mcallister）16 岁出版第一部科幻小说。他的作品包括两部科幻小说——《至高人性》（*Humanity Prime*）（Wildside Press）和类型小说经典《梦幻宝贝》（*Dream Baby*）（Tor Books），一部奇幻文学作品和一部短篇集。他是类型小说顶级奖项的评委。他的短篇小说入围过雨果奖、星云奖和轨迹奖，并获得过国家艺术基金会奖（National Endowment for the Arts）。

成功的奇幻、科幻或恐怖小说作家的诀窍之一是意识到哪些东西已经有人写过了，这意味着它们已经成为俗套。

俗套有什么问题？人们不想要熟悉的东西吗？——他们不想要他们已经了解和喜欢的东西吗？是的，他们想要，但是他们希望这些东西有新鲜感，而不是陈腐的。陈腐意味着死亡，意味着让读者厌倦和失望，意味着作者没能通过讲一个故事把读者带到别处。

当我开始创作时——那年我 14 岁，出生在冷战背景下的一个海军家庭——我决定不再做一个天真的读者，而是亲自去尝试在纸上捕捉我喜欢的作家们让我感受到的那种魔力，我是如何学会将俗套翻新的？

一开始是通过“爱”，我让自己沉浸在喜欢的故事中——推理小说也让我沉迷——反复阅读它们、摘抄它们、概括它们（作家们也这样做，只不过他们通常不会告诉你）。幸运的是，我在大学里遇到了一位导师，一位睿智的老作家，在我出生之前多年就已经掌握了我想要学习的所有魔术秘诀。他就是我的尤达大师（Yoda）和奥比万（Obi-Wan）* ——他不是科幻和奇幻领域的作家，但是对生活中的

---

* 《星球大战》中的绝地武士导师。

“奇思妙想”保持着开放的心态，因为他本人的生活就妙不可言——他训练了我，而我将与你们分享。这永远改变了我的小说。

在写作中，俗套是致命的。俗套是那些我们再熟悉不过的描写、人物、神秘生物、设定、情景和创意，它们不再有感动我们的力量，让我们去感受和思考作者想要我们感受和思考的东西。如果你已经厌倦了一部吸血鬼小说，可能是因为其中的吸血鬼以及故事背景都是俗套的，也就是说，因为它们太熟悉、太不出所料了，只能让你感到厌倦。如果你不能忍受一部好莱坞电影典型的大团圆结局，是因为大团圆是俗套的，至少大部分好莱坞电影处理它的方式是俗套的。这种电影就像套公式，完全可以预料，不等看到结尾你可能已经无聊得想要尖叫了。如果你每次看到电影中出现一个喜欢歌剧的黑手党杀手都想尖叫，是因为他是一个俗套，没有新鲜感且无趣。俗套是非常令人失望的。

至少两个世纪以来，职业作家——长篇小说、短篇小说作家和电影编剧——不得不将俗套翻新，来讲述能够感动和吸引读者的故事。如果一个科幻作家描写一艘就像从 20 世纪 50 年代的电影里开出来的 UFO，肯定会让我们厌倦。一个奇幻作家描写老掉牙的白色独角兽会让我们昏昏欲睡，或者恨不能狠狠地踢这头可怜的动物一脚。一个犯罪小说家的人物就像直接从《教父》（*The Godfather*）里搬过来的，也会让我们无聊到死。因为职业作家最害怕的就是失去读者，所以他们必须训练自己把俗套变成新鲜的、能够维持读者兴趣的故事。他们称之为“黑色独角兽练习”。

练　习

从小说或电影中找一个你最痛恨的俗套。为了简化，找一个俗套的人物或神秘生物；精灵、巨人、小妖精、独角兽、半人马、吸血鬼、女巫、狼人、龙、肌肉男、美丽的公主、天使、恶魔、恶毒的继母、黑手党杀手、叛变的CIA特工、红脖子警长，等等。任选其一。

选出你最讨厌的俗套之后，列出使这个人物或神秘生物变得俗套的特征。使用这三种类型的特征：

1. 解剖学/外貌特征（包括衣着和物品）。

2. 生理学特征（吃什么、喝什么，等等）。

3. 行为特征；它做什么？（可以让其他人帮助你一起完成这份清单。我们通常记不住一个俗套的所有特征！）例如，独角兽是白色的，有一只有魔法的长角（所以全世界的人都想得到它），只与处女联系在一起（只有处女能够触摸它），从月光下的池塘喝水，除此以外（我们认为）它就像一匹害羞、柔弱的马，不过永远不会变脏。

再例如龙，是一种巨大的爬虫。会喷火，会飞。除非有英雄能够杀死它，龙几乎是永生的。龙身上有鳞片。我们不太确定它吃什么（如果它吃东西的话）。它也许是善良的，也许不是。无论怎样，如果我们不是疯狂的爱好者的话，龙挺无聊的。

吸血鬼通常看上去是成年人。吸血鬼是永生的，但是并不快乐。他得不到上帝的爱，而这是有原因的：他做坏事。他需要血，人类的血。他到处袭击人类，咬他们，吸他们的血，把他们也变成吸血鬼。他穿着讲究，也许披着斗篷。他不喜欢白天，阳光会令他烧灼或者发生其他不愉快的事。杀死他的唯一方法是用木桩穿透心脏。（银子弹是杀死狼人的，不是吸血鬼。）哦，是的，他在棺材里睡觉。

黑手党杀手是个没脖子的大块头，声音粗哑。他是意大利人。来自意大利南部。他喜欢意大利食品和歌剧。（没有一个真正的杀手，无论是不是意大利人，会这么无聊。）当你列出让你的人物或神秘生物成为它自己的特征清单，就开始摆弄这些特征。要让你的人物或神秘生物充满新鲜感，至少要将其中一个主要特征变得“相反”，或者在某种意义上跟俗套的特征形成对比。把白色的独角兽改成黑色。把黑手党杀手改成爱尔兰人。让你的龙不会喷火。

但是这样还不够，其他特征也要改变。当你这样做时，你会发现职业作家几个世纪以前就发现了的事实：当你改变一个俗套的人物或神秘生物身上一个或更多俗套的特征，你会开始看到全新的故事可能性。

如果独角兽是黑色的，而不是白色的，而且失去了他的角，会发生什么事？他会不会开始寻找他的角？他会不会因为是黑色的而受到其他独角兽的排斥？甚至，他还是一只独角兽吗？一只黑色的、没有角的独角兽会做什么？他或许不能跟处女在一起了。事实上，（出于自卑）他或许跟世界上的贫民在一起更快乐。他可能出发去寻找一只角——不管到最后他是否决定保留它。

如果普通的独角兽是男性或中性的（根本没有性别），把它改为女性。一只母独角兽会跟谁在一起？宅男？神父？谁？她是世界上唯一的母独角兽吗？如果她遇到一匹会飞的马*并坠入爱河会怎样？他们会在哪里生活，天堂还是陆地？他会为她牺牲双翼吗？她能凭借她的爱让天地相合吗？

改变你的黑手党杀手的特征。如果普通的、俗套的黑手党杀手喜欢歌剧，让你的黑手党杀手痛恨歌剧。为什么？因为歌剧跟他童年时某些不愉快的回忆联系在一起。所以他喜欢嘻哈音乐。他的手机是粉色的。他希望返老还童，一天到晚发推特。他的童年并不快乐。事实上，他太沉迷于社交媒体了，正在丧失他的声誉。或许他搞砸了一份合约，因为他没能杀死客户委托的目标……他唯一拯救自己的方法就是依靠脸书好友的帮助……或者一个用浮木做家具的领英(Linkedln)合伙人。（还有，顺便说一句，他粗哑的声音是装出来的，他只是觉得这样的声音容易受到重视。当然，他父亲是意大利人，但他母亲是爱尔兰人。当你有一个红头发的母亲时，就很难建立一个黑手党杀手的声誉。）

如果大多数吸血鬼是成年人，你的吸血鬼就是个孩子……他遇到

---

* 珀伽索斯（Pegasus）（希腊神话中长有双翼的马，俗称天马或飞马）。

了一个没有被咬过的女孩……想要变回人类。这让长老们非常不高兴……所以他决定去拜访最古老的吸血鬼，据我们所知，他是“那个人”的儿子，而他也希望变回人类……

如果所有的龙都喷火，你的龙只有在________的情况下才会（请自由填空）。或者你的龙不会飞，但是希望她会，本来要杀死她的英雄带她去找能教她飞行的巫师——为了拯救她自己的种族和巫师的族人，她必须学会飞行。

你知道是怎么回事了吧。放手去做，享受其中的乐趣，看着你的作品开花结果，让陈腐的俗套焕然一新，充满每个读者（和作者）都值得拥有的奇迹。

创造超能力

杰弗里·A. 卡佛（Jeffrey A. Carver）是“混沌编年史”（Chaos Chronicles）系列的作者，他的《永恒的终结》（*Eternity's End*）（Tor Science Fiction）获得过星云奖提名，还著有许多其他长篇小说和短篇科幻小说。他在 writesf. com 网站上开设的创意写作在线课程对所有人免费开放。

我的职业生涯包括许多写作研讨班，曾经与各个年龄段的创意写作者共事。让我惊讶的是，无论是高中生［新英格兰青年作家协会(New England Young Writers Conference)］、大学生［麻省理工学院(MIT)］，还是尝试新事物的成年人［我与克雷格·肖·加德纳(Craig Shaw Gardner)合办的终极科幻写作研讨班（Ultimate SF Writing Workshop)］，每个人都面临同样的挑战。在“我的故事讲的是什么?”之后，首当其冲的挑战可能就是“我如何把了不起的创意变成一个故事?”

后者是一个关键问题，通常对新作家却不是那么明显。我刚开始写作时就不知道。我有很多了不起的创意——至少我认为它们是了不起的。这本身没什么问题，但是我花了很长时间——被拒绝了很多次——才明白，创意有多好，取决于它对人物生活的影响。换句话说，创意只有触发某种类型的冲突才能获得生命，因为冲突是故事的灵魂和心脏。

你可以把一个创意想象成起跑架或者等待释放的弹簧。当我们看着创意的原因和结果在人物的生命中展开，故事就发生在这种释放的过程中。当你开始认真思考创意的结果时，你才开始创作一个真正的故事。

现在，有很多方法可以发现你的故事，跟在厨房里被一只狗绊倒一样容易——其中有些似乎是计划之内的。不过有时候练习也是有帮助的。这里有一个在我的写作研讨班非常有用的练习，我和克雷格·加德纳称之为“超能力”练习。我不记得是谁先想出这个名字的了。克雷格从很久以前他还是个新手时选修的一门课程中得到了这个灵感，他的老师是已故的哈尔·克莱芒（Hal Clement），我们已经在许多期研讨班使用过这个练习。哈尔已经去世了，所以我没办法去询问他这个主意是自己想出来的，还是从别人那里学到的。无论是从哪儿来的，这个练习启发和促成的新故事比我们用过的任何其他练习都要多。

练　习

想象一个有超能力的人物。可以是任何超能力，只要它让你的人物与众不同。可以像超人一样天赋异禀。也可以像蝙蝠侠一样经过特殊训练获得。可以是外星人或天使的礼物。可以是科学的、超自然的、超感官的、精神的、情绪的或者技术的。什么都可以。

现在，问自己这些问题：

1. 这种超能力最重要的一个好处是什么？它可能有许多好处，但是其中一两个会脱颖而出。把你能想到的好处都列出来，越多越好。找到其中最突出的一个。

2. 它的负面后果是什么？对超人来说，可能是氪石，还有被社会孤立。对蝙蝠侠来说是什么？对你的人物呢？对这方面要比积极的方面想得更多，因为发现最有趣的冲突的绝佳机会就在这里。现在写一个场景。让它可以揭示这一超能力的某些方面，包括消极的方面。二者是怎样相伴相生的？别丢掉草稿，继续扩展人物的行动。展现人物与其他人的关系，展现感情上的后果。

运气加上努力，你会发现你现在有的不止是一个场景，而是一个故事的内核。你的工作才刚刚开始！

写作的基础

德里克·泰勒·肯特（Derek Taylor Kent）是作家、电影编剧和演员。他的“恐怖学校”(Scary School）系列图书（用幽灵德雷克的笔名，由 HarperCollins 公司出版）赢得了儿童文学网（Children's Literature Network）2011 年度最有趣章节图书奖。德雷克在洛杉矶的手写板工作室（Writing Pad）讲授儿童和青年创意写作。

你好，作家！我叫德雷克·泰勒·肯特（又名幽灵德雷克），是 HarperCollins 出版公司的“恐怖学校”系列图书的作者。我可以肯定，很快你也会在写作上大获成功。我怎么知道的？因为我是个幽灵，我们之间有心灵感应。而且，通过投身写作练习，你已经证明自己愿意为此付出时间和努力。

我从 15 岁开始写儿童书，直到 30 岁才拿到第一本书的出版合同。我认识一些非常著名的作者，在出版第一本书之前已经写过 10 本小说了。所以坚持写下去吧！

除了写书，我也在洛杉矶的手写板工作室教小孩子、年轻人和成年人小说写作。我很高兴为这本书提供一些写作练习，因为写作练习正是手写板方法的核心原则。我们的学生每节课都会做一两个写作练习，90%的时间里，这种限时 10～15 分钟的意识流写作会产出精品，学生会把这些段落用到他们的书里。

在这个练习中，我要求你们给自己设定最多不超过 15 分钟的时间限制。

这个练习的主题是**乐趣**。

像我这样为儿童或青少年读者写作时，关键词就是乐趣。如果你写的书读起来有乐趣，就很可能拿到出版合同。如果孩子们读你的书有乐趣，它就有可能成为书架上的畅销书。如果你写书时有乐趣，那么它可能读起来也有乐趣。

我被问得最多的一个问题是："我不认为我的书足够有趣。我怎么才能让它更有趣？"

答案非常简单：务必让你的人物享受乐趣！

当我们创作情节时，人物纠缠在一系列的冲突、问题和需要克服的障碍之中。他们经历了那么多痛苦和磨难，根本就没有时间享受乐趣，不是吗？

错了！

如果我们看不到人物享受乐趣，我们就不知道他们会做些什么来让自己快乐，他们的形象就不会丰满。

以哈利·波特为例。他会做什么来让自己快乐？没错，魁地奇。J. K. 罗琳知道在残忍的黑暗领主的追杀之下，哈利需要一种逃避，所以在系列的每一本书里他都参加了一场激烈的魁地奇比赛。魁地奇比赛通常与情节无关，虽然有时候会发生一些坏事，带来人物的发展或情节的转折。但是当哈利在空中寻找金色飞贼时，他完全是在享受乐趣。

我记得《魔戒》电影中令人叹服的一幕。咕噜姆在池塘中游泳，哼着歌，然后抓到一条鱼，狠狠地咬了一口。这是他能享受的至高乐趣，也是电影中他最快乐的时刻。这是一个了不起的时刻，因为在整部电影中，咕噜姆都被殴打、被践踏，充满怨恨、喋喋不休，但是看到他在池塘中游泳，让我们看到他仍然有一个向往快乐的灵魂，这令我们更加同情他。

当你写作一个人物享受乐趣的场景，读者阅读它会得到跟人物一样的乐趣。是的！看着人物享受乐趣是超级乐趣。

你知道另一件了不起的事情是什么吗？它不一定要跟情节有关！你可以暂时完全忘记情节。情节是无聊的。人物做他们自己才有趣。人物的转变才有趣。人物的发展是阅读的乐趣所在。

练 习

1. 从你正在写作的项目中选择一个主要人物，列出他会做什么来让自己快乐。标出其中最大的乐趣。

2. 在 15 分钟以内，写一个人物享受这一最大乐趣的场景。不要加入任何情节元素。在你选择的环境中，就让人物做他自己。让别人阅读这段文字。如果他们读的时候微笑了（他们会的），你的任务就完成了。

反派指南

杰西卡·佩奇·莫雷尔（Jessica Page Morrell）是五本书的作者。她是一位开发编辑，撰写关于写作生活的专栏和文章，她的作品入选过许多选集。她住在俄勒冈州波特兰市，周边有许多作家，常年阴沉的天空给她带来独有的想象力。

孩提时代我们害怕很多东西：潜伏在衣橱里的怪物、从床下走过的老虎、邪恶的西方女巫在噩梦里抓住我。我和哥哥会一起去电影院看恐怖片，这也没起什么好作用。电影散场后，我们在黑暗中走回家，每一道阴影都好像要向我扑过来。几十年后我仍然能够回忆起那种心跳加速的恐惧感。

因为我的童年一直躲在毯子下瑟瑟发抖，所以怪物和反派总是让我着迷。当我讲授写作时，我确信作家如何构建他的虚构世界是终极的能力测试。而反派是作家创造力的王冠。狡猾、邪恶、危险……反派是虚构世界中的国际象棋大师。仅仅敌对还不够，反派还应该是残忍、可怕、令人痛苦的。

反派包括各种类型的罪犯、暴君、撒旦化身、堕落天使、反社会者和怪物。但是仅仅因为反派在故事世界中承担着大肆破坏的任务，并不意味着你就可以简单地创造一个纯粹邪恶的人物或怪物，而不去考虑他或它为什么会这样。如果你的反派是人类，你需要知道他为什么不能跟人正常交流。如果你发现自己创造了一个一维的反派、一个杀人机器，或者一个毫无动机的魔像*，那么恐怕你写的就是一出平庸的通俗剧。

* golem，源起于犹太教，是用巫术灌注黏土而产生的能自由行动的人偶。

讨论下一个话题之前，我们先来说说怪物。怪物是邪恶的子集——通常是非人类，像野兽或恶魔。怪物掠食我们最原始、最孩子气的恐惧。怪物是他者。是耳畔萦绕的关于妖怪、野兽、突变异种、食人魔和僵尸的窃窃私语。它们通常是恐怖、科幻和奇幻电影中的明星，被装扮得既恶毒又野蛮。

因为怪物从时间之始就存在了，它们通常是一种原始意象。它们带来混乱，故事世界是一个反常、危险的地方，而且似乎无法逃脱。过去，除了少数例外——比如弗兰肯斯坦的怪物——怪物通常是没有灵魂的。

不过情况也在发生变化。在《暮光之城》（*Twilight*）系列中，狼人和吸血鬼都是大帅哥。当这种趋势蔓延时，要记住没有什么比得上一个强大的怪物。在你塑造一个怪物之前，要决定它是一个真正的怪物还是值得同情的。真正的怪物在读者心中制造恐惧，值得同情的怪物让我们着迷，但是它们的力量被削弱了。

所有的反派都必须是强大、可信而邪恶的。情节越复杂，反派就越复杂。这些人物身上邪恶的一面表现了我们的世界中最坏的部分。他们令我们害怕，是因为他们的邪恶图谋使令人难以置信的坏事成为可能。

这里有一份手册，告诉你如何塑造一个在读者心中阴魂不散的反派。

决定他是值得同情的还是坏到骨子里。即便是值得同情的，也不意味着你会邀请一个反派来吃晚餐。同情意味着可以理解甚至产生共鸣，这样的人物能使故事更加真实细腻。他们在读者心中唤起了超越恐惧和厌恶的反应。是的，可能有某种可怜而又令人毛骨悚然的东西，就在这个夜晚蠢蠢欲动。尽管读者可能理解一个值得同情的反派，但他们也必须理解他所制造的威胁。你的反派可能非常爱他的家庭，或者极度渴望得到他父亲的爱和认同。一个值得同情的反派应该渴望救赎。

对于一个不值得同情的反派，读者会为他的失败欢呼；对于一个值得同情的反派，我们的感觉要更加矛盾一些。我们经常希望看到他得到救赎，或者我们的主角会为他的死感到悲哀。恨一个坏人并自鸣得意是很容易的，但是如果我们想一想自己是否可能犯同样的错误，如果我们拷问自己的道德和荣誉感，那么一个值得同情的反派就有存在的必要了。

让你的反派真实。通常最可怕的反派都是人类，因为他们可能就在我们身边。是的，正是这些人物身上人类的一面让我们寒毛直竖。

精心雕琢一种迷人又罕见的外表。通常跟背景融为一体的反派不会赫然出现在读者的想象或噩梦中。或许你的反派肤色惨白，有着像猫一样的黄眼睛和像蜘蛛一样细长的手指。

还要知道他的形态。优雅的？笨拙的？滑稽的？畸形的？逃避阳光，躲在暗处？大多数反派都试图表现得比实际的样子更大，但是无论他们的实际尺寸如何，都必须为他们加入一些传奇色彩。

加入变态和邪恶的元素。找到最令人不寒而栗的方法，证明你的反派是个彻头彻尾的坏蛋。或许他有着像汤姆·雷普利（Tom Ripley）一样魅力十足的反社会人格，或者是像汉尼拔·莱克特（Hannibal Lecter）一样风度翩翩的野蛮食人族。一个没有表现出母性的女人通常很可怕，因为这颠覆了我们的性别观念——她可以是无数童话故事中的女巫或恶毒的继母。

深入剖析反派的心理。反派通常都很自恋，所以他们很少投入不能赢得胜利的斗争。他们把自己的利益放在第一位，相信自己是宇宙中最重要的生物。但是当然，深刻的自卑感演变成了对权力无休止的索求。你的反派身上有极度自恋或其他反社会倾向的元素吗？他是个疯子吗，还是假装是个疯子？

知道他为什么想要某些东西。没有可以理解的动机，反派就像纸片人一样单薄。他们的恶行有多么可怕，动机就必须有多么强烈。对复仇的渴望、贪婪、愤怒、权力欲和嫉妒是典型的动机。把它们结合起来并个人化，它们会变得更加强大。例如，反派想要夺取一个王国，同时秘密地爱上了主角的未婚妻。在“更多的权力”之上加入额外的动机，能使他们成为更好的人物。

让你的反派不可阻挡。因为反派的动机足够强烈，所以他们也是不可阻挡的。反派总是比主角和整个世界领先一步。深谋远虑是反派的典型特征。当主角到达某个场景，反派的权力基础必须已经建立好了，一切都在计划之内。要知道，如果读者不相信你的反派所制造的威胁，你的作品就成了喜剧，而不是恐怖片。

让反派富有魅力。反派常常用计谋和手腕来驱使别人。这可以通过美色、奖赏、权力和恭维来实现。这是控制的技巧。连一个噩梦都会被他们牢牢掌握。

让你的反派喜欢斗争。现实生活中大部分人都避免冲突，尽力与人为善。恶人则不然。他们随时准备好投入战斗，这是他们熟悉的世界，在其中他们知道自己的力量，眼光像国际象棋大师一样长远。不过不要落入俗套。他是无坚不摧却单调乏味的吗？还是诡计多端，总能找到新的方式给别人带来痛苦？

给反派一个艰难、复杂的过去。反派的背景常常是苦涩的。他们需要力量来补偿早年间遭受过的痛苦。读者想要知道为什么会这样。在生命中过去的某个时刻，他们被忽视、被嘲笑、被侮辱，生活在别人的阴影之下。然后他们转向了错误的方向，使他们的灵魂分崩离析。

让你的反派循序渐进。通常，成功的反派需要在很长时间里逐渐形成。起初他们先是尝到一点小小的甜头，然后他们的谋略和野心逐步升级。耐心通常是他们的基本特征。如果你的反派轻率鲁莽，他可能成不了一个好反派。随着力量的崛起，他变得越来越了不起。让读者看到这种力量如何演变为狂妄，将他引向罪有应得的灭亡。

消灭。你必须知道如何消灭你的反派，在构思每一幕情节的时候都为此做准备。索伦被中土世界个头最小的种族的一员消灭。最好的反派会决一死战，他们不会把事情搞砸，让主角轻易获得胜利。让反派停下来解释他的邪恶计划，告诉主角逃脱的方法是行不通的。

练　习

1. 从一个强大的名字开始。名字是有力的工具。如果使用得当，它们会在无形中支持你的故事，丰富情节，强化主题。最好的反派名字自带火力。一个不值得同情的反派的名字应该反映出危险、冷酷和/或力量。比如咕噜姆、达斯·维达和博格人（Borg）*。不是你在婴儿取名书里看到的那种名字。要看它的意思，以及历史上有什么人叫这个名字，你就可以通过名字的选择来巧妙地丰富你的故事，让名字成为行动的注脚或隐藏线索。你只要知道它们属于错误的阵营就够了。S打头的斯内普听起来狡猾而冷酷。博格人听起来像一个噩梦的集合。詹姆斯·莫里亚蒂（James Moriarty）听起来既像一个强大的敌人，又像一个教授。魔苟斯（Morgoth）** 听起来邪恶。你可以选择K打头的硬辅音，或者《废柴兄弟会》（*Order of the Stick*）里的克西肯（Xykon）之类的怪名字。

2. 反派的主要性格特征是什么？这些特征将成为人物的基础，并在故事中发挥作用。它们应该在每一幕场景中都很明显，从我们第一次遇到你的人物就表现出来。一个犯罪主谋必须聪明、狡猾和残忍。C. S. 刘易斯（C. S. Lewis）的《狮子、女巫和魔衣橱》（*The Lion, the Witch and the Wardrobe*）中的白女巫美丽、骄傲、冷酷，心中郁积着熊熊怒火。

将这些关键特征与背景联系起来，解释他们是怎么变成这样的。

---

* 《星际迷航》中的一个外星种族。

** 托尔金《精灵宝钻》中的反派。

思考每一种力量特征的阴影：黑暗面注定了反派的灭亡。

3. 人物给读者的第一印象是决定性的。想清楚你的目标是让读者一开始就感到害怕，还是为邪恶的降临埋下伏笔。他的第一次出场是怎样的？乔装改扮？渴望战斗？突如其来？

哦，人性：塑造怪物的秘诀

过去 20 年里，斯泰西·格雷厄姆（Stacey Graham）大部分时间都坐在黑暗的阁楼上，等待着捕捉超自然现象并乐在其中。不跟幽灵搏斗时，她喜欢写僵尸诗歌、幽默段子和鬼故事。格雷厄姆是《少女捉鬼指南》（*The Girls' Ghost Hunting Guide*）和《僵尸塔罗牌》（*Zombie Tarot*）的作者。

这年头，想要吓唬人比想象的难多了。吸血鬼在阳光下熠熠生辉，本应长满毛发的狼人皮肤光洁，甚至淌着口水、步履蹒跚的僵尸也能富有魅力。当人们不再感到害怕，什么才能吸引读者阅读一个故事？是读者头脑深处的小小隐忧，担心这些怪物体内仍然存在着人类的基因——怪物曾经跟他们自己一样。寻找怪物体内的人性，使读者不能直接、彻底地憎恨它。它忽然间有了深度，而你必须追问：**它为什么在那里？它离开后会去哪里？它会回来吗，是什么驱使它回来？还有没有跟它一样的同类，它们是好的人物吗？**

幻想小说描写我们无法控制的、不确定的超自然产物，有着我们无法预见或制服的力量。作为作家，你的任务就是利用这种怀疑，把它变成让读者关灯睡觉之前必须再检查一次壁橱的东西。

练　习

我喜欢好的鬼故事。对于困在两个世界之间的东西，我很好奇它们能不能听见我们说话，它们是想跟我们沟通还是在谋划复仇，或者它们只是想让你快点按下你的闹钟？

描写三个场景：

1. 把读者放在鬼魂的位置上：他有着怎样的身世？他是一场激情犯罪的受害者吗？死于疾病？他知道自己死了吗？他怎样与活人互动？他是成年人还是孩子？如果是个孩子，你的主人公如何对待他？描写这个鬼魂意识到自己死亡之后的最初几天。他被吓坏了，还是因为鬼魂所拥有的自由而兴奋不已？

2. 创建一套设定：虽然提到闹鬼时人们总是想到荒废的大宅，不过鬼魂不一定总是在这样的地方出没。公交车、餐馆、日间照料中心和田地都有过鬼魂出没的报告。让你的故事离开熟悉的场所，看它会带你到哪里去。在这个场景中，用无生命的环境制造一种闹鬼的感觉，而不要让鬼魂直接出现。

3. 让熟悉的人变得可怕：成功的鬼魂会在读者心中制造情绪反应。如果它们的特征让读者想起某个他们认识的人，故事会更刺激、更令人难忘。写一个发生在你身边的场景。以此为背景，将你认识的人混合起来创造一个鬼魂。他最凶险的特征是什么？表面上善良的特征其实隐藏了什么样的秘密？

诡异谷

马克·塞维（Mark Sevi）是电影编剧，创作过包括《翼手龙》（*Pterodactyl*）和《天外魔蛛》（*Arachnid*）在内的19部故事片。他最新的作品《魔鬼绳结》（*Devil's Knot*）由瑞茜·威瑟斯彭（Reese Witherspoon）和科林·费尔斯（Colin Firth）主演。塞维是橙县编剧协会（Orange County Screenwriter's Association）的创始人和主席，他也教授电影剧本创作课程。

睡着了也许还会做梦。嗯，阻碍就在这儿。

——哈姆雷特，《哈姆雷特》，莎士比亚

构成我们的料子也就是那梦幻的料子。

——普洛斯彼罗，《暴风雨》（*The Tempest*），莎士比亚

我是一个巨细靡遗的作家（有人说我这种人是傻瓜，他们不过是嫉恨罢了）。不过在有些事情上，我就像雪莉·麦克雷恩（Shirley MacLaine）的精神导师一样“新潮”。作家的潜意识是我真诚地认同的领域之一。

我们作家是梦想家，特别是我们当中涉足幻想小说的人。我们的梦想很大，涵盖了所有的方向和维度。我一直是科幻小说的粉丝，深知这类小说不仅必须跟其他类型的小说一样——让读者哭、笑、恐惧，等等——还必须把这些情绪反应和紧张的情节放在一处月球殖民地、一艘宇宙飞船、海洋中的一个泡泡，或者地球上的一座鬼屋中。幻想小说必须做到海明威所做的一切，用新闻女主播琳达·艾勒比（Linda Ellerbee）的话说，还得“穿着高跟鞋倒退”*。

---

* 原话指女舞者在跳舞时要穿着高跟鞋倒退，比男舞者难度更大，意思是女性不比男性差。此处为“还要做得更好”之意。

我们幻想小说作家必须问什么、怎样、为什么、什么时候、多少，然后把这些问题转化为对我们的人物有意义的答案。

莎士比亚理解这一点。看看《哈姆雷特》，一开始就在谈论鬼魂。你也可以想象他向出版商介绍这部作品时的情景。“一个谁的什么？你是认真的吗，比尔？”但是莎士比亚明白，梦想是与我们难以理解、不能也不应该直接看到的世界之间的连接。不过关于那个世界，我们潜意识中的“诡异谷”深深地根植于熟悉的事物之中。

我们应该怎样在不存在的世界和情境中正确地表达自我呢？怎样把我们的人物置于怪异的地点和情景中，还让它看上去真实可信？我们需要数字化。具体应该怎样做？

每分每秒，我们都生活在熟悉的模拟环境中，但是在数字世界中我们可以做梦。在我们的潜意识中，没有什么是太随机、太离谱、太可笑或者太吓人的。这一秒钟，我们还在水上玩滑板，下一秒钟就在跟已经过世的亲戚讨论去火山野餐时要不要吃土豆沙拉。

在“清醒梦”中人能够控制他们的梦想，以得到更好或不同的结果。他们把自己“植入”梦境中，扮演积极的角色，而不是任由梦境自由展开。很有趣。在我看来有点像白日梦。所以我要采取的是一种与清醒梦相反的方式——醒着开始这个过程，而不是从睡着以后。

超觉静坐（Transcendental Meditation，TM）教我们达到一种比睡眠更深的层次，意识似有若无，介于清醒与睡眠之间。披头士（Beatles）这样的创意巨匠都进行过这种尝试，除掉跟超觉静坐相关的那些莫名其妙的胡扯，你得到的是一种生理现象，一种醒着做梦的方法。清醒梦刚好相反。

这种方法是不去控制梦的过程，让它像花朵绽放一样自然展开。别嫌我唠叨，再强调一次，我要告诉你的方法会使所有的作家成为梦想家——特别是那些准备投身幻想领域的作家——并且学会以前所未有的方式相信自己的潜意识。

当我去洛杉矶参加剧本相关的会议和讨论时，我会提前一晚准备好材料，但是在路上我不会再进行预演，也不再想我要去做什么。一方面，考虑到南加州高速公路上复杂的路况和随机事件，我认为有必要集中精力开车；另一方面，我也想给我的潜意识一些时间去聚焦，并且在我迈进会议室大门时呈现给我的意识。这还从来没有让我失望过。

你必须做梦，并且相信当你需要时梦想就会出现。超觉静坐（对我）有帮助，但是当我没有时间冥想时，让思想在创造力的领地上自由驰骋就是我能做到的最好的事。

像任何优秀的音乐家和运动员一样，你需要在有意识的层面上磨炼你的技能——实际上写作是帮助你成为更好的作家的唯一方法——不过有些时候，你必须学会相信你的潜意识，建立起一种信念，相信当你需要时它就会出现。

每个人的过程都是不同的。如果你想试试我进入梦境的方法，这里有一个浸入式练习，我称之为“成为凶手”。

太多时候，我们恐怖小说作家对凶手的描绘过于简单直接了。我需要完全沉浸在真实的描写中。为了保证我能进入凶手的头脑，我需要像他一样做梦。为了做到这一点，我需要完全彻底地了解凶手这个人。

练　习

成为凶手：我不建议每个人都进行这项练习，但是对于写作恐怖小说，进入凶手的头脑是有帮助的。感觉周围的一切，用他的眼睛看东西。除非你对他们有更加完美的理解，否则这类反派看起来会不真实。只要没有发疯，我们（人类）通常对自己做的事情怀有理性，包括杀人。进入凶手的头脑会让凶手更可怕，因为你对这个人物有了更好的了解。

1. 你如何与邻居互动？是害羞的还是粗鲁的？你不喜欢周围的

人吗？你会在某个黑夜把那条冲你狂吠的狗毒死吗？

2. 你的职业是什么？你怎么付房租？你开什么车？你有能力关心除了自己以外的其他事物吗？

3. 去一家杂货店，买一些凶手会买的东西。晚上很晚再去，选择一名受害者。

4. 站在凶手的角度上网冲浪——除了色情网站他还对什么感兴趣？

5. 安静地坐着，想象你的受害者和周围的环境，想象你如何进入他们的屋子。让自己置身入侵的那一刻。冷吗？你的呼吸声会暴露自己吗？

6. 你手中握着锤子是什么感觉？你为捆绑强奸受害者而购买的胶带够黏吗？或者你是在 99 美分店买的，所以已经开胶和断裂了？把一个成年人塞进汽车有多难？受害者的恐惧给你什么感觉？你怎么处理血迹？当你把刀子刺进受害者的身体时，你感到兴奋、恶心，还是麻木？

7. 你的公寓是干净的还是邋遢的？你的浴室什么样？你有健康方面的问题需要解决吗？你对个人仪表一丝不苟还是毫不在乎？你的牙齿令人作呕还是光洁整齐？你有牙吗？

8. 你的梦想是什么？

一边写作，一边梦想。答案就在你心中。你需要做的就是学会让它们自由地出现在你的笔端。

变形记

布拉德·施赖伯（Brad Schreiber）是六本书的作者。施赖伯为全国公共广播电台（National Public Radio，NPR）将雷·布拉德伯里的《等待的人》（*The One Who Waits*）改编成了广播剧，赢得了全国广播戏剧节的奖项。他改编的菲利普·K. 迪克的《促销》（*Sales Pitch*）也在NPR播出。他曾在美国电影学会（American Film Institute）、美国导演工会（Directors Guild of America）、加州艺术学院（CalArts）、USC和皮克斯动画工作室（Pixar Animation）任教。

了不起的弗朗茨·卡夫卡（Franz Kafka）曾经在布拉格朗读他的黑暗、危险、充满幻想的小说，据说有时候他会在读到文章中最令人恐怖的情景时当众哑然失笑。现在，你可以说他是个怪胎，但卡夫卡是伟大的作家，不是因为他在《变形记》（*The Metamorphosis*）中让人变成甲虫的怪诞想法，而是因为他探索了变成甲虫的人的内心世界，并且当其他人物必须面对变得奇形怪状面目狰狞的格里高尔·萨姆莎（Gregor Samsa）时，对社会做出了重要的观察。

虽然在科幻和奇幻小说中，富于想象力的强有力假设是最理想的，但还不是作家必须提供的唯一东西。人们对于给定假设的令人信服的反应——无论是思想的还是行动的——增强了这种类型的陌生感或恐怖感，使其更加真实可信。

在面对自己的新外形时，卡夫卡让可怜的格里高尔依次经历了悲伤、幽默、恐惧和哲思。主要人物的思想和行动能够充分探索你为他们想象的超自然疯狂情景的各个分支，是非常有价值的。这就是本练习的目的。

练　习

创造一个场景，让人物的外貌发生彻底的变化。可以变得像另一个活着的人、一个历史人物或文学形象、一个半机械人，或者变得像某种动物、植物，甚至某个无生命的物体。变形可以是部分的，也可以是完全的。

首先，写一个场景，让这个变形的人物处于高度的危险之中。

依次在哲思的、幽默的、悲哀的、忧郁的、超验的、冥想的或自毁的场景中探索这个变形的人物。

8 交流和关系

我对人们的行动和舞蹈、他们围绕彼此移动的方式非常感兴趣。我想要摆弄这种关系……

——奥克塔维娅·巴特勒（Octavia Butler）

“他会用不同的声音扮演警察”

雷吉·奥利弗（Reggie Oliver）是五本超自然恐怖故事集的作者——最新的是《午夜夫人和其他故事》（*Mrs. Midnight and Other Tails*）（Tartarus Press，2011）。他的小说《德古拉文集（第一卷：学者的故事）》（*The Dracula Papers*，*Book I*：*The Scholar's Tale*）（Chomu Press，2011）是四部曲中的第一部。Centipede Press 的“奇诡故事大师”（Masters of the Weird Tale）系列中包括他的一本短篇小说合集。

他会用不同的声音扮演警察。

——贝蒂·希格登（Betty Higden），《我们共同的朋友》，查尔斯·狄更斯[或者 T. S. 艾略特（T. S. Eliot）的《荒原》（*The Waste Land*）的副标题]

有些作者指导其他立志成为作者的人时那份自信经常让我感到惊讶。出版过几本书他们就觉得自己赢得“作家”的地位了，在某种意义上或许的确如此。我个人从来没把自己当成一个“作者”，更不用说“作家”了，虽然我已经出版了数量惊人的作品；我只是个写东西的人，跟你一样。我没有可以站在帕纳索斯山顶高屋建瓴地传授给你的技艺。实际上其他作家也没有。

事实上，我写作，不是因为我获得了某种神秘的技能，当然也不是因为我想要成为一名作家。我更希望我不是。这个世界上有太多作家了，而且他们太自以为是了。我写作就是因为我有个故事必须讲出来。这是我们当中任何人在书架上占据一席之地和引起别人关注的唯一可能的理由。我一直非常欣赏约翰·范布勒爵士（Sir John Vanbrugh）1697 年的喜剧《故态复萌》（*The Relapse*）中浮平顿爵士（Lord Foppington）的态度：

> 在我看来，女士，读书乃是以别人脑筋制造出的东西以自娱。我以为有风度有身份的人可以凭自己头脑流露出来的东西而自得其乐。

浮平顿爵士当然是一个骄傲自大又矫揉造作的家伙，一个经典的漫画形象，但是正如利·亨特（Leigh Hunt）在关于这出戏剧的评论文章中所说的，他说的有道理。[“愚蠢的道理，但是有道理。”就像《彗星美人》（*All About Eve*）中的埃迪森·德威特（Addison DeWitt）（乔治·桑德斯饰）对克劳迪娅·卡斯韦尔（Claudia Casswell）（玛丽莲·梦露饰）说的那样。]

这是我的观点，或许是我唯一的观点：范布勒（顺便提一句，他是个出色的建筑师）只写过一部真正优秀的戏剧，就是《故态复萌》，而这出戏也只有浮平顿爵士出场的时候才鲜活起来。你永远不会对他感到厌倦。他的话语达到了荒谬的高度，但是从他自己奇怪的角度出发，正如摘录的那段话一样，他相当有道理。在某种意义上，范布勒进入了浮平顿爵士的头脑，找到了他的声音，这些话就从他口中倾泻出来。他情不自禁。

T. S. 艾略特的长诗《荒原》或许是20世纪最伟大的诗歌，只有视为不同声音的集合才能理解，如各个副标题所示。这些声音似乎从他心里涌出，每一种都以自己的方式呼应了时代的病态。

我的感觉是，只有当你找到这些声音，写作才是值得的：当然包括你自己的声音，但是其他人的声音同样重要，或者更重要。让我们面对现实吧，因为只有能够在想象中赋予其他人生命力的作家才是优秀的作家。其他人不过是装模作样罢了。这是我的观点，不过不用相信我的话。你跟我一样也是个“作家”。

但是如果你同意我的观点，试试这个。我经常做这个练习。

练　习

1. 找一个人物，不是你自己的人物，可以将你认识的人组合起来，再加入一点想象力。开始尝试用他的声音说话。如果你能做到的话，模仿他的口音，不过最重要的是他的语言、喜好和关注点中的特殊习惯。一边来回踱步一边这样做。我发现这很有帮助。开始会有点难，但是很快你就会发现人物根本无法阻挡。如果你对他说的某句话印象特别深刻，把它记下来。

2. 现在创造另一个人物，尽可能与第一个不同。用同样的方法，说出他的意识流。继续做笔记，不过只在你跟人物特别有共鸣的时候才这样做。

3. 现在让两个人物一起争论某个话题。很快你就会有一个值得写下来的故事。一旦开始，你就无法阻止他们，因为他们是活生生的人。

4. 这里有一个来自大师的小技巧。杰出的戏剧家乔治·费多（Georges Feydeau）曾经写道，滑稽剧最成功的工具之一就是创造两个绝对不可能相遇的人物，然后把他们放在一起。这对其他形式的小说也是一个好办法。我可以担保。

无法用语言表达的东西

詹姆斯·G. 安德森（James G. Anderson）是老师、民间音乐家、诗人，是 Baen Books 出版的“斯通·哈珀的遗产”史诗奇幻系列小说的作者之一。该系列的另一位作者是马克·塞班克（Mark Sebanc）。安德森和塞班克现在正在创作这套四部曲中的第三部。安德森和家人住在加拿大草原，萨斯喀彻温省的萨斯卡通附近，他在圣女小德兰信仰与使命研究院（St. Therese Institute of Faith and Mission）工作。

当我的读者与我谈论一个故事时，十次里有九次我说的第一句话是：“哦，你已经见过杰拉诺了。”或者瑟奥温、加伯罗、贝色弗拉，或者我书中写过的任何其他人物。对我来说，我写的都是真实的人——会走路、会说话的人——把他们介绍给读者，让我获得了莫大的乐趣。在我写作生涯的早期，一个同行和朋友给了我一条明智的建议：吸引和维持读者兴趣的主要是故事中的人物，所以要塑造让人关心的人物。

当然，这也是我自己作为读者的经验：相比较“接下来会发生什么”，我对“接下来鲍勃会怎样”更感兴趣。但是如何塑造让人关心的可信的人物呢？我认为答案在于人类相互沟通和表达情绪反应的能力，无论是积极的还是消极的。

在研究人类语言时，心理学家艾伯特·梅拉宾（Albert Mehrabian）指出了三种主要语言沟通方式在表达意思中的相对重要性。他总结为：

- 7％的意义是通过语言表达的，这是实际说出来的部分；
- 38％是通过语调和声音，包括说话的语气、速度和重音；
- 最后，55％是通过身体和视觉，包括与语言相伴的面部表情、眼神、手势和身体姿势。

即使我们对语言在沟通中的相对重要性采取相当乐观的估计，比如说50%，这仍然意味着至少有一半的意义不是通过语言表达的。这对作家提出了独特的挑战，因为语言就是他们的工具。

任何写作本质上都是沟通，这种沟通形式100%是通过语言的。不过，在一段文字中会有人物在互动，当人物互动时会有另一个层面的沟通，即对话。虽然在许多情况下存在对人类互动行为的误解和误用，但梅拉宾的7—38—55公式在表达感觉、情绪和个人观点的语言交流中的确是适用的——任何故事中，大部分对话实际上都是为了表达人物的情绪或观点。如果这种互动是可信、完备和真实的——真实是小说写作的目标，幻想小说也不例外——那么在构思对话时，考虑到语言交流中所有表达意义的形式就是作家义不容辞的责任。

作家还面临着进一步的挑战。对读者来说，一段对话应该是亲密的私语，是仔细聆听人物的声音。作家的任务就是让读者与人物直接接触。叙述者的声音必须退到幕后，让人物自己的声音处于显要位置，通过语言、声调和手势表达自己。这是写对话时必须关注的首要问题，换句话说，梅拉宾的研究指出，在语言交流中应该关注三个“V”：语言（verbal）、声音（vocal）和视觉（visual）。

在语言方面，作家不仅要让人物实际说出的话意思清楚，而且要考虑他们的措辞和独特的表达习惯。人物是真实的人，应该像真人一样说话，所以作家必须谨慎地选择人物的语言，让他们以一种自然的方式说出自然的话。

语言在表达中带着语调、速度和韵律。没有了语调，语言的很多意思就遗失了。语调可以通过利用对话习惯来微妙地表达，特别是用感叹号来表达语调的升高，用省略号表达说话的人漫不经心或者还没有想好，用破折号表示话语的中断。

对话的速度也是语言表达的一个重要部分。描述性的节拍——即行为、动作或描述——可以用来给对话插入一些间隙，令场景节奏放缓。相反，短句子、断断续续的话语和省略说话人的身份（“某某说”的字样），可以提高对话的速度。

在写到“某某说”时有一种危险的倾向，作者总是想要解释人物是如何说出这些话的，要么通过选择不同的动词，要么用副词或副词短语来修饰。说是一个看不见的词，读者的眼睛会自动忽略它。所以作者不必害怕使用“说”，实际上频繁使用也没关系，即使为了不同的目的使用其他词汇是一种强烈的诱惑。

“某某说”只是为了让读者弄清楚谁在说话，而不是谁怎样说。记住，要展示，而不是告诉——这是虚构类写作的基本原则。不这样做，就是让叙述者的声音出现在场景中，因此打断了读者与人物的直接接触。这种直接接触，这种亲密的私语，对于建立读者对人物的移情作用是至关重要的。作者必须走在读者前面，为读者认同故事中的人物、与他们建立情感联系铺平道路。叙述者声音的干扰会阻碍这个过程。因此，与其描写某人怎样说，作者更应该用语言本身来表达人物的意思，如果能用声音和非语言因素来表达则更好。描述性节拍经常可以替代“某某说”，并且十分有效地表现人物的非语言或视觉沟通。

事实上，要使人物生动起来，视觉可能是对话中最重要的方面。作者必须发现人物的**身体语言**。人物的独特气质、习惯动作、常用姿势、面部表情和生理怪癖是什么？人物紧张、满足、生气、兴奋或沮丧时会怎样做？身体语言也受到文化和环境因素的影响，因此研究与人物背景相关的社会习俗和规范也很重要。当然，在幻想小说的国度，这方面有一定的宽容度，因为文化和社会通常都是作者想象力的产物。即便如此，保持人物性格的一致性也是至关重要的——除非有什么合理、可信的理由，否则人物不应该改变他的声音。

在写作的过程中发现一个人物，赋予他生命力，是我作为作家最大的乐趣，这种乐趣在读者与这个人物建立情感层面的联系时达到顶峰。我发现，做到这一点的关键是通过可信的对话塑造可信的人物，密切地关注人类沟通中采用的所有表达方式：语言、声音和视觉。

练　习

已经有许多人在身体语言的研究领域投入了充足的资源，特别是在人类关系和事务领域。花一些时间，在线学习阅读身体语言的基础。现在，有了这方面的知识，去一家咖啡厅或公共场所，悄悄地听别人讲话，密切关注沟通的声音和视觉方面，而不仅仅是语言。还可以尝试关注听力范围以外的对话，只“倾听”身体语言。如果注意到任何在写对话时可能有用的东西，用笔记下来。

如果你有勇气，让一个亲密的朋友模仿你自己的身体语言。你在对话中独特的姿势、面部表情和身体习惯是什么？

创造人类与超自然生物之间可信的交流

加布丽埃勒·莫斯（Gabrielle Moss）是作家，作品见诸 GQ、纽约邮报（*New York Post*）、The Hairpin、Jezebel 和 Nerve 等文学网站。她住在纽约布鲁克林，从来没有跟真正的鬼魂交流过（倒不是因为缺少尝试）。

为什么你的恶魔附体故事达不到预期的效果？为什么你的鬼故事乏味无聊？

原因可能很简单，就是因为你笔下人类与超自然生物的交流不可信。

一些超自然生物可以完全不说话，或者只在恰当的时机发出几声咆哮，仍然非常恐怖。

但是如果你的情节取决于一个人类人物与一个超自然生物的互动——一个漫游欧洲的吸血鬼、一个恶魔附体的小女孩、一个要为自己的不幸死亡复仇的鬼魂——如何选择他们的交流方式会成就或破坏整个故事的氛围。

例如，在一个鬼魂渴望复仇的故事中完全采用非语言的交流不太容易出错；相反，一个好像在杂货店排队时闲聊一样喋喋不休的鬼魂会降低故事的紧张感。

但是如何在过多交流和过少交流之间找到正确的平衡？如何为你的超自然生物找到一种独特的交流方式，既能向读者清晰地表明他的目标，又能表明他无疑不属于这个世界？

有史以来最恐怖的对话之一，来自斯蒂芬·金的《它》（*It*）中小丑潘尼瓦艾（Pennywise）和他的人类受害者之间。小丑总是直接与书中的人物交流，但是这些对话令他更加危险。

为什么？因为小丑说话跟普通人不一样。他使用隐喻、诗歌的意象和我们童年记忆中模模糊糊的只言片语。金把这些元素混合在一起，让小丑游离于我们的世界之外。书中有一个著名的场景，小丑告诉一个男孩："他们都飘起来了，乔治，等你到下面跟我一起，你也会飘起来的。"飘这个词让读者联想到许多意象——漂在水面上的尸体、飘在空中的儿童气球（也是小丑的道具）、一个飘向天堂的灵魂、一粒飘向远方的蒲公英种子。跟说"……等你到下面跟我一起，你也会死的"相比，这会唤起读者完全不同的反应——虽然二者表达的是同一个意思。

通过这种隐喻性的语言，小丑不仅证明自己跟人类截然不同，而且让读者重温童年的恐惧，那时候成年人的许多词汇和短语的真实意思对我们来说是暧昧不明的。小丑不同寻常的独特沟通方式是使他成为现代恐怖文学中的经典反派的关键因素。

不过你可以说，我只是一个普通人。我一辈子都像普通人一样说话。我怎样才能破解密码，为我的超自然人物创造一种独一无二的沟通方式呢？

练 习

1. 为你害怕的东西列一份清单。梦是这类信息的一个绝佳来源，记录你的梦，特别是在你梦里其他人物是如何与你交流信息的，这对找到让你的超自然生物向人类传达信息的办法非常有帮助。因为逻辑意识在梦中消失得无影无踪，因此梦境是从超自然情境中汲取灵感的绝佳来源。

2. 自由书写 10 分钟，写下让你害怕的东西。不要检查，不要判断，不要让笔尖离开纸面。写下你想到的一切，特别注意那些你童年时害怕的奇怪的东西——一句商业广告，家里的某个房间。到时间后，从头看一遍你写的东西——哪些词汇或短语更能唤起感情而非逻辑？

3. 读诗，用一个笔记本搜集你喜欢或特别有共鸣的比喻。无论如何，你笔下的生物不一定要使用华丽、诗意的语言（事实上，或许最好不要），但诗中包含着强烈的、不和谐的意象和句法，这能够激发你的灵感，赋予你的生物与众不同的语气和态度。

4. 跟一些小孩子交谈。是的，人类小孩。刚刚学会说话的小孩是杰出的比喻大师，对于一个试图用非同寻常的新鲜方法沟通信息的作家来说，他们用语言编织的世界非常具有启发性。

花一个星期搜集特殊短语、诗句，甚至词汇。不用想太多，相信你的直觉，写下任何让你感觉奇怪的词语。

然后回到你的故事。思考你希望你的超自然生物激发哪种情绪。因为他的古老、高贵和力量，你的人类人物害怕他？因为她知道某些他们不知道的东西，因此他们对她保持警觉？瞄准你的人类人物跟超自然生物交流时的准确心理状态。

然后，回到你的清单，将这些信息用于他们的心理状态。再次听从你的直觉，选择任何你觉得符合人物对超自然生物的情绪反应的词语。

现在，写出两个人类和超自然生物接触的简短场景。在第一个场景中，超自然生物用清楚、简单的语言说话（“你在我的坟墓上方建了一个车库，所以我不会放过你！”）

在第二个场景中，让超自然生物只用你从清单中选择的词语说话（“紫红色的石像鬼尝到了破碎海洋的眼泪！”）将两个场景放在一起比较，你应该开始发现你的超自然生物独有的沟通方式了。

如何利用爱情

瓦妮莎·沃恩（Vanessa Vaughn）是畅销狼人小说《谎话连篇》（*Pack of Lies*）（Ravenous Romance）的作者，出版过许多蒸汽朋克、吸血鬼和僵尸题材的作品。她风格大胆的情色故事入选了许多选集，包括获奖的“最佳女性和同性恋情色故事”（Best Women's Erotica and Best Lesbian Erotica）系列。

没有什么比性更接近一个人物的核心。

在许多方面，性都是一种不可或缺的工具。它能够描述人物的不安全感或自负、他们根深蒂固的自我厌恶，或者他们令人难以置信的空虚。当我们看到他们丑陋的伤疤或者精心涂抹的口红，他们因为辛苦劳作而僵硬或者因为养尊处优而柔软的手指，这能够帮助我们了解他们的身体。

通过想象两个人物的亲密行为，我们不仅能够看到他们最真实的身体，而且能够看到他们如何以最终极的方式向彼此敞开。这种接触是主人公之间的私人对话，即使没有语言交流。共度良宵能够揭示一个人物内心深处真正想从另一个人物那里得到什么……或者他们最害怕的是什么。

一些作家在作品中直接描写肉体关系，另一些只是点到即止。两种方法都非常有效。无论你是否打算在终稿中涵盖具体的性描写，在设计你的人物，想象他们的动机、梦想、欲望和恐惧时，想象人物之间的性关系（或者哪怕只是一次约会）都是一种有价值的写作练习。

以著名的文学形象夏洛克·福尔摩斯和华生医生为例。在贝克街221B，在他们联手打击犯罪的这么多年里，从来没有脱过一件衣服，没有过一个吻。这两个人物之间从来没有过明确的性关系。尽管如此，要想创作关于他们的作品，想象两人之间更深层次的关系，对于理解他们和让他们的形象在你心中丰满起来都是一种有用的工具。

即使在亲密时刻，福尔摩斯那著名的以自我为中心也会表露无遗吗？福尔摩斯对华生众多的女性崇拜者会不会有点微妙的嫉妒？在共同生活多年以后，他们会不会像一对老夫老妻一样斗嘴？

生理方面呢？华生的军旅生涯有没有留下伤疤？福尔摩斯最近的吗啡试验会不会留下痕迹？深夜拉小提琴是否使他的手指磨出了茧子，眼睛下方留下了黑眼圈？

当你试图通过描写两人之间的亲密场景来更好地了解你的人物，你还可能发现这对他们根本就行不通。比如詹姆斯·邦德和莫尼彭尼（Moneypenny）的调情。在邦德系列小说和电影里他们都没有性关系——只有没完没了的双关语、旁敲侧击和暗示。不过一旦面对真正的性关系，这两个人物可能就搞不定了。尝试进行这个练习的作家可能会发现，在开玩笑的表面之下，他们关系的核心要严肃得多。想象一个失败的性爱场景，能够帮助作家将邦德与莫尼彭尼之间更多地看作一种母子关系，而不是轻浮的调情。作家可能发现，莫尼彭尼是主角一次又一次回归的温暖的家，而不是随便一个得手后就丢弃的猎物。

顺便说一句，这个练习不仅适用于盟友之间。想象敌人之间的亲密关系也是一种有用的工具。主角和反派彼此憎恨，因为他们是如此不同，或者因为他们比愿意承认的更加相似？人物害怕对方的什么？他们想要的惩罚或奖励是什么？这一切都可以通过想象他们的亲密关系来揭示。

练　习

选择两个你想要更好地理解他们之间关系的人物，写一个两人的亲密场景。

无论你是否打算在故事中让他们有性关系，通过这个练习让他们血肉丰满起来。这让你想象他们的身体是什么样子，无论是否完美。让你将他们的关系具体化（有性还是无性，玩笑还是认真，争吵还是温柔，充满爱意还是仇恨）。

拿一支笔，用一个小时描写两人之间的亲密时刻，无论是一次约会还是更亲密的肉体关系。享受其中的乐趣。深入探究人物的心理，看着他们敞开心扉，并在写作时问自己这些问题：

人物最喜欢彼此的是什么？

他们最憎恨彼此的是什么？

他们想从对方那里得到什么？

他们在哪些方面相同？

他们在哪些方面不同？

他们有什么吸引人的身体特征？令人厌恶的身体特征？与众不同的身体特征？

他们对对方有强烈的感觉（好的或坏的）还是无动于衷？如此亲密令他们舒服还是不舒服？

他们交谈多吗？

有一方主动？被动？

他们之间存在竞争吗？嫉妒？爱情？

坐好，让你的想象力自由驰骋，享受其中的乐趣。这个练习能够揭示很多东西。

物种之间的爱

马里奥·阿塞韦多（Mario Acevedo）是 HarperCollins 和 IDW Publishing 出版的菲利克斯·戈麦斯（Felix Gomez）侦探—吸血鬼系列小说的作者。他的短篇小说入选了包括 Arte Publico Press 和《摩登酒鬼杂志》（*Modern Drunkard Magazine*）在内的许多选集。

人类之间的爱已经够复杂了。现在再来看看人类和非人类之间的爱。

首先，列出两种类型的非人类。第一类看起来或多或少跟我们相似。吸血鬼、天使、恶魔、瓦肯人、克林贡人。基本上，有两条胳膊、两条腿、一套私人器官，以类似人类的方式组合起来。你能毫无困难地在 Gap 或 L. L. Bean 给他们买到衣服。想象跟任何一个这类生物发生性关系，你都不会说："呃，这下麻烦了！"事实上，谁不想跟一个精灵在一起呢？

非人类又何尝不想跟人类在一起？甚至圣书（Scripture）里都写过。《创世纪》（*The Book of Genesis*）讲述了拿非利人（Nephilim）（也被称为巨人或天使，或者堕落者）看见人类女子的美貌，就随意挑选，娶来为妻。**明白我的意思了？**

第二类更加多样化，问题也更多。包括所有类型的生物。昆虫状的外星人。独角兽。龙。黏怪。僵尸。虽然僵尸是死去的人类，你可能认为他们应该属于第一类，但是整个腐烂的肢体以及在交配过程中变得支离破碎的可能性都令人作呕。垃圾箱的气味对于营造浪漫气氛可没什么用。想象与第二类生物做爱的情景不仅令人作呕，而且在某些州是违法的。

回避兽交暗示的一种方法是描写一种感官经验，而非性经验。类似心灵的融合。毕竟，心理治疗师告诉我们，大脑是最大的性感带（或许对你是这样），所以在特别恶心的情况下，可以通过心理互动来回避肢体接触。

例如，一个男性宇航员掉到了一个盛满女性外星黏怪的桶里。两人一见钟情。她说："哦，你能理解我。"

他说："哦，宝贝，你太惹火了！"

字面意义的。桶里的温度是华氏 110 度。他挥舞手臂。她溅起水花。他挥舞手臂。她溅起水花。接下来他忍不住在余波中沉入了梦想，由于她是液体，所以不需要争论谁睡在了被弄湿的地方。

言情故事要简单一点，因为它更多是关于情侣在感情层面对彼此的感觉的，这里的推动力不是性交，而是爱情。

写小说就是操纵感情。读者想要代入感，不要让他们失望，给读者他们关心并感同身受的人物。让你的读者大笑、哭泣，感受焦虑、期待、灼热的欲望、胜利、失望、后悔。

如果只是描写器官，你的叙述读起来就像人体解剖图。好吧，他是凸肚脐。她是凹肚脐。无聊至极。

不过不要让我打消你探索人类—外星人性描写的热情。尝试描写这个情景：一个女船长和一个聪明的章鱼科学家被困在一颗孤独的行星上。她有需要。他也有需要。他们之间有化学反应。她既好奇又渴望。他也是，而且他有数不清的触手。他们都是成年人了。写下这个故事，你就有可能成为下一个"妈咪情色"（mommy-porn）畅销书作家了。我甚至可以送给你一行金句——她呻吟道："哦，宝贝，你能以这么多种不同的方式触摸我。"

练　习

1. 描写你的主人公第一次被未来的爱人吸引时的情景。使用主观视角。

2. 仅通过感情描写，描写两个不同物种之间的一次性行为。

3. 遗憾的是，凡事皆有终结。描写你的跨物种恋人中一方提出分手的情景。你知道的：不是你的原因——是我自己。

9 场景构建和风格

没有经历过现实中极致恐怖时，所用之语是没有力量直击内心的。

——埃德加·爱伦·坡

简洁

杰克·凯彻姆（Jack Ketchum）著有 13 部小说，其中 5 部拍成了电影，他还写过很多电影剧本和中短篇小说。他四度获得布莱姆·斯托克奖，被 2011 年世界恐怖小说年会（2011 World Horror Convention）推选为会长。他与他的猫生活在一起。

对我来说，简洁对于真正优秀的作品是至关重要的，特别是在故事的开头和制造悬念时。让叙事见鬼去吧——随着故事的发展，你总是可以逐渐把它加进来。现在，在一开头，你想让读者跳过这些页。你想让他们直接进入主题。

埃尔莫尔·伦纳德（Elmore Leonard）在被问到如何让他的作品如此紧凑时说："我把人们想要跳过的部分都省略了。"除非身高、体重、头发的颜色或者阳具的大小对你的人物很重要，否则不要描写它们。除非风景本身就是一个重要的角色，就像在詹姆斯·李·伯克（James Lee Burke）、戈马克·麦卡锡（Cormac McCarthy）等人的某些作品中那样，否则就放到以后再说。

剧作家和小说家威廉·戈德曼（William Goldman）建议作家从尽可能接近结束的地方开始一个场景，冯内古特（Vonnegut）也说过类似的话。这是个好主意。跳过构建的过程，直接进入核心。这里是我的一个故事《小霸王》（Bully）开头的段落：

> 现在他开始一吐为快，他已经受够了这个地方，这见鬼的天气和流言蜚语，就好像我解开了他心里的某个结，让他把二十多年从没说过的话一股脑儿全说了出来，也许是因为他已经喝了三杯苏格兰威士忌，而我只喝了一杯，但我觉得有更深刻的原因。

> 我想他是在谈论他是谁，以及为什么。

这是一个记者在做采访。这时候我们还不需要知道他是谁，甚至他的采访对象是谁。不需要知道他们坐在哪里，是怎么谈到这一步的，或者他想从对方那里得到什么。这些都可以留到以后再说。我们在中途直接进入一件事情，这很重要，很经济。

注意这段文字只有两句话，第一句非常长。目的在于催促你一口气读完整个段落。长句子和断断续续的短句子能够在写作中制造悬停和张弛的韵律。下面是与我和卢奇·麦基（Lucky McKee）合作的小说《女人》（*The Woman*）中的一段话，将两段文字做对比：

> 疼痛。从肩膀到膝盖贯穿了她的身体。拳脚落在她身上，就像波浪拍打海岸。但是这种疼痛是可以忍受的。没有生孩子那么疼。疼痛只说明一件事。活着。

短促、破碎、紧张的句子。片断。结结巴巴的文字。就像。我现在。写的。这样。

这两种类型的句子有什么共同点？再读一遍摘录的段落。

二者都包含了相关人物的丰富信息。

简洁。

练　习

1. 从一件事情的中间开始写一个开头段落。确保你的第一句话就让我们进入状态，而接下来的段落是对第一句话的充实。这不是偏离主题的时候，你的故事正要开始上演。

2. 用断断续续的短句子写一个开头段落。然后用长句子重写这个段落。掉转顺序，再写一个段落。

运用你的感官

雷恩博·里德（Rainbow Reed）是 The Wicked Come 的常驻诗人/作家。她的诗作被收录在许多选集中，热衷于探索世界的黑暗面。她是暗黑浪漫/哥特恐怖诗集《邪恶降临》（*The Wicked Come*）（Lost Tower Publications）的作者。她现在正在创作暗黑奇幻小说《托尔西安编年史》（*The Torcian Chronicles*）。

我创作暗黑奇幻小说和暗黑浪漫/恐怖诗歌。下面这些技巧对于写故事和写诗都用得上，因为这是一种简单而生动的方法，让你的世界向读者敞开，吸引他们进入你创造的世界。

写作时，你必须在尽可能短的时间里，用尽可能少的篇幅讲述故事、设定场景、塑造可信的人物，以便立刻吸引读者的注意力，鼓励他们继续阅读。篇幅是宝贵的，所以要谨慎地使用。篇幅太长，读者会流失；篇幅太短，他们则无法理解你的作品。

有一种设定作品场景的方法，可以不让读者被大量的描述性叙述压垮，即运用“五种感官技巧”。感官包含了你在写作中能够发掘的心理感受、回忆和感情。你在邀请读者进入一个新世界，因此他们应该能够感觉、听到、看到、尝到和闻到它！

视觉。这是你的写作在读者心中创造的图像。读者应该能够通过想象理解你的世界，与之建立情感和想象的联系，因此你的写作应该提供进入你的世界的路标，而不是决定它是什么样子。

在我的诗《献身》（Devotion）中，第一段描写了一个幸福的新娘在婚礼上的照片……

在你的床头，
摆放着这张照片：

幸福的婚礼，
充满爱意的温柔眼睛，
蔚蓝的海洋，
阳光般的微笑，
以及天使的面庞。

读者立刻就找到了进入我所创造的世界的入口，房间里有一张幸福的新娘的照片，但是他们不知道她的容貌，因此可以在自己心里描绘一幅画面，塑造他们自己的“梦中情人”。他们也不知道是谁在看这张照片，尽管大多数人会想象是她的丈夫。

通过运用视觉，读者第一次看到了你的世界，在还没有全面探索之前建立了他们自己的想象，而且他们抱有疑问，鼓励他们继续阅读，去获取关于这个世界的更多信息。

触觉。作为人类，我们时时刻刻都在触摸周围的环境。我可以肯定你现在就在触摸某件东西。我们会记忆和识别接触过的物体和环境，所以在写作中，你可以利用读者自己的记忆，来让你的世界感觉真实可信，吸引读者步步深入。仍然是越短、越具有描述性越好。例如，《献身》的第二段，她床上的枕头“撒满玫瑰花瓣”，就很简单地引入了触觉。

读者立刻就会回忆起他们自己接触柔软、湿润的花瓣的感觉，这又给了他们探索你的世界的方法。不过，他们仍然抱有疑问：是谁在枕头上撒满了花瓣？照片中的女孩发生了什么事？她摆出了一个唯美、浪漫的姿势吗？写得越少，读者想象的就越多。

嗅觉。嗅觉是最能唤起感情的感官之一。读者一生都在运用嗅觉，你可以利用它吸引他们进入你的世界。死亡的气味直接指出发生了不好的事情，香味蜡烛可能唤起某些性感的回忆。气味能够迅速设定故事的氛围。在《献身》中，我在第二段描写没有铺好的床和皱巴巴的床单时引入了气味。

你的香气流连
萦绕在柔软的枕头上。

读者会回想起玫瑰的香气，或许触动了他们头脑中的某一段回忆，而故事仍然尚未展开。在《献身》中，玫瑰的香气对读者是一种暗示，让他们想起自己得到玫瑰花，或者阅读一个爱情故事的经历。

味觉。味觉通常能够唤起个人的情绪反应，与人们自己的回忆和经历紧密联系，因此能够成为让读者对你的故事产生感情的宝贵工具。像巧克力一样的美味可以跟愉快的经验联系起来，在读者心中唤起愉悦的感觉，而苦味会制造愤怒、怨恨或紧张的感觉。例如，在《献身》的第三段中，故事逐渐展开，观察者注意到女孩的唇膏。

草莓味的唇膏，
我们喜欢的味道，
我必须拥有它。

读者立刻就能理解和想象草莓味唇膏的味道，从而从感官上品尝到展开的情节。不过，仍然有等待回答的问题。观察者为什么必须拥有这支唇膏？这种行为出自丈夫、男朋友，还是某个坏人？通过草莓味的唇膏，怀疑突然产生了。

听觉。噪音能够激起读者各种各样的反应。一些经典的电影片段就是用声音创造的，比如《大白鲨》的主题曲、《闪灵》中杰克·尼克尔森“乔尼在这儿”的呼唤，以及《惊魂记》中浴室场景的配乐。人们会记得声音并产生情绪反应。你可以利用这一点来在读者心中制造积极的或消极的反应。鸟儿歌唱、溪水潺潺和婴儿咯咯的笑声会让你的读者微笑，空楼梯上回荡的脚步声则会制造恐惧。所有的读者都听过让他们开心或害怕的声音，因此你能够在写作中利用它。在《献身》中，我用声音来预示着故事将转向黑暗的一面：

你动了，醒了。

穿过天窗，我独自离开。

现在读者应该感到不寒而栗，意识到这不是一个浪漫的丈夫的举动，而是来自某个坏人。

练　习

在写作中运用“五种感官技巧”来创造你的世界非常简单。

开始写任何东西时，我都把这五种感官写下来：味觉、触觉、视觉、听觉和嗅觉。当作品中包括了其中一项时，我就把它划掉。

感官在故事中出现的顺序应该顺其自然，所以只要有道理，任何顺序都行。不过要保证你的描写吸引人和切题。

通过运用五种感官，你就能从感情上吸引读者，利用他们自己的经验将他们带入你的世界中，让读者用他们的感官去感受你的作品，唤起恐惧、幸福或者不祥的感觉……这一切选择都在你。

真实

J. 米歇尔·纽曼（J. Michelle Newman）即将完成她的第一部历史奇幻小说《错误骑士》（*Mistaken Knights*），并且正在尝试通过尽可能节约每一度电拯救世界：她兼职创办了一家为中小型企业提供绿色能源解决方案的公司。

在一位代理人把我的小说归为奇幻类之前，我一直相信自己写的是历史小说。对我来说，小说的世界是基于历史的，或者至少在关于食物、服装、动物、建筑和武器等方面基于16世纪已知的历史事实。我通过在这个非常真实的16世纪的基础之上加入奇幻元素来构建我的世界：时间旅行、传说中的人物、魔法和神话中的野兽。对我来说，我的小说世界因为三维的人物和风景而变得真实。我能在心里看到每一幕场景的风景，体验到人物的感觉。我写作自己喜欢阅读的东西，我喜欢沉迷在小说中，逃避到另一个世界，所以我从来没有问过龙是不是真的存在！

作家的职业就是要创造一个有龙的世界，让读者沉迷其中，相信作者告诉他们的任何事情，即使是纯粹的幻想。要真正沉迷在小说中，读者必须能够跟随人物一起经历小说中的行动，进入人物的身体，感觉他们的感觉，用他们的眼睛看世界。

如果你完成了作为作者的任务，读者会在你的人物采取行动之前就预见到他们的行为，就像在真实的社会情境中一样。1978年，普雷马克和伍德拉夫（Premack and Woodruff）在他们的文章《黑猩猩有心理理论吗?》（Does the Chimpanzee Have a Theory of Mind?）中首次提出了这个概念，即识别本人和其他人的“目标、意向、知识、信念、思维、怀疑、猜测、伪装、喜好”等心理状态，以及基于这种判断解释人类行为的能力。

丽莎·祖珊（Lisa Zunshine）在 2006 年出版的《我们为什么读小说：心理和小说理论》（*Why We Read Fiction: Theory of Mind and the Novel*）中说，我们的“心理理论”或“心理阅读”倾向是我们阅读和写作小说的原因：“小说叙事满足了我们饥渴的心理理论，心理阅读给我们机会，带我们进入精心营造的、情感和审美上引人入胜的社会情境。”

我的即兴表演老师梅拉妮·查托夫（Melanie Chartoff）经常告诉我，要让一个场景真实：停留在那个时刻，让你的身体进入那个世界，与其中的物体互动。如果你相信那个世界真的存在，读者也会。写作也是如此。如果你的人物慢下来，去看、去感受、去跟周围的环境互动，那么读者也会相信这个新的现实。

所以现在的问题就是如何令其真实。在你开始写作前就想象场景中的景色。通过感官体验描绘那个世界，让你的人物对输入做出反应，服从牛顿第三运动定律：有作用力就有反作用力。

综合视觉、嗅觉、听觉、触觉和味觉，令其可以感知。为读者提供他们能够从现实生活中轻易识别的具体细节，这样他们就有了与你故事中的“新”世界或“新”现实相比较的基础。想象你的人物走在这个世界中，与景色中的目标互动，而不仅仅是罗列它们。如果读者要跟人物一起体验这个世界，它必须是三维的和真实的。我在开始写作前必须看到这个世界。如果它感觉真实，那么对我来说就是真实的。

尝试这种技巧，看它对你的故事是否有用。每一次修改都让场景变得更丰富、更可信。不要急于求成。多花点时间来令其真实。

练　习

1. 选择你的故事中一个特定的时刻。开始写作前，试着想象场景的设定。可以是康沃尔的一处洞穴、诺森布里亚的一座城堡、布列塔尼的一座森林，或者纽约华尔街的一座摩天大厦，你想写什么都可以。描写这处风景（或场所），不要修改。确保你的人物全方位地观察这个世界，描写透过他们的眼睛看到的一切。

2. 重新阅读你的文字。其中包括所有五种感官吗？如果没有，修改它，加入缺少的感官。它的气味是怎样的？温度是怎样的？有背景噪音吗？

3. 你是透过人物的眼睛、通过他的视角描写这个世界的吗？进入人物的身体。在故事中这个特定的时刻，人物会注意到什么，为什么？在这个场景、这个时刻，人物通过他与环境的互动表现出他的感觉了吗？

4. 为了给读者提供理解的基础，你的文字中是否包括了某些真实世界的细节？例如，你可以描写一座茅屋里有一个鹅毛填充的睡袋、一个装满姜汁的玻璃罐和一个装有蛇蛋形状的护身符的盒子。如果读者能将这些东西与他自己的真实世界联系起来，那么你就可以在其中包括一些蛇蛋之类的幻想元素。

5. 你遵循了作用力和反作用力定律吗？

6. 再重新阅读一次并进行修改。记住不要着急，跟你的人物一起停留在此时此刻。

描述一道螺旋楼梯

莉莲·斯图尔特·卡尔（Lillian Stewart Carl）创作过多种类型的长篇和短篇小说。她作为《弗科西根联盟》（*The Vorkosigan Companion*）的编辑之一获得过雨果奖的提名，这是一本对洛伊斯·麦克马斯特·比约德（Lois McMaster Bujold）科幻作品的评论。她在得克萨斯过着隐居生活，享受书籍、填字游戏、音乐、针线和太极。

多年以前我跟一个人共事，他嘲笑我在说话时喜欢打手势。他抓住我的手说："现在描述一道螺旋楼梯。"

如果只能使用文字，你该怎样在读者心中形成图像？

我从小就注定要成为一名作家，我巨细靡遗地描述过祖母家的起居室，从凸窗到织着沙漠风光的挂毯［我认为描绘的是《东方三博士》（We Three Kings）］，从塞得满满的四层书架到堆满字典、报纸和填字游戏的牌桌。

一座20世纪的房子、一首圣诞颂歌、报纸——这个场景很普通。不过，在一个奇幻或科幻故事里却不是。罗列每一幅画面、每一种气味、每一种声音是一种诱惑，这样读者在你抽掉他们脚下的地毯之前能够知道自己站在哪里。

在《克苏鲁的召唤》（*The Call of Cthulhu*）中，H. P. 洛夫克拉夫特这样描写一尊小雕像："这东西充满着恐怖和非自然的恶意，臃肿的身躯邪恶地蹲踞在台座上……"

"非自然的恶意"和"邪恶地蹲踞"之类的表达是叙述者介入：是告诉，而不是展示。在满满一页半的各种形容词之后，洛夫克拉夫特开始像个挥舞着激光笔的演讲者一样讲话。

J. J. R. 托尔金在《双塔奇兵》（*The Two Towers*）中描述了通往

戒灵之城的道路："在此，道路闪烁着微弱的光芒，通过山谷中央的溪流继续往前，曲折地通往城门……"

曲折地，这一个词就让画面跃然纸上。

或者看看《惑星历险》(*Forbidden Planet*) 中的一段对话，莫比厄斯将克雷尔实验室梯形的前门与我们适合人体形状的前门做对比，剩下的留给我们自己去想象。

在《记忆》(*Memory*) 中，洛伊斯·麦克马斯特·比约德描写迈尔斯回到了贝拉亚星球上的祖宅："弗科西根大宅位于中央……一道石墙围绕着它，顶端是黑色的熟铁尖刺。四壁由灰色的巨石砌成，两翼加入了一些怪异的建筑装饰，房前长满大簇的玫瑰。就差狭长的窗户、一条护城河，以及一些蝙蝠和乌鸦来点缀了。"

通过迈尔斯思想的自然延伸，参照熟悉的文化形象，比约德不仅向读者展示了贝拉亚刻板保守的传统形象，而且表达了迈尔斯的情绪——他不认为他的家是一个舒适的地方，而是一座阴森的堡垒。

在《火星编年史》(*The Martian Chronicles*) 中，雷·布拉德伯里也使用了类似的景象，并将其随意扭曲，营造出异星的感觉："火星上一片空旷的海滨，耸立着一座用水晶圆柱修筑的房屋，那儿便是他们的家。每天清晨，都可以看见凯太太品尝那些从水晶墙上长出的金色果子，或是手捧磁尘，清扫房屋。这些磁尘可以吸附所有的脏东西，热风一吹便没了踪影……你可以看见凯先生在他的房间里，阅读一本布满浮凸字符的金属书。他用手抚弄着书本，像在弹奏竖琴。手指抚过之处，便有一个轻柔、古老的声音娓娓吟唱，吟唱海滨还是一片红色雾气之时，古代的人们率领成群的金属虫子和电子蜘蛛投入战场的故事。"

我在获得西奥多·斯特金纪念奖的短篇小说《欢乐宫》(Pleasure Palace) 中是这样设定场景的："瓦里纳转身向舷窗外望去。木卫一龟裂、蒸腾的表面展现在她眼前。昨天的火山喷发已经开始变暗，转为橘色；很快履带车就会为了商业目的去采样测定矿物含量。一束岩浆柱在遥远的地平线升起，吞噬了群星；深深的裂隙闪烁着红光。撒旦等待着那些粗心大意的人，一个滑下熔岩坡裂口的漫游者，一辆陷入岩浆池边缘的履带车。一幅波希（Bosch）描绘的中世纪地狱，伴随着被诅咒的人们的哭喊——除了我们，瓦里纳想，被诅咒的我们。”

历史和现代小说作家安娜·雅各布（Anna Jacobs）提供了一个适用于任何类型的例子。版本 A：“环形山谷中坐落着一座小城，一条河流蜿蜒而过。围绕山谷的群山覆盖着森林，夏天开满野花。”版本 B：“她禁不住停下车子极目远望。她从没见过这么美丽的城市——宽阔的街道，开满鲜花的花园，人们在广场上闲庭信步或者停下脚步交谈。‘我想住在这儿。’她大声说。脚下的河流反射着阳光，微风穿过树林发出沙沙的响声，她感到无比放松，紧张感烟消云散。她微笑着回到车上。他不可能到这个地方来找她的，不可能。”

我们已经开始追随故事了！

练　习

1. 描写你的写作空间。

无论是书桌还是电脑。哪些细节揭示了你的个性？我可以说我在办公室里保留了几件玩具。或者说我有一个电影《勇敢传说》（*Brave*）中的梅丽达的玩偶，红头发、拿着弓箭，还有一个《魔戒》系列中伊欧玟的活动公仔，配有剑和矛。

有意思的是，我出版的第一本小说《萨巴泽尔》（*Sabazel*）写的就是一个亚马逊女王的故事。

2. 描写一个真实的地方，或许是一个度假胜地。

苏格兰雾气蒙蒙的早上，空气中弥漫着浓浓的煤烟味？南海的波浪拍打着海岸？那里的谁发生了什么事，为什么？那真的是煤烟，还是一个纵火犯点燃了房屋？拍打海岸的波浪是不是因为在岸边不远处，鹦鹉螺号正在浮出水面？

永远不要把风景当成静态的。

3. 用同样的方法描写一个想象的地方。

就像在诗中一样，每个词都要物有所值。要具体。选择有力的词汇，不仅要表现那里有什么，而且要表现观察者的感受。将描写和叙事整合起来，而不是彼此独立。描写跟场景设定都能揭示人物和动机。

让螺旋楼梯把读者带到故事中吧！

改掉使用“是”这个词的习惯（跟主动式动词交朋友）

乔迪·林恩·奈（Jody Lynn Nye）出版过 40 本书，包括与安妮·麦卡弗里（Anne McCaffrey）合著的《胜利之船》（*The Ship Who Won*）、一部关于母亲的幽默选集《亲爱的，别忘了你的航天服》（*Don't Forget Your Spacesuit，Dear*）以及一百多部短篇小说。她最新的作品是《帝国观察》（*View from the Imperium*）（Baen Books）和《罗伯特·阿司匹林神话选》（*Robert Aspirin's Myth-Quoted*）（Ace Books）。

动态写作只要几个词就能把读者带入你的故事中。许多新作家没有意识到，他们特定的句法结构拒读者于千里之外。他们有太多的句子是用“它是”、“他们是”、“他是”开头的。我知道，因为我也曾经是这样的新作家之一。

在职业生涯的早期，我在畅销科幻小说传奇人物安妮·麦卡弗里的帮助下创作一部作品。她让我注意到自己对“是”（was）这个词的过度依赖。安妮温柔而坚定地指出我在哪些地方让读者失望了。因为忽视了如何使用正确的语言将我的美丽造物呈献给读者，我在构建自己的世界时遇到了许多麻烦。我剥夺了人物和环境之间本来可以令人满意的接触，让它们变得遥不可及。如果让我为自己辩护，我会说我不是太经常犯这样的错误，只是到了破坏安妮对流畅叙事的感觉的程度。她让我更加注意对动词的选择。

“是”最主要的问题在于，它会导致懒惰的写作。会让作者告诉，而不是表现。举一个最常见的例子，糟糕的写法当然是：“这是一个黑暗的暴风雨之夜。”看看爱德华·布尔沃-利顿爵士（Sir Edward Bulwer-Lytton）在他不朽的短篇小说开头的写法是不是更好：“大雨倾盆，在伸手不见五指的黑夜里，像冰冷的子弹一样打在倒霉的旅行者身上。”或许。不仅辞藻华丽，而且更加生动。提供切身的体验会让读者更加投入故事之中。被动的动词让读者与叙事产生被动的联系。如果你的目标是让他们积极地参与，那么就使用积极的动词。自然，也有一些时候你不想让读者的情绪牵扯进来。这个练习将帮助你在下意识地这样做时改正错误。

即使你认为非战略性地使用“是”没有什么大不了的，磨炼你的技艺也有益无害。这里是留给你的作业。

练　习

写一个 2～5 页的动作场景。你必须创造背景，介绍并描绘一个或更多人物，描写一场打斗、一次大胆的逃亡或者一次浪漫的邂逅，不要使用“是”这个词。(无论过去时还是现在时。)

寻找积极的动词来代替每一个老套、乏味的陈词滥调。反复阅读，保证没有放过每一个这样的动词（除非是在对话中的恰当位置)。你会惊讶地发现，你的场景变得丰富多了。读者会喜欢这种差别。

24 世纪的惊奇

斯科特·鲁本斯坦（Scott Rubenstein）写过 30 集电视剧集，包括《星际迷航：下一代》、《警花拍档》（*Cagney & Lacey*）、《神探亨特》（*Hunter*）、《百战天龙》（*MacGyver*）、《夜间法庭》（*Night Court*）、《朝九晚五》（*Nine to Five*）和《细路仔》（*Diff'rent Strokes*）。除了担任三档综艺节目的剧本编辑之外，他还是 Showtime 的获奖纪录片《别怕发笑》（*Not Afraid to Laugh*）和《孔雀蓝调》的执行制片人。他在加州大学北岭分校和 USC 担任了 10 年的兼职教授。

那是 1988 年。我望着《星际迷航：下一代》的执行制片人莫里斯·赫尔利（Maurice Hurley）。我的脸上挂着微笑。我和创作搭档列纳德·蒙洛迪诺（Leonard Mlodinow）跃跃欲试，准备成为这部正在热播的最具创意剧集的编剧成员。

我成长在一个热爱科幻小说的家庭。很长时间里我都以为埃德加·赖斯·巴勒斯（Edgar Rice Burroughs）和雷·布拉德伯里是我的亲戚。在某种意义上他们就是。总有人在阅读“火星上的约翰·卡特”的故事，连我妈妈都对《火星编年史》着了迷。

不过这篇文章是关于惊奇的。惊奇的定义是“对意料之外的东西感到好奇和惊讶”。这是对《星际迷航：下一代》的完美描述。这部剧集的故事发生在 24 世纪，所以势必充满了惊奇。遗憾的是，这里讨论的第一个惊奇发生在 20 世纪。

在我们与《星际迷航：下一代》剧组会面之前几天，我们的代理人打电话来，说这部剧集的制片人很喜欢我们，所以我们什么都不需要准备。我们只要准时出现，证明自己不是什么怪胎就行了。我们可以正常表现。我们的确准时出现了，但是在正常表现了 20 分钟之后，制片人问我们为什么来。惊奇。

我解释说我们到那里去是因为我们准备成为剧组成员。他说："不。"这个剧集很难写，任何人想要成为剧组成员都得先试写一个剧本，然后他问我们有什么创意？更大的惊奇。

我的第一个念头是，我得给很多朋友和亲戚打电话，告诉他们我们没有成为这部剧集的编剧，然后我要杀了我们的代理人。这时候我需要从作家的魔术袋里变出点什么来，而且要快。

在告诉你后来发生了什么事之前，我要告诉你这一刻我明白了什么叫惊奇。

惊奇是我经常选择的武器。我从很早就学会了使用它。我知道我不是班上最聪明的孩子。劳拉·沙伊娜（Laura Scheiner）和罗尼·利普金（Ronnie Lipkin）才是。我不是最英俊的。似乎每个人都比我英俊。作家要学习的第一课：你越笨，会讲的笑话越多——例如，改编自你所遭遇的出人意料的惊奇现实——你成为一名成功作家的机会就越大。当你试图推销某个创意——无论是向好莱坞还是文学世界——幽默感很重要，但惊奇是最重要的。而且，在不计其数的创意中，必须运用惊奇的元素来让你的创意与众不同。通常，如果连你自己都对它感到惊奇，你的读者也会。

我第一次参加大学的舞会。我从来没有邀请过女孩跳舞。我看到一个美丽的姑娘站在舞池边，随着乐曲的节奏摇摆着身体。当时的我没有想到，这件事不仅让我找到了自己的男子气概，而且帮助我成为一名成功的作家。我认为她也没想到。

我邀请她跳舞。她加入舞池中摇摆的人群，跟随着乐队的节奏。我飘飘欲仙。我意识到想要整晚跟这个姑娘在一起，就得让她跟我跳第二支曲子。我跳第二支曲子的经验非常有限。所以我需要战略。我需要计谋。一曲终了的尴尬时刻来到了，我问了她的名字。她告诉我她叫梅洛迪·马丁。她问我叫什么。我停顿了一下说："十三。"

"十三？"她重复道。乐队又开始演奏。她停顿了片刻，然后开始跳舞。我告诉她在我之前，我的父母已经有了十二个孩子，他们再也想不出名字来了，所以就叫我“十三”。她大笑起来，我们一起跳了两个月的舞。

我从生活中学到的窍门对写作大有裨益。不过我知道，如果你事先没有做好准备，你就可能掉在屎河里，既没有桨也没有船。

在这次改变命运的制片人会面中，我和我的搭档是在一条24世纪的河流中逆流而上。一群作家—制片人在等着看我们的创意，而我们的代理人告诉我们“不用准备”。

所以我从剧中的一幕开始。年轻的海军少尉韦斯利第一次坠入爱河。我对这部剧集不够熟悉，所以不知道他们是不是已经拍过这个情节了。每部剧集都会有这么一集，但是像我们这样的初学者还没写过。幸运的是，他们让我们继续。他们看起来已经坐不住了，急切地等待着一个有趣的故事，而我祈祷我的潜意识能帮我想出一个来。我继续编织故事。我讲到来自另一个星球的一位年轻女领主，企业号需要送她返回她的母星。每个人都在点头，到目前为止似乎进展还不错（包括我的搭档，他根本不知道我要做什么）。我觉得有必要让他们惊奇，而我知道我将要讲的东西会让他们惊奇，至少它让我惊奇了。然后我笑了笑。女领主年轻美丽，很像人类。但是韦斯利惊讶地发现她是个变形者。然后是几秒钟如同坠入黑洞一般的停顿。然后每个人都很高兴，我们进入吉恩·罗登贝瑞（Gene Roddenberry）原来的办公室，成了这部剧集的剧本编辑。

练　习

这个练习来自我给学生们布置的作业，目的是让他们在写作中运用惊奇。这也是我给自己布置的家庭作业。这些技巧会帮助你的潜意识释放出秘密的宝藏。

1. 首先必须认识到，基于反馈和你自己的困惑，你的写作在某些地方出了问题。你不是写不下去，就是写得太老套，或者太狭隘、太表面、太平淡。这个练习的目标就是解决这个问题。从你的剧本或书稿中选择一个 2～5 页的场景，重新复印或打印一份。你要带着这部分内容参加一次创意训练营。

2. 如果是情节剧，把它改写成喜剧。全情投入，榨干其中全部的喜剧潜力。如果是喜剧，把它改写成情节剧，深入挖掘剧本的潜台词，寻找其中固有的戏剧性。现在读一遍你写的东西。什么地方让你惊奇？你有没有通过潜意识发现某些东西，可以更新、深化或扩展你的作品？

3. 阅读作品的这个部分和其他部分。换个角度，让你自己和读者感到惊奇，尝试其他形式的改写，你的创造力会让你惊奇：

（1）在截然不同的历史背景下写作你的故事。如果是一部科幻小说，把背景设定在 24 世纪、西部时代或者伊丽莎白时代。看看你能否发现一些惊奇的元素，用在原来的故事中。

（2）改变人物的性别，这样一来，他们的选择、动机和行动都会令你惊奇。完成这一步后，你会有所收获。

（3）选择一个场景或一章，找一个跟你的故事没有任何关系的完全原创的地点，把你的人物和环境放进这个地点。寻找让你惊奇的元素。

惊奇总是能吸引读者，让人手不释卷，它能帮助你走出角落，进入职业写作的生涯。

打碎罗盘

兰斯·马兹马尼扬（Lance Mazmanian）有在好莱坞各个预算等级上数千小时的实际工作经验，与顶级导演、制片人和剧组合作过。他在键盘上耕耘了几十年，创作电影剧本。他也在电影和电视剧发行的迷宫中探索。

杀死你自己。

没想到吧？

对于一个创作故事，或者编织语言、人物和环境的电影编剧，我坚信其首要任务是独创性。是的，我知道，已经没有什么东西是没人写过的了（正如威廉·莎士比亚所言），但是在努力寻找独创性的语言和世界的过程中，我们经常能够发现至少有两个词汇或两个创意，是以前没有人放在一起过的。

用一个类比来说明：

假设你的剧本中有一辆法拉利 F12berlinetta 超级跑车，当然是银色的。它正行驶在一条普通的道路上，前方是一个普通的十字路口。绿灯。

这辆意大利超级跑车是要左转、右转、直行、掉头往回开，还是停在原地？

都不是。跑车急速驶过十字路口，直冲云霄。然后消失了。

出人意料。但是这本来是平凡的一天，不是吗？除了飞翔的法拉利。

再强调一遍：这是一个类比；不是重复《回到未来》（*Back to the Future*）或《银翼杀手》（*Blade Runner*）的情节。这只是一个出乎读者意料的例子。同样的技巧也可以用于对话、人物选择、过渡、位置等等。

当然，如果你只是搞出了一个拼凑的怪物，一面是绿色的，另一面是镜面，那么结果很可能是不仅缺乏背景，而且不能适用于任何电影现实……更不用说会看上去很疯狂，就像把苏斯博士（Dr. Seuss）硬塞进埃丽卡·容（Erica Jong）的小说中一样。

所以，诀窍在于将这些新颖的创意放在熟悉、正常、安全的环境中（特别是如果你写的是科幻小说或恐怖小说）。这需要技巧，真的需要。毕竟不是每个在刀锋上行走的人都能成为比尔·莫瑞（Bill Murray）。

在上述方面，有四个人尤其擅长独创性的混搭：昆汀·塔伦蒂诺、查理·考夫曼（Charlie Kaufman），当然还有科恩兄弟（Coen Brothers）。在这些人的电影和剧本中，我们通常都在透过某种偏离常规的透镜看世界。这非常有效，他们每个人都留下了经常被模仿的独创性（或者经常被模仿的独创性的改造）。

练　习

想象上文提到的那辆法拉利突然冲进你的起居室，没有人受伤（感谢上帝）。但你的第一反应是什么？你做了什么？

想象那个最初的、直觉的、预料之中的反应。把它记下来。现在再做另一件事。想象时间忽然停止了，你有几秒钟时间可以考虑下一步“其他”可能的第一反应。记下来。当然，它应该与第一次的反应不同。

现在，再次让时钟停止，考虑：对这辆突然出现在沙发旁边，不请自来的美丽的银色法拉利，另一种（第三种）可能的第一反应是什么？记下来。你可能要停下来想一会儿。我的意思是，对这件事究竟有多少种可能的反应？

好了，已经有了三种可能的反应。一、二、三。现在来看第四种。

很有可能，这第四种反应是你最不容易想到的，因此，当然也是读者最不容易想到的。

为什么要进行这样的深入挖掘？因为意料之内和俗套是糟糕的，即使最优秀的作者第一次写出的文字/创意也可能不能用。从最初的努力开始经过四个步骤，有时候可以清除所有业余的情形。随着时间的推移，这会成为一种自动的、接近实时的自我编辑形式。

现在该上主菜了：将这个练习的范式用于场景、人物构建、对话、反应等等。

我称之为文学创作的四访客法则：第一个访客是通常的、明显的、“直觉的”选择；第二个访客稍稍深入独创性的领域；第三个访客通过“矿井中的通道”；第四个访客来到女王居住的地方。

当然，不要因为我的话就放弃尝试第五、第六、第七、第八种选择。

最后让我澄清一点：上面说的一切绝不意味着你的意识流最初产生的文字和创意一定不精彩。它们可能很好，但它们也有可能不好。

有很大的可能，我们作为作家的第一选择是最脆弱的。我们中一些人有编辑和合作者能够提供帮助，向我们指出犯规和陈腐的肥皂剧情节，迫使我们去进一步探索更有趣的选择。

但是我们中有些人身边没有编辑和代理人。在这种情况下上述练习会有帮助。

继续前进吧。

黑暗画卷：营造诡异的氛围，为不祥之兆埋下伏笔

西蒙·克拉克（Simon Clark）1995 年出版了第一部小说《心钉》（*Nailed by the Heart*），之后在恐怖—惊悚邪典《血腥疯狂》（*Blood Crazy*）中制造了许多噩梦，他的其他小说包括《陌生人》（*Stranger*）、《复仇之子》（*Vengeance Child*）和《高塔》（*The Tower*）等。他的最新作品是回归他的吸血鬼神话系列的《吸血鬼新娘》（*His Vampyrrhic Bride*）。克拉克跟家人住在英格兰北部，笼罩着浓厚神话氛围的约克郡。

“哦，太可怕了！”当你阅读一个好的恐怖故事时，你的反应可能是这样。不过这段恐怖的文字呈现的是什么？是狼人发起攻击、吸血鬼猛扑上前，或者怪兽高声咆哮吗？或许不是。我非常肯定这种战栗从故事的前半段就开始顺着你的脊柱蔓延了，例如，当人物第一次看到那幢鬼屋时。

我写恐怖小说。我的任务就是吓唬人。但我的目标是以一种诱人而愉悦的方式吓唬人。很多刚开始创作恐怖小说的作家急不可耐地让男主角或女主角进入一场血腥屠杀，来让读者震惊或恶心。事实上却过犹不及，读者很快就会厌倦。

如果我们都同意最好的恐怖小说在真正的恐怖行为发生之前需要精心设置场景，那么跟我一起做下面的练习吧。

在触及练习的本质之前，我可以告诉你为什么它对我自己的写作非常重要。正如我已经说过的，我的任务就是吓唬人。所以当我描写一座房子，或者描写天气时，我都很注意不能简单地描写建筑物或雨水。我问自己能用哪些带有诱导性的词告诉读者，灵异事件即将发生，或者主角正在朝着危险一往无前。

要说明这一点，最简单的方法就是举一个我写的这类小说的例

子。下面是我的《复仇之子》开头的段落。

> 午夜，大雨如注。猛烈地冲刷着大宅。雨水击打着窗棂。在天井中发出巨大的轰鸣。这是天国的子弹。是战争的声音。就像大地正在被从上方入侵。不留俘虏。将宅邸夷为平地。

我为什么要以这样一种方式写作小说的第一段？完成练习时你就会找到答案。而且，很有可能你的小说会让读者不寒而栗并喃喃自语："哦，太可怕了。"

通常，怪异小说会包含一些近似催眠暗示的词语。意思是，它们将某种神秘事件即将发生的观念植入读者心中，让他们认为人物将面临来自超自然的危险。这些关键词语的运用可以称为"恐怖的语言学"。

查尔斯·狄更斯的《信号员》（*The Signal-Man*）非常值得研究。这个骗人的鬼故事从主人公去拜访一位信号员开始，后者在一条铁路边守着他的信号箱。在故事的开头，主人公凝视着从隧道中穿出的铁路。注意下面这段文字中那些强烈诱导性的词语：

> 一个黑洞洞的隧道口更显阴沉——这个庞大的建筑显得粗野险恶，令人压抑。这里几乎不见阳光，有一股难闻的泥土气味，凛冽的寒风呼啸而过，使我不禁寒战，仿佛我已置身于世外。

一个不那么有天赋的作家可能会这样写："铁路从漆黑的隧道中穿出。"天才的狄更斯运用语言的技巧令读者难忘。他用"黑洞洞"和"阴沉"强调了这个地方光线不足的事实。"几乎不见阳光"说明了问题。他用"粗野阴险"描述这座建筑，为其注入了暴力的气息。接下来，"难闻的泥土气味"又强调了这种威胁。狄更斯渲染了这个地方阴冷、诡异的氛围，通过人物仿佛已"置身于世外"的感觉来让我们为超自然的恐怖做好准备。

这些练习的目标是：学会如何运用文字的力量把普通转化为不普通。例如，用这种编织文字的方式描写一幢房子，它就会变成一座吓人的鬼屋。加以练习，你就能学会运用恐怖的语言学。你将以一种诱人而愉悦的方式吓唬读者，而他们还想要更多。

练　习

通过以下作业练习这个技巧（每道题目半页纸就够了）：

1. 描写一幢鬼屋。首先，使用直白的语言。例如，“这幢房子是砖造的。窗户对着公园。”然后插入诱导性的语言，为房子注入不祥的气息。像这样：“这幢破败的老房子是砖造的，颜色像血一样红。窗户对着公园。像冰冷的眼睛，凝视着树木的幽闭王国和夜晚的暗影。”

2. 描写一个邪恶的人。尝试用诱导性的语言暗示这个陌生人身上有某种危险的缺陷。注意眼睛。例如，“他的眼睛中闪着恶魔般的光”，或者“鬼火在她眼中闪烁”，或者“在这个陌生人的眼中，她瞥见了一千个孤儿的痛苦”。大胆冒险吧！

3. 运用恐怖的语言学，描写一条河流从城市的桥下流过。

4. 描写一棵不祥的树，很久以前女巫经常在树下徘徊。树枝像弯曲的手指抓向天空？“野兽般的树干”俯视着道路？“树皮上畸形的纹路”就像邪恶的面孔？投下的阴影“将草地遮蔽在黑暗中，让人的血都变冷了”？

当微风穿过树叶，发出怎样的声音？叹息？低语？窃笑？你能描写一棵树，就像在描写一头恶毒、残暴的怪兽吗？或者你描写这棵忧郁的老树的方式，让读者感觉他们好像看到了在那里结束生命的悲剧受害者？

当然，你可以继续练习，让你的描写更加黑暗。你也可以进行不同的尝试：描写在废弃的教堂中发现的一只猫、一个疯子的卡车，或者属于一个女人的金胸针，她囚禁了她的第一任丈夫——还有第二任、第三任！

暴力之舞

约翰·斯基普（John Skipp）是《纽约时报》畅销小说家和编辑、僵尸教父、血腥文学（splatterpunk）的代表人物、异超人（Bizarro）元老，以及文化潮人和电影制作人，他住在洛杉矶，为特定类型的爱好者制作疯狂的艺术—娱乐作品。

有那么多作家完全不知道如何呈现一个动作场景，这经常令我感到惊讶。如果你就没打算写动作场景，当然无所谓。或许，在花费好几个月将复杂、难忘的人物编织进丰富、精巧的叙事之后，你认为最困难的部分已经完成了。

但是如果你的整个故事试图营造的大惊喜不幸成为书中最无聊的部分，请考虑下面将要介绍的必杀技。

有很多方法可以搞砸一个动作场景。其中最主要的有：缺乏即时性、多余的细节、松散的语言，以及一般意义上的不可信。

如果你经历过现实生活中的暴力冲突，你会知道这种情感投入来得多么强烈而直接，带来的冲击多么让人眩晕，而特定关键时刻的出现多么鲜明。

这就是为什么表现冲突的电影语言从全景镜头中两个人对打进化到手提摄影机跟踪拍摄，再到疯狂的主观视角镜头面对拳头、脸、刀子和伤口，从超高速快进到子弹时间——运用了教科书中所有可能的技术手段。

但是在写小说时，没有你能用来让事件加速或减速、推进或撤销所造成的破坏的神奇按钮。

这是基于事件，而不是基于思考的写作。一切都取决于你如何安排和计划。谨慎地选择语言、空格、标点符号；严格地做编辑，并且一丝不苟地关注细节。

一个经典的例子是威廉・戈德曼的《燥热》(*Heat*)［在英国出版时书名叫《利器》(*Edged Weapons*)］中的一个章节，在 18 秒内，主角只用一张信用卡就干掉了两个拿枪的家伙，作者巨细靡遗地描写了每一秒钟的细节（据我回忆，每一秒钟对应一个极短的段落)。

这是现代文学中最精彩的动作序列之一，其成功之处在于：

(1) 平实的、富于推进力的语言，从不偏离重点或物理细节；

(2) 用直接的触觉调动感官，在你心中形成拳拳到肉的画面：你会觉得如果这一切是真实发生的，那么就是作者描写的样子；

(3) 心理和感情上的感受纯粹通过物理性来表达。没有题外话。没有旁白和回忆。纯粹聚焦于眼前的动作。

因为动作就是这样的。当你置身其中，是无暇考虑其他的。

我建议你将动作场景建立在这两种经验的基础之上：一个人物处于混乱的中心；在几个人物之间切换，螺旋式上升直到结尾的高潮。

相信我，没有什么比一个令人满意的高潮更重要（因此也没有什么比缺少一个令人满意的高潮更糟糕)。无论你的视角人物大获全胜还是死得凄惨恐怖，都必须物有所值。而且必须足够值得。

熟练地运用想象力，完成你的任务。如果你要造成伤害，必须是正确的伤害。(如果你做得不对，法医学的业余爱好者会质问你，现在这种人挺多的。）如果你利用传统的破坏方法（枪、汽车、炸弹、赤手空拳，等等)，要保证你知道它们在实际的暴力活动中是什么样子。

当然，如果利用怪兽，你的余地就大一些了；但是你的神秘生物越离奇，就越要求你把它的影响建立在真实可信的基础之上。

我倾向于在所有的作品开头使用激烈的动作场景，这会鼓励读者继续阅读下去。可以说，一个精彩的开头能够直接打动读者的心。或者面孔，或者灵魂，或者我瞄准的任何地方。

但是无论你是不是打斗类型的作家，这些技巧通常都是有帮助的。（准确地说，我将一切都当作对话来处理——包括动作。这能让文章保持尖锐和力度，写作和阅读都充满乐趣。）

练　习

创作一个打斗场景，交手的双方是你熟悉的两个人物。你可以用2～3页纸来进行背景设定，交代清楚暴力冲突发生前他们之间的一切。（他们可以是朋友、敌人、掠食者或猎物、人类或非人类。这些都由你决定。）

在接下来的2～3页，除了动作什么都不要写。从开始打斗的时刻，一直到他们中的一个倒下，或者两个人都倒下。

瞄准你直觉地认为有力量的语言。这里没有时间来卖弄聪明或诗意，除非你的诗长着真正的肌肉和牙齿。我建议你交替使用断断续续的短句和暴力意识流的长句。这个练习就是关于节奏、效果和动能的。

从根本上讲，动作就是人物。我们在打斗中所做的一切暴露了我们自己。多么勇敢，多么能干，多么恐惧，多么措手不及。

无论我们是谁，在那个时刻都暴露无遗。

额外奖励小贴士：如果你自己不是一个斗士，跟一些冷静、聪明的人交朋友，吸取他们的战略经验。如果有可能，让他们为你演示你的打斗场景，说明其中的缺陷，使其更加贴近实际。

仔细观察他们，问问题，做笔记。

你会很高兴这样做了。

最后：**别忘了说几句恭维话**！没有什么比得上真诚的兴趣。如果你都没有全情投入，别人也不会。

现在享受你精彩的动作场景吧！

10 技巧练习

如果医生告诉我，我只有六分钟的生命了，我不会陷入沉思。我会写得更快一些。

——艾萨克·阿西莫夫（Isaac Asimov）

你不需要什么

拉姆齐·坎贝尔（Ramsey Campbell）被《牛津英国文学词典》（*Oxford Companion to English Literature*）称为"英国仍然在世的最受尊敬的恐怖作家"。他在这一领域所获的奖项无人能及，包括1999年世界恐怖小说年会大师奖（Grand Master of the 1999 World Horror Convention）。他的长篇小说包括《必死的脸》（*The Face That Must Die*）、《午夜骄阳》（*Midnight Sun*）、《森林最黑暗之处》（*The Darkest Part of the Woods*）、《秘密故事》（*Secret Story*）、《黑暗的笑容》（*The Grin of the Dark*）、《该隐的七天》（*The Seven Days of Cain*）和《幽灵知道》（*Ghosts Know*）。他的选集包括《清醒噩梦》（*Waking Nightmares*）、《与恐怖独处》（*Alone with the Horrors*）和《就在你身后》（*Just Behind You*）。

我在庆祝从业50周年，我希望这意味着在这段时间里我学到了一些值得了解的东西（坐下来开始写作之前至少先想好第一句话；永远不要让灵感出现时手边没有笔记本或其他可以记录的工具；记住无论你的作品在写作过程中多么不令人满意，你总是可以重写……）。

我写恐怖小说，但是我认为我要说的通常也适用于广义上的写作。对我来说这不仅是一个练习，虽然它非常简单：找一种我依赖的元素，然后看看如果没有它会发生什么事。下面是我的做法：

我第一次发表作品是通过模仿H. P. 洛夫克拉夫特，其他作家也这样做［例如亨利·库特纳（Henry Kuttner）和罗伯特·布洛克（Robert Bloch)］。通过模仿学习技艺没有什么可耻的——伟大的画家和作曲家都是如此——不过我恐怕选择了洛夫克拉夫特最简单的东西来模仿，而不是他最炙手可热的作品（他最好的作品中很多是极尽冷静和克制的）。不过，在因袭他的传统写完一本书之前，我决定以跟他尽可能不同的风格写一个故事，只使用中立的语言——没有诱导性的字词，形容词也很少——主要靠对话来叙述，只描述最基本的行动。我得说这个故事［《斯坦利·布鲁克的遗嘱》（*The Will of Stan-*

ley Brooke)] 泄露了我的年少无知；16 岁时我还没有学会观察人，人物就像从一部描写古老乡间别墅的神秘小说中迷了路跑出来的。有时候，你需要等到有能力正确处理你的素材时再写作。

17 岁时我读了《洛丽塔》(*Lolita*)，爱上了纳博科夫富有品味的语言。他的影响至今仍然存在，但在当时，我的风格开始变得过度华丽。最后，为了抵消这种影响，我只能再次剥离巴洛克式的语言，采用跟《斯坦利·布鲁克的遗嘱》类似的方法。结果，《长袜》(*The Stocking*)让我聚焦于人物之间的互动，使文章清晰明了。我建议你任意搭配使用更多的文风，这能使你的作品更加生动流畅。我发现一个孩子天真无邪的叙述能够非常有效地传达不安——没有说出口或者被误解的感觉。这方面最好的例子是亚瑟·梅琴（Arthur Machen）的《亲爱的白人们》(*The White People*)——你可以找来看看，然后自己判断。

我的大部分故事都有强烈的——我希望是生动的——视觉元素；通常文字能让画面在我眼前活起来。在某些情况下放弃视觉，对我也没有损害：在《耳听为实》(*Hearing Is Believing*)中，神秘入侵完全发生在听觉的层面上，在其他故事中（原谅我对那些还没有读过的人就不说出故事的名字了），不同的画面让读者以为主人公能够看见他们，实际上当然不是这样。这或许更多是叙事上的诡计（另一个例子是由犯人讲述的侦探故事），但是至少作为技巧练习，其中一些值得尝试。

我应该承认，放弃并不总是有效果。自从 80 岁以后，我尽量避免提前计划故事情节；当我积累了足够的素材，我更倾向于让它在写作的过程中自然发生。在中篇小说《饥渴的幽灵》(*Needing Ghosts*)中，这种技巧充分发挥了作用，每天早晨我都迫不及待地冲到书桌旁，看看接下来我会写出什么。不过在世纪之交，我决定看看如果我在开始创作一部小说之前就构思好情节会怎样。结果是草草写成的《合约父亲》(*Pact of the Fathers*)可能是我所有小说中最糟糕的。

感谢上帝我有一个好编辑（一直如此）：Tor出版公司的梅丽莎·辛格（Melissa Singer）给我发了一封几千字的邮件，指出了所有的缺陷。我在修改时几乎采纳了她所有的建议，对作品的改进比我自己可能做到的多得多。

一种普遍共识是，没有值得同情的人物，恐怖小说就不可能成功。我不同意这种观点，我没有尝试过将人物推销给读者，我总是把人物塑造得尽可能鲜活。不可否认，我的大部分故事都建立在人物的基础上，不过几十年来我一直进行不同形式的尝试。《前任房客》（*The Previous Tenant*）中的核心人物夫妇没有名字，我70多岁时写过一些故事，将主人公直接置于第二人称（模仿一些老恐怖漫画中的对抗性叙事）。最近的故事《选中的街道》（*A Street Was Chosen*）将我在本文中提到的小练习发挥到了极致。这个故事以科学报告的形式用被动语态写成，在盲测实验中将测试对象简化为名字和号码。

这对恐怖小说有用吗？根据我所听到的读者反馈，是的。他们被其中的黑色幽默逗笑，但是显然关心人物的命运，如果是以传统的方式写作可能就不会了。或许这证明了另一个观点：尝试在写作中放弃某种元素必须有合适的素材——在故事中，这种缺失的技巧必须是有表现力的。

好了，这个老家伙已经喋喋不休够久的了。

练　习

看看你自己的作品中，有没有为了让故事更经得起考验能够去除的东西？有没有可能是来自其他作家的影响？或者，如果你心里有一个属于你自己的清楚的声音，你能不能采取另外一种更有表现力的方法？或者，如果清淡的风格已经成为你文章的特点，你会尝试放弃它吗？拿你的作品冒险并没有错——这能让你成为更优秀的作家。祝你好运！永远不要放弃写作！

漫长孤独的路

大卫·布林（David Brin）是《纽约时报》畅销书作家，也是科学家和发明家。他的作品被翻译成 25 种语言，多次获得过雨果奖、星云奖和其他奖项。凯文·科斯特纳（Kevin Costner）将他的小说《邮差》（*The Postman*）搬上了大银幕。布林的“提升”（Uplift）系列（Random House）也很著名。他的最新长篇小说是《存在》（*Existence*），由 Tor Books 出版。

写作只有一半是你能学习的技能。剩下的 50%——正如在一切艺术形式中一样——只能来自所谓天赋这样虚幻的东西。例如，如果你善于倾听人们的对话，或者容易认识到人性惊人的多样性，与其他类型的人产生共鸣——包括受害者和恶人——对他们熟悉到能够描绘他们的思想和动机，这些对写作都大有裨益。无疑，勤奋的工作和实践能够在一定程度上弥补某些方面天赋的不足，正如任何领域的人类努力一样。但只是在一定程度上。

换句话说，无论你多么投入，都有可能无法获得写作上的成功。天赋是我们这代人无法操纵或人为增加的才能。所以如果你发现这方面有缺失，不必自责。继续寻找，直到发现属于你自己的才能。

那么好吧，让我们假设你的确拥有天赋、抱负和意愿，哪怕只有一点点。现在允许我提供一点有趣的建议——这些实用的步骤能够增加你成功的机会，无论是在幻想小说还是其他领域的写作中。

1. 任何作品的前十页都至关重要。这是忙碌的编辑撕开你寄来的信封或者点开你发来的附件时首先看到的东西——从每天早晨堆积如山的文件中急急忙忙地抓起来。编辑必须在几分钟之内，或许是当即做出决定，你是否比投稿堆中其他雄心勃勃的作者更加值得关注。如果你的前几页表现出了职业素养和技能——马上用生动的故事抓住读者——编辑就可能感兴趣。即使后面的章节令人失望，她至少也会给你不错的评语。

如果第一页不够好，她甚至连前十页都不会看完！这意味着第一段应该更好，而第一句话应该是最出色的。

2. 不要把情节摘要放在开头。直接进入故事！用你的人物吸引编辑。然后把大纲放在第一章后面。

3. 一本好小说至少需要一打要素，从人物性格和情节到创意和共鸣，从生动的对话和高效的场景设定到吸引人的动作，等等。我认识一些作者在其中一半事情上非常出色，剩下的却糟糕透顶。编辑们把这些作者称为“悲剧”。有时候他们抱怨说，真希望将好几个作者各取一部分拼凑成一个科学怪人，就不会每个人都因为一两个致命的缺陷而遗憾出局了。

编辑很少会告诉你这些缺陷或错误。你需要自己去发现它们。你只有通过课堂进修才能做到这一点。

4. 幻想小说或科幻小说与其他类型的小说唯一真正的区别在于：除了需要其他类型优秀小说的一切特征之外，你还必须提供另外两样东西：像侦探推理小说一样致力于情节的一致性和结果；还有……致力于营造一种世界可能以某种方式发生变化的奇妙感觉。事情可能与它们本来的样子不一样。因此，创作科幻小说本质上比讲述其他类型的故事更困难。至少更难讲得漂亮。

5. 你参加过创意写作课吗？找一群跟你水平相当的新作家，从艰难的相互妥协中学习。本地课堂可能不太容易找到，你可以咨询为本地作家群体提供活动场地的书店；他们可能有一份名单。或者选修本地社区大学的创意写作课程。这些课程的老师通常知道得并不多。但是至少你可以在课上结识其他本地作家。如果你能认识几个人，你们可以交换联系方式，在课后组织自己的研讨班。

选修课程的另一个好处是每周有作业。比如说十页纸吧。这种每周的定额可以提供额外的激励，让你坚持练习。10 周，每周 10 页？

那就是 100 页，伙计。想想看。当然，现在你还可以参加网上课堂！Critters.org 和 Fanfiction.com 是两个评价较高的网站。

虽然我推荐多选修一些写作课程，但我不建议你在学校里选择创意写作专业。专门化的教育与成功或销量并不相关。辅修写作是可行的，但是你最好学习一些与文明和世界有关系的专业。而且，获得宝贵的职业经验，能让你拥有一些真正值得写的东西。

6. 避免使用过于华丽的辞藻。特别是形容词！年轻作家容易落入这样的陷阱，自欺欺人地以为越多越好，或者晦涩是智慧的证明。

我曾经告诉我的学生，他们应该证明他们作品中使用的每一个形容词的恰当性。用很少的形容词，写出紧凑、简短的文章，特别是第一稿。你的目标是讲述让读者手不释卷的故事！然后，当你赢得了被阅读的权利之后，你可以加入少量形容词的描述，像蛋糕上的糖霜。每一个形容词都应该是精心的选择，而不是简单的堆砌。

7. 学会控制视角。这是一个难点。是写作教学中最困难的方面。一些学生从来就没有学会。

读者通过谁的眼睛看故事？是上帝视角吗？（读者知道一切，包括主要人物不知道的东西。）是跟随视角吗？（读者看到人物看到的东西，但是不分享人物的内心思想。）

或者介于二者之间？在大部分当代小说中我们都跟随人物的视角，分享他的知识和表面想法，既不过度深究，也不知道主人公不知道的事情。

决定你要采用的视角。然后坚持你的选择。通常，最好将视角限定在一次一个人物。为每一章选择一个视角人物——或者整本书一个视角人物。尽早建立视角，通过它来交代人物以为事情是什么样的，而不要告诉或解释。科幻作家罗伯特·A. 海因莱因是这门艺术的大师。无论你认为他的小说第一章之后怎么样，开头几页总是拥有魔力，让读者熟悉许多陌生的事物和情境并信以为真，认为真实的人物就应该这样。

8. 考虑人的因素！正如金斯利·艾米斯（Kingsley Amis）说的：

纸片似的宇航员是不够的，
粗糙潦草的外星怪物也不够，
人物才是最重要的。

9. 最后一条建议：要当心自我的危险。对于一些人来说，这表现为疯狂地相信自己了不起。哦，相信自己当然没问题。认为其他人应该付费阅读你胡言乱语的作品就有点厚颜无耻了。无论如何，你尽可以相信自己。

但如果你听到太多的声音说：太棒了，太棒了！这只会成为障碍。更糟糕的是，这种预期会把任何适度的成功变成苦涩的东西。我已经看过太多例子了。太遗憾了，本来任何成功都应该给你带来快乐。

另一些人有着相反的问题……他们的自我不够强大，随时会被到处乱开火的家伙击垮。这些人通常（可以理解）将他们的创意更多地保留起来。这使得他们很难去寻求批评意见，这对他们的自我发展不利。在这两个极端，自我都更像是诅咒，而非祝福。

但是如果你能够控制它，你可以说："我有一定的天赋，可以继续发展。如果我致力于此，我应该能够写出别人愿意阅读的故事！所以现在给我一点空间。我要关上门，坐下来写作。这是我应得的时间，一个小时之内谁也不要来打扰我！"

无论你是做什么的，坚持写作！投入热情！创造世界。

练　习

当你对应该怎样做感到困惑时——比如对话——找一段你喜欢的作家写的对话，抄写一遍。这也适用于其他风格元素，如场景、人物性格，或者麻烦的视角。找一个真正出色的例子，在键盘上一个字母

一个字母地敲出来。

不要图省事只是重新阅读一遍。通过打字而不是读，你会注意到更多东西。这是因为有经验的作家在施展一种“魔咒”——用文字在读者心中制造感觉、兴奋和印象。如果你只是重读一段文字，特别是一位专家写的文字，这种魔咒就会发生作用！你会感觉、了解、同情、哭泣……就不会注意到作者是如何做到这些的了。

所以别自欺欺人。一个字母一个字母地重新敲出这个场景。文字将通过你大脑的不同部分。你会发现：**哦！这就是为什么她在这里用了一个逗号！**说真的，试试我的办法。不要自欺欺人。你会很高兴这样做的。

所写即所见

约翰·雪利（John Shirley）的作品有《荒凉历史》（*Bleak History*）、《一切破碎》（*Everything is Broken*）、《恶魔》（*Demons*）、《一首叫青春的歌》（*A Song Called Youth*）和《极端情况：约翰·雪利的最极端故事》（*In Extremis: The Most Extreme Story of John Shirley*）。他的作品《黑蝴蝶》（*Black Butterflies*）赢得了布莱姆·斯托克奖。他的非虚构作品有《葛吉夫：生平和思想》（*Gurdjieff: An Introduction to His Life and Ideas*）（Tarcher/Penguin）。

当我还是克拉里翁作家研讨班里的一个年轻人，我喜欢兰波（Rimbaud）和后来的艺术激进派，比如超现实主义。我喜欢它们的傲慢、狂放和它们华丽的宣言。有一天在克拉里翁，哈兰·埃里森（Harlan Ellison）为了鼓舞人心（如果可以这样说的话），问我我的写作方法是什么。带着赤裸裸的自负，我扬起一条眉毛，若有所思地凝视着远处说："我用眼睛吞噬，我用耳朵品尝。"

好吧，这是彻头彻尾的自命不凡，无疑听起来很愚蠢，特别是那时的我对写作几乎一无所知。不过，事实证明，当我回忆年轻时代的荒唐行为，当我窘迫地审视那些幼稚的幻想和天马行空的想象和思考，有时候我会发现，除了孩子气的愚蠢之外，归根结底我是正确的——至少是部分正确的。作为一个不太合群的人，我没有什么好失去的，我只是敞开我的大脑额叶，让感受涌入，相应的创意流出，几乎没有先入之见。结果有好有坏，但是有时候，因为我不知道自己不能做某件事情，所以我就做到了。这的确发生过。事实上，我的确尝试过"用眼睛吞噬"——毫无保留地观察周围，诚实地、最大化地摄入一切，接受看待生活的正常方式就是这么混乱的假设——如果你看得足够努力，如果你能够放弃原来的认知方式，你就有可能看到更多。

这对我有帮助。所以，我建议其他作者也做同样的事：从假设他们并不像自己以为的那么清醒和富有洞察力开始。在看待事物时，要以一种前所未有的方式，认真地付出有意识的努力。要在平凡中看见不平凡，如果你是在寻找不平凡的话。不要利用药物来开启你的认知——靠你自己开启它。

观察周围，真正地观察，你能看到新的人物，可能还有新的故事。成为洞悉人物的夏洛克·福尔摩斯。一个陌生人选择服装的本能意味着什么？男人红肿的指关节和他悲伤的妻子脸颊上的淤青是我想的那么一回事吗？仔细观察她，做出有根据的猜测。地铁里的那个男人怎么了——他的手不停地伸向他的衬衣口袋又放回来？他想拿香烟？还是别的东西？

我的感觉是许多好的作品都来源于好的观察。包括对人的观察，也包括对自然环境的观察，从城市、乡村和郊区的场景中汲取养分。观察熟悉的事物，就好像你从来没见过它们一样。

提高观察力的关键之一，是从一开始就要对一个人的认知程度有清醒的认识。当我与外部世界互动时，在多大程度上因为某项无聊的研究、白日梦或者智能手机而分心？在多大程度上真正地投入，真正去看、去感觉、去闻、去听那里的一切？

如果将注意力转向自己的意识层面，我发现当我在世界中活动时并不是特别有意识的。我在做梦、沉思，或者陷入匆忙、焦虑和琐碎的恐惧。这意味着我没有看到周围的一切——被所有这些分心之后，我已经没有足够的注意力去真正观察我所置身的世界。如果我没有真正去看，我就没有令人信服的写作素材。

逼真、可信——这是让读者相信你所描述的东西是真实的关键。怎样才能做到这一点？通过观察——观察你自己、你周围的人和世界。要做到这一点，就要努力活在当下。跳出我们习以为常的游离状态。“活在当下”帮助你看到事物的本来面貌——还能帮助你更加深刻地理解人类。

在某种意义上，每个人都是一部小说中的人物。一个优秀的作家能够在任何状态下发现人类的困境，因为它就在那里，只要你真正深入地去观察。戏剧性就在我们周围，但是我们通常视而不见，因为我们没有去注意。

练　习

1. 去一个你已经习以为常的地方，超市、邮局，或者你曾经排队排得极不耐烦的地方。花时间去认真观察。将你的注意力放在周围的人和环境上，好像你以前从没看到过它们一样。如果你愿意，可以假装自己是从火星来的。**原来这个星球上的生物是这个样子的，他们是这样行动的。**

重要的是用全新的眼光去看他们——生动的细节和事实会浮现在你眼前。用同样全新的眼光去看这个地方。作为一名作家，任何环境都是潜在的场景。无论你在哪里，都要比你平时习惯的更仔细地观察。

2. 你有没有遇到过喋喋不休的人，你似听非听，“嗯……嗯……”地随口答应着？找一个这样的人！让他跟你唠叨……但是这一次你要认真听，无论这有多无聊。把这想象成一种读心术——在某种意义上，你实际上在倾听他的自由联想、潜意识的担忧和恐惧。

举一个例子：“我告诉比尔我不想再去看那个医生，他总是让我等，我觉得他的助手不喜欢我……”这段无聊的自怨自艾实际上说了些什么？说了她正在看医生，所以她在为自己的健康担忧；说了医生可能是由比尔选择的，无论他是谁；说了她有点害怕医生的助手，可能一般意义上地担心不被人喜欢，甚至可能有点受迫害妄想。这是对恐惧和焦虑的下意识的间接陈述，考虑到这些含义，你可能对这个人产生同情，从而更深入地理解她。她，或者包含她的特征的某个人，将成为故事中一个非常有个性的人物。

3. 去一个你喜欢的地方——海滩、小径、歌剧院，任何你喜欢的地方——寻找通常被你忽略掉或未加注意的方面。忘掉“好”和“坏”，只要发现它是什么。在一个地方逗留，比以往更仔细地观察它。像你以前从未见过它一样去观察……你会惊讶地发现熟悉的东西竟然如此陌生，进而发现更深入的认知能够在多大程度上丰富你的描写。

点亮你自己

杰伊·雷克（Jay Lake）最新的作品是《卡里姆普拉》（*Kalimpura*）（Tor Books）和《金属与血肉时代的爱情》（*Love in the Time of Metal and Flesh*）（Prime Books）。他的短篇小说畅销全世界。他获得过约翰·W. 坎贝尔奖最佳新作家奖，以及多项雨果奖和世界奇幻奖提名。

这个写作练习最初是我从短篇小说大师布鲁斯·霍兰·罗杰斯（Bruce Holland Rogers）那里学到的。他并不是作为一项练习布置给我的。罗杰斯对我更多是一种示范，而不是教学，但我还是要归功于他。

小小说——这里定义为 500 字以内的短篇小说——在许多方面都是一项有用的工具。写作小小说最令人满意的优点之一在于，即使是最慢节奏的作者也能一次写完一个故事。在作品结尾写上“完”字是一件非常美妙的事。你能体会到成就感和完成一件事情的快乐。

写起来容易，要卖出去就难了，虽然的确有一些不错的小小说市场。不过我们的目的是将小小说作为一种写作练习。

小小说的简洁之处在于它通常只能做一件事。由于长度所限，复杂性是极为奢侈的。所以小小说只能聚焦于描述一个场景，或者人性的边角，或者两个人物之间你追我赶的高速对话。但是当你试图平衡创作一篇真实可信的短篇小说所需要的其他 12 或 14 件事情时，往往就会忽视这些。

小小说本质上是一种聚焦练习。

记住这些，然后来看看我是怎样运用这种形式的：

当我在创作的某个方面卡了壳，我就通过小小说来探索这个方面。

首先写出一个最基本的经典开头——人物在场景中遇到问题。例如，“萨恩斯探员被走廊上的尸体绊倒了”。

然后从这个开头开始写下去，只聚焦于让我困扰的那个方面。例如，如果我的对话非常单调，就让萨恩斯探员跟在走廊外徘徊的巡警展开一段对话。如果我想练习我的文字描写，就让他用侦探的眼睛环视房间，记录他在犯罪现场观察到的具体细节。如果我正在与感官细节做斗争，我可能会谈论死亡的恶臭和公寓异样的温暖，以及萨恩斯探员胳膊上和后脖颈泛起的鸡皮疙瘩。

然后我会从一个稍微不同的角度再做一次。从走廊外萨恩斯探员背后的巡警的视角重写这篇小小说。从尸体的视角重写。从沾满鲜血的破沙发的视角重写。（我是个科幻和奇幻小说作家，我可以这样做。）

每段小小说的创作时间应该在几分钟到一小时之间，取决于你平时的写作速度。只要你的写作日程允许，在三四天时间里连续进行这个尝试。限制文章的长度和你选择的方面来保持聚焦。这能让你获得意想不到的自由，在短时间内为你提供良好的自我反馈。这也有助于作家突破壁垒、建立自信。

归根结底，你有了一些故事。你甚至可能卖掉其中几个。

练　习

建议时间：一小时（可以分 3～4 期进行）。

工具：你习惯的、最舒适的写作媒介。

计划：选择你创作中最薄弱或最困扰的方面。

- 选择一个人物。建议：你最近在报纸或杂志上看到的一种职业或生活方式是什么？
- 选择一个场景。建议：你最近读的一本书的场景是什么？
- 选择一个问题。建议：别为难自己。选择一个与人物或场景有合理关系的问题。
- 用一个包含上述三项内容的简单陈述句作为开头。
- 从这里展开你的故事，聚焦于你选择的方面。
- 通过不同的视角、人称或类似的结构变化重复 2～3 次。

去散步

尼古拉斯·罗伊尔（Nicholas Royle）著有六部长篇小说、两部中篇小说和一本短篇小说集。他编辑过 15 本选集，包括《黑暗之地》（*Darklands*）、《2012 年英国最佳短篇小说集》（*The Best British Short Stories 2012*）和《啁啾：关于鸟类的神秘故事选集》（*Murmurations: An Anthology of Uncanny Stories about Birds*）。他是曼彻斯特城市大学（Manchester Metropolitan University）创意写作课程的资深讲师，还经营着夜鹰出版社（Nightjar Press），出版限量版故事书小册子。

这个练习是为那些遇到阻碍的作家或学习写作的学生设计的。不一定是顽强的阻碍，或许只是遇到一点瓶颈。你不知道接下来要发生什么。或许称之为卡壳更恰当。你卡住了。你写完了一个场景或章节，不知道接下来应该写什么。

或者你正在创作的作品遇到了问题，耽误了实际进度。你甚至可能不知道问题究竟出在哪里，但是你知道一定有什么地方不对劲。

每次卡壳或者需要找出（我作品中的）问题时，我都会做这个练习，而它总是有效。从来没有回到家仍然卡壳的情况。好吧，或许是因为不解决问题你就不允许自己回家？不是这样的。它真的有效。走路的机械运动中有某些东西能够释放心灵和想象，所以你能找到完全意想不到的解决方案。

对我来说其他方法都不管用。骑自行车、跑步、开车——这些都太快了，你时时刻刻都会遇到危险。我知道有个家伙能够在开车时做到，但是坦白地讲，我认为她的驾照应该被吊销，因为当你在路上集中精神时是不可能进行这样的深度思考的。

我跟大约 15 名创意写作研究生一起进行过这项练习，建议他们离开教室后就分头朝着不同方向漫步。其中 7 个人表示怀疑，另外 7

个人抱着开放的心态。还有一个人不相信，拒绝参加。所有参加练习的 14 个人都回来报告了进展。一些人发现了全新的创意。那些卡壳的人不再卡壳了。所有人都感觉受到了鼓舞。那个没去的家伙后悔了。

这对单个作家和群体同样有效。

练　习

你需要：

散步鞋（一双）、笔记本、钢笔。

把笔记本和钢笔放在口袋里。穿上散步鞋，保证这双鞋走半小时、一小时或者更长的路都很舒适。离开家。

散步，最好是在乡村或公园，不过城市也没关系，只要你不介意别人的眼光，因为你要大声地自言自语。

大声对自己说出你在写作中遇到的问题，无论是选择第一人称还是第三人称、现在时还是过去时，或者你就是不知道接下来应该发生什么。

谈论你现在的处境、你是如何走到这一步的，慢慢深入你的问题。把这些都说出来。解决问题。否则就不回家。

这真的非常有效。

超级高产的艺术

杰里米·瓦格纳（Jeremy Wagner）是作家、音乐家和歌曲作者。他的第一部长篇小说《末日和弦》(*Armageddon Chord*）畅销全球，排名巴诺平装书畅销榜第四名，赢得过海勒姆奖(Hiram Award)，入围了年度新小说家作品奖（Emerging Novelists Novel of the Year）和布莱姆·斯托克奖提名的第一轮投票。

说到高产作家，我首先想到的就是斯蒂芬·金。

20 世纪 80 年代，似乎他每个季度都要推出五本书。这当然有点夸张，但是我清楚地记得，你用不着等太久就能看到一本金的新书。说到斯蒂芬·金和他的文学作品，金创作和出版过约 50 部长篇小说[其中 7 部是用他的笔名理查德·巴克曼（Richard Bachman）发表的]、5 本非虚构图书和 9 本短篇小说集。

对斯蒂芬·金或其他任何人来说，作品的数量都非常惊人。我认为出版几本书——像 J. K. 罗琳的“哈利·波特”系列——就是一项了不起的成就了。

谁能在书的产量和销量方面超越斯蒂芬·金？看看西班牙作家玛丽亚·德尔·索科罗·特利亚多·洛佩兹（Maria del Socorro Tellado Lopez）[又名科林·特利亚多（Corin Tellado)]。科林·特利亚多(1927—2009）是一位言情小说的高产作家。她出版过 4 000 多部长篇小说，销量超过 4 亿册！

低产的作家什么样？许多著名作家毕生只写过一部作品。例如：哈珀·李（Harper Lee）（《杀死一只知更鸟》)、玛格丽特·米切尔(《飘》）和艾米丽·勃朗特（Emily Bronte）[《呼啸山庄》(*Withering Heights*)]。我最喜欢的惊悚小说作家之一是托马斯·哈里斯，他显然算不上高产。在过去36年中他只出版过5部长篇小说：《黑色星期天》（*Black Sunday*）（1975）、《红龙》（1981）、《沉默的羔羊》（1988）、《汉尼拔》（*Hannibal*）（1999）和《汉尼拔崛起》（*Hannibal Rising*）（2006）。我爱哈里斯的作品，但是作为粉丝，需要等上6～10年才能看到他的下一部作品是非常令人沮丧的。我禁不住去想他在两部作品之间的时间里都在做些什么。在迈阿密海滩上思考新的汉尼拔·莱克特故事？在环游世界？他是不是在用笔名写作？我真想追根究底！

做个高产作家吧！每天都保持你的写作热情并坚持创作。我跟一些出版人、畅销恐怖小说作家和恐怖小说出版商谈过，他们都愿意就高产的话题说上两句。我问他们："一个成功的作家每年应该卖出多少本书?"这里是他们的答案：

洛里·珀金斯（Lori Perkins）（恐怖文学代理人和Ravenous Romance出版社的编辑部主任）："电子书作家的出版频率更高。我们最好的作家每年写10本书，收入丰厚。"

乔纳森·马贝里（Jonathan Maberry）［畅销恐怖小说作家，作品有《腐败与毁灭》（*Rot & Ruin*）和《零号病人》（*Patient Zero*）］："我每年写三部长篇小说。凯文·J. 安德森（Kevin J. Anderson）能写六部。雪洛琳·凯尼恩（Sherrilyn Kenyon）也是。我相信桑德拉·布朗（Sandra Brown）和希瑟·格雷厄姆（Heather Graham）能写七部。"

贾思敏·加莱诺恩（Yasmine Galenorn）［《纽约时报》和《今日美国》畅销书作家，"异世界"（Otherworld）系列的作者］："我每年写三本书。不算超负荷……实际上还能休几个月的假……这种情况在类型文学比在主流文学中更普遍。"

杰克·凯彻姆［畅销恐怖小说作家，作品有《女人》（*The Woman*）］："我有创作间隔，至少九个月到一年。这让每本书都成为一个节点。让人们期待下一本书……甚至斯蒂芬·金在两部长篇小说之间也要等这么长时间，不过选集不算在内。"

记住，重要的不是数量，质量才是关键。出版商喜欢品牌，也喜欢他们的作者有规律地持续出版作品。如果一个作家没有用足够的时间百分之百地投入一部作品，而是这里写一点那里写一点，质量或许就会打折扣。

创造一个最初的构想并落笔（或者敲击键盘）需要许多努力和时间。对于新作家，一年出三本书可能是一项巨大的成就——特别是如果你还有家庭和日常工作——但是这能让你成为一个更好的作家。每天写作（和阅读）对掌握这门技艺至关重要。如果你的目标是从事这项职业、打造自己的品牌，那么十年才出一本书是不现实的。这个练习是为了帮助你每天写得更多一些。

练　习

1. 找一段写作的时间，使之成为一种规律。

要做到高产，你必须每天写作，还必须抽出写作的时间。就像一个人定期去健身房或普拉提馆一样，你需要制定写作的规律。每天早起一点，利用午休时间，或者告诉你的配偶你需要把喜欢的电视节目录下来以后再看——直到你完成当天的写作目标。虽然我推荐投入更长的时间来发挥你的创造力，不过一天当中每次 30 分钟的爆发式写作累积起来也很可观。

2. 找一个写作的场所。

如果你习惯在厨房餐桌上、办公室、小隔间或者你的车里写作，就这么做。找到你自己的不受打扰的写作场所，能够帮助你进入状态，将你虚构的想象注入作品之中。

3. 制定字数目标。

我在第 1 步中把写作比作健身。这同样适用于每天的字数统计。全职作家每天写 2 000～4 000 字并不奇怪，但业余作家可以从少一点开始。把你的字数目标看得跟支付水电费账单和遵医嘱同样重要——

无论如何都必须完成你每天的字数目标。从每天写 500 字开始。把你正在创作的作品拿到写作场所（第 2 步），每天累加。这意味着进展，你的短篇或长篇恐怖小说最终会完成。

澄清一点，这个练习不能让你成为“故事工厂”，但它能帮助你每天写作。每天写作能让你更优秀，而且每天写作意味着每个人都能读到更多出色的恐怖故事！高产不仅能够增加你的技能和作品年表，而且在你为一本书签约时也是必需的。出版商会给作者规定截稿日——有截稿日，每天的字数目标就至关重要了。在职业生涯中保持成功和高产的现代作家都有截稿日。让我用这套丛书的名字来告诉你：开始写吧！也许到下个世纪，你也能写出 4 000 本书呢。

战胜作家的写作障碍

达娜·弗雷德斯蒂（Dana Fredsti）最近出版的《瘟疫之城》（*Plague Town*）是 Titan Books 僵尸系列的第一部。她作为女演员出现在许多僵尸/恐怖电影中，在山姆·雷米（Sam Raimi）的《鬼玩人 3：黑暗军团》（*Army of Darkness*）中担任道具师助手，以及主角和反派的动作替身。

我羡慕那些能靠写作谋生或者有人资助的作家。我不嫉妒他们，但是羡慕。现实是大多数作家仅靠写作的收入都无法维持生活。我们中大多数人都不得不从事其他职业。例如，我的日常工作是办公室主管和执行助理。在过去七年里，我出版了七本书和许多短篇小说，合作编辑了一本选集。今年我花了两个月时间推广《瘟疫之城》，参加了大量嘉宾访谈活动。宣传效果很不错，但背后的工作非常紧张。

我信奉把写作当成一门职业，每天“去上班”。在推广《瘟疫之城》时，我紧张地盯着日历——续集初稿的截稿日正在临近。我以为自己能搞定宣传、日常工作和下一本书的创作，但是这要求我牺牲大量的睡眠。我需要睡眠，才能做一个尽职尽责（而不是戾气十足）的社会成员，所以我必须选择如何分配时间。简直难以想象那些有孩子的作家朋友是如何应付那么多事而不被逼疯的。

如果你想知道我会不会有时候感到疲倦、暴躁，受不了再坐在电脑前，答案是响亮的“是的！”（请戴上耳塞）。为了赶上截稿日和支付账单而不得不整天工作曾经让我深恶痛绝。我也有过完全精疲力竭的时期，大脑拒绝集中精神，在写作障碍（找不到更合适的词了）的壁垒上撞得头破血流。

最近我听到有人说：“没有写作障碍这回事！”我只能对他们翻翻

眼珠。写作障碍并不意味着在你自己和你的写作能力之间立着一道水泥墙壁。它不是一种永久的状态。让我们说得简单一点，对那些为“写作障碍”抓狂的人来说，它是一种文学上的便秘（是的，我走到哪儿都想标新立异）。一种临时的阻塞，有补救的方法可以帮助你恢复通畅。下面就给出我自己尝试过的成功的补救方法。

练 习

1. 改变你的环境。如果你通常有喜欢的工作场所，但是事情进展不太顺利，那么你可能需要尝试换个地方。一个朋友邀请我到本地的咖啡店来一次写作约会，出乎我的意料，我在一个小时内写出了好几页，如果不是这样我可能只能勉强挤出一两段。坐在我们周围谈话的人不是一种干扰，反而提供了一种背景噪音，让我能够集中精神写作。

2. 改变你的写作工具。总是用同一台电脑？试试坐在户外用纸笔写作，或者换一台笔记本电脑，甚至换一种文字处理软件。我有一台 Neo AlphaSmart，由轻质键盘和显示屏组成，除了文字处理软件之外没有任何程序。显示屏只能显示几行文字，使人更容易写下去，而不是把注意力放在第一次就做到尽善尽美上。你可以把写完的东西上传到电脑，以后再反复润色。

3. 改变你的习惯。你总是在同样的时间写作？有时候这是一件好事。这让你的大脑习惯在一天中的特定时间调节到创作模式。不过当你产生倦怠，特别是如果日常工作已经让你筋疲力尽，这就会成为问题。有时候我发现自己在计划的写作时间到来之前已经预先感到疲惫不堪，发现自己越来越痛恨不得不一直从事两项工作。所以现在我把 AlphaSmart 带到地铁上，利用早上的通勤时间写小说，而不是阅读。在不到 40 分钟里我能写将近 1 000 字。而这一切在喝咖啡之前就完成了！我内心的评论家还在睡觉，大脑的兴奋程度刚好允许我打字。这并不是每个早上都管用，但是通常能给我一个机会弥补前一天晚上的毫无收获。

4. 尝试增加背景环境。如果你在写作一个特定的类型，试试播放能给你灵感的电影，或者制造能帮你进入状态的特定氛围。对我来说，因为我正致力于通过新的恐怖小说系列来传播我的僵尸启示录，我有一摞僵尸电影轮流放进 DVD 机，静音播放。我已经看过其中大部分了……看的次数可能比通常认为正常或健康的次数都要多，但这刚好能让我忽略它们，投入写作。而当我停下来休息，电视屏幕上的僵尸在为我加油。由于分心的关系，这不是对每个人都有效（对我也不是一定有效），所以如果你发现自己沉迷在电影中，而不是你的小说或故事中，关掉电影，放点音乐。我发现特定的电影原声通常能够制造恰当的氛围。在创作《瘟疫之城》时是《暮光之城》的原声。(不要评价我。这部电影的原声很棒!）在创作我的超自然浪漫小说/美洲豹变形者的故事时，是《豹妹》（*Cat People*）的原声和其他中美洲风情的音乐。

5. 研究。这看起来挺明显，但我从来没有意识到写一部僵尸小说会需要多少千奇百怪的信息，或者通过查找这些东西，为我的书增加了多少趣味和灵感：一个人能从当地的五金店买到（或者找到）哪些类型的工具；卡里科郡（Calico County）[阿马里洛（Amarillo）的一家餐馆，在《僵尸国度》（*Plague Nation*）中遭到了活死人的袭击] 的菜单上都有什么；或者古代奥尔梅克（Olmecs）文化中有哪些男神和女神。不要只依赖谷歌和互联网。我就是在笛洋美术馆（de Young Museum）参观一次奥尔梅克艺术展时，几乎想到了《固恋》(*Fixation*)（我的美洲豹变形者小说）的整个高潮。

6. 如果别的都不管用，那就休息一下吧。即使有截稿日，有时候你的身体和头脑也需要做点别的来放松一下。选择你喜欢的活动，无论是健身、看电影，还是跟朋友聚会。要想给你的头脑松松绑，就得允许自己休息。

如何向改编剧本、幻想文学和其他棘手的问题投掷燃烧弹（自由电影编剧的方法）

彼得·布里格斯（Peter Briggs）作为职业写作机器的历史比他自己记得的还要长。他是电影《地狱男爵》（*Hellboy*）的冠名编剧之一，但是关于《弗莱迪大战杰森》（*Freddy vs. Jason*）、《特警判官》（*Judge Dredd*）和《异形大战铁血战士》（*Alien vs. Predator*）[他的原始版本收录在一本书中，书名叫作《50部从未被拍摄的最伟大电影》（*The 50 Greatest Movies Never Made*）]等作品，他向美国编剧工会（Writers Guild of America）仲裁委员会的申诉最终没有得到支持。

有过为《开始写吧！——影视剧本创作》（*Now Write! Screenwriting*）写文章的愉快经历之后，我毫不迟疑地答应了这次邀约，希望能够为幻想文学类型的创作提供一些有用的建议，现在你们看到的版本是经过精心编辑的。

名词释义：改编这个词有两种写法，adaption 和 adaptation，二者意思相同，adaption 使用较少，1704 年左右出现，比 adaptation 大约晚一个世纪。作为一个总是持相反意见的自由电影编剧，我更喜欢 adaption，我是英国人（劣势中的劣势），少一个音节能让我的发音优雅一点，不至于像个口吃患者。Grammarist. com 网站傲慢地指出："adaption 出现的频率要低得多，主要出现在那些编辑标准相对较低的出版物和网站上。"我认为这给了好莱坞完美的托词。

作为一个自由电影编剧，我的职责就是让你摆脱我的同行们提供的头脑清醒的理论，尝试某些极度疯狂的方法，把谨慎抛到脑后。话虽如此，这篇文章不仅提供了实践建议，还有我个人对其中存在的陷阱的一些经验之谈。

我写的东西大多可以归为幻想文学，我通常受雇于电影公司的奇幻、恐怖和科幻项目。我的大部分工作是受雇于人的，余下的属于“投机”写作（不要跟“幻想文学”相混淆，在职业作家的残酷世界中，“投机”意味着你没有任何报酬就写完了一大堆手稿，凭的完全是你自己的意志力，希望有人能够被你的天才打动）。至于这些“投机”作品，其中一部分成了我自己的原创作品，虽然通常我都是改编来自不同媒体的现成作品。

大体上，初出茅庐的新作家没有可以用来“投机”的作品和资金，那么你的改编可以来自一些现有的公版作品。但是这里要注意。一个懂行的美国读者会知道这意味着“作者去世之后 50 年”。但是在欧洲，这一期限已经延长到了 70 年，而且各个国家的著作权法都不同。我这样说是有过教训的：

20 世纪 90 年代中期，我非常忠实原著地改编了 H. G. 威尔斯的《世界大战》(*War of the Worlds*)，这个故事最早在《培生杂志》(*Pearsons Magazine*) 上连载，已经有一个世纪了。实际上，我在研究中发现了几个被删掉的章节，以及另外一个更加“好莱坞式”的结局，我把这些都放回了故事当中。(我的研究真是物有所值!)

威尔斯死于 1946 年 8 月，这意味着根据 50 年规则，他的作品刚好在我完成改编剧本时超过版权保护期。我的代理人把我新鲜出炉的剧本拿给派拉蒙影业公司，引起了肯尼思·布拉纳（Kenneth Branagh）的注意。用他们的话说，热情十分高涨。正当我们准备投入一部新的《世界大战》电影的书面工作时，灾难降临了。

欧洲的著作权法将保护期从 50 年改为 70 年……不仅这本书在欧洲不再属于公开领域，而且甚至在我们跟威尔斯的继承人接洽之前，一位音乐制作人就为他拥有的这一版权续了期。这意味着即使我们能够拍摄一部电影，但是在影片下线之后我们什么都不能做（DVD、电视，等等），因为这位音乐制作人先生已经先发制人。我们只好坐下来跟他的律师谈判，试图就他的版权达成协议。但他丝毫不为所动。

故事至此还没有结束。几年以后，我接到汤姆·克鲁斯公司开发部负责人的电话。我去了，以为只是例行地见面打个招呼，却发现汤姆·克鲁斯对《世界大战》的剧本非常感兴趣。遗憾的是，我不得不戳破他们幻想的肥皂泡，把我们之前的尝试告诉他们。代理人们没有被挫败，他们跟音乐制作人先生重新回到谈判桌前，再次尝试达成一项协议。即使有汤姆·克鲁斯这样的高票房诱惑，音乐制作人先生仍然毫不动摇。项目又一次宣告失败。讽刺的是，几年以后，汤姆·克鲁斯跟史蒂文·斯皮尔伯格合作，拍摄了这个故事的现代版本。我不知道他们用了什么绝招在第三轮谈判中获得了版权，不过电影《世界大战》在2005年上映了。我猜谁都无法对史蒂文·斯皮尔伯格说“不”。

当然，这只是在公版领域运气不佳的一个例子。你不会试图从电影制片厂手中争取他们拥有版权的素材，不是吗？当然不会。傻瓜才会那样做。嗯，好吧……

更早些时候，我为派拉蒙影业公司的英国办公室开发科幻素材，开始在职业生涯中初露头角。我正在挖掘的素材主要是现有的科幻小说和漫画，这些内容缺乏冲击力，让我有点抓狂。一个雨天，我站在北伦敦的一间漫画商店里，注意到黑马漫画公司（Dark Horse Comics）大获成功的《异形大战铁血战士》系列漫画的第一卷。我买了一本，在路对面的世界尽头（World's End）酒吧喝下一品脱健力士啤酒之后，一个疯狂的想法攫住了我。

单独的《异形》和《铁血战士》版权都属于20世纪福克斯公司。我不但不能把一个基于其他人概念的电影剧本卖给福克斯，而且出于法律方面的原因，似乎都不允许电影公司阅读它。但是兰迪·斯特拉德利（Randy Stradley）创作的异形大战铁血战士漫画如此吸引眼球，我知道无论如何，基于它改编的电影剧本都将是一次令人兴奋的阅读体验，我估计其他人很有可能会阅读它，或许是环球或迪士尼那些充满好奇的开发人员。我听说有些投机剧本的阅读体验令人印象深刻，即使它们没有被拍成电影，作者也能得到非常好的电影剧本合约。

所以，我坐下来开始进行改编。事实上，斯特拉德利的漫画中只有很少的元素被保留下来。（不过后来我还是鸣谢了他这部了不起的作品。）

啊哈。在被朋友打击、在晚餐聚会上被嘲笑了 6～8 周之后，我把完成的《异形大战铁血战士》剧本拿到伦敦办公室毫无防备的代理人面前。他看了一眼封面，用双手捂住了脸，轻声质问："彼得，你知道想把这个卖掉有多难吗？"我假装无辜地耸耸肩。

幸运之星眷顾了我。我并不知道，《铁血战士》系列的制片人之一、20 世纪福克斯公司的前任总裁拉里・戈登（Larry Gordon）跟我的代理人是老朋友。两天后，他打电话约我出来坐坐。

福克斯一直在寻找素材，特别是《铁血战士 2》反响平平，正在拍摄中的《异形 3》也面临重重困难，就在不久之前，福克斯曾经要求拉里・戈登想办法让异形和铁血战士两种怪物组团。我的剧本恰好在正确的时间出现在拉里面前。他读了它，并且喜欢它。这是百万分之一的机会，但是我得到了回报。

不过好运气和坏运气总是相伴的，这个项目刚好遭遇公司领导乔・罗斯（Joe Roth）离职，从此被投入了黑洞。但是它开启了我的职业生涯，给予我巨大的回报，而且成为电影剧本杂志和书籍中一段著名的公案。这证明自由电影编剧的道路有时候的确行得通。

所以，如果你发现一部小说，或者一部已有的电影让你特别想改编或翻拍，但是希望采取一种更加合理的方法，将版权保护考虑在内？如果你是一家大公司信托基金的继承人，你可以跟其他人一样，花钱购买版权，没问题。但是，你可能像我们大多数人一样，白天打工晚上写作，没有可以随便挥霍的收入，所以你需要一种更加现实的方法。同时还要小心陷阱。

除非你个人对项目有经济投资，否则作为作家，太容易被那些急于让你赔上老本的人摆布了。一定要把你的文稿放在恰当的地方。尽一切可能保护基本素材的版权，这是你的安全网，从一开始就要这样做。你可能感到惊讶，因为你可能都没什么本钱。一些作家渴望把他们的作品拿给电影公司，特别是那些长期郁郁不得志的作家，如果你能引起有信誉的联合制片人的兴趣，得到他对项目的支持，而且你的代理人和法律顾问各司其职，你才可以这样做。

自由选择权从来不是真正免费的：根据法律，你至少需要支付 1 美元来声明你对版权的所有权。虽然这听起来有点奇怪，但斯蒂芬·金曾将他的几个故事的自由选择权授予一些有前途的电影人，他把它们称为"1 美元宝贝"，直到今天，他的网站还在鼓励电影学院的学生跟他联系。一些电影人，比如三次获得奥斯卡提名的弗兰克·达拉邦特（Frank Darabont），早期的成功都得益于金的 1 美元宝贝，所以这无疑值得考虑。

改编有其商业的一面。如果你将任意一年拍摄的所有电影列一份清单，其中相当大比例都基于现有的内容，或者用好莱坞的行话来说，称为"品牌"娱乐。在创意匮乏的好莱坞，任何能够在不确定的发展过程中抄近道的方法都是好东西。

在丰富技能的层面上，改编鼓励你打磨你的作品。如果你是个新手，对于创作你自己的原创故事感到恐惧和怀疑，找一个现有的成功故事，花时间改编它将给你带来自由和教益。一旦你有了一些改编的经验，你会惊讶地发现，你能很容易地发现薄弱的对话，改进结构和修复逻辑漏洞。消除原作者舍不得删除的冗余。毁掉其他作家的宝贝本质上是一件好事，因为它能鼓励你释放自己，为你自己未来的创作做好准备。

练　习

1. 目标研究。

如果你打算把时间花在这样的事情上，为什么不让它物有所值？

关注名人访谈和制片人的想法。如果在一次访谈中，（比如说）布拉德·皮特（Brad Pitt）表达了希望在安·兰德（Ayn Rand）的《源泉》（*The Fountainhead*）中扮演霍华德·罗克（Howard Roark）的美好愿望，你蜘蛛侠的第六感就应该立即启动。把这类信息记录下来。

2. 版权研究。

在研究《源泉》时，你会发现它是1943年创作的。嗯。然后你会查看作者。该死。兰德于1982年去世。这意味着如果要等待版权到期，你需要把电脑上的闹钟定在2052年。而且你还得祈祷不同国家著作权法在这段时间里不会变化，或者地球不会遭遇核战末日。如果你不喜欢这些麻烦，或许你应该去研究一下小罗伯特·唐尼（Robert Downey，Jr.）想演什么……

3. 坚韧不拔。(第一步：写作。容易的部分。)

好吧，不要为著作权法之类的麻烦退缩。挽起袖子。找到目标材料（漫画、小说）并不难。不要从亚马逊或古腾堡计划购买一份PDF或电子书，除非是作为辅助。如果你将原作剪切复制到文字处理软件中再进行修改，你最多能成为一个文字编辑。你需要一个字一个字地自己敲进去，满头大汗，键盘上沾满黏糊糊的指纹。这种重复能帮助你进入人物和故事，允许你在需要的地方另辟蹊径。创作一个跟原作几乎一模一样的复制品，只能像《变蝇人》（*The Fly*）中杰夫·高布伦（Jeff Goldblum）的第一次隔空传输试验一样，制造出不讨人喜欢的变形怪物。其他人会那样做，他们会失败。而你与众不同，你会成功的。

4. 坚韧不拔。(第二步：投稿。困难的部分。)

好吧，你已经看过一些我的逸事，所以知道你将要面对的是什么。现在你必须把你的作品拿给别人看，这些人将把你的作品从枯树变成娱乐大作，让全世界为之疯狂，bt网站的下载量达到上百万次。这是棘手的部分。

你不一定要住在洛杉矶，但是住在洛杉矶会有帮助。你不一定要有版权代表，但是这同样有帮助。我在完全没有人牵线搭桥的情况下，设法让伦敦的一家著名代理商阅读了我的作品并担任版权代表，使我的作品第一次走出国门。而且我稳定地工作了很多年，都不曾登上飞往加州的航班。

缺少版权代表不应该被视为一种障碍。参加电影社团、组织，甚至与你在现实生活中或互联网上认识的人交流都能获得丰厚的回报。若干年前，在洛杉矶的一次漫画迷聚会上，我喝了不少啤酒，一个初出茅庐的新作家在我恭维了他印有触手的 T 恤衫之后找到我。那天当他请求我阅读他的手稿时，我打破了自己的戒律。我很高兴这样做了。我帮他安排了与《星球大战》制片人加里·库尔茨（Gary Kurtz）的会面。[现在这部电影定名为《装甲 88》（*Panzer* 88）。]

充满斗志了？好极了。现在，自由电影编剧们，出发去打破规则吧！

系列写作

沙伦·斯科特（Sharon Scott）创作漫画系列已经超过 15 年，包括《超凡脱俗》（*More Than Mortal*）、《伪装》（*Makebelieve*）和《猎巫者》（*The Witchfinder*）。她创作了万代南梦宫（Namco Bandai）的网络漫画《可信之人》（*Men Confident*）的第一季，还是一位自由编剧。斯科特也从事游戏产业，为华纳兄弟公司（Warner Bros）、梦工厂（DreamWorks）和美泰公司（Mattel）的授权产品创作故事剧本。

作家用来创作故事的许多工具都能用于系列写作。不过，在开发类型系列时，有三个领域遵循其自身的一套规律：系列的概念、结构和系列人物的发展。

让我们从概念开始。一个独立的故事是一个有清晰终点的独立创意。**一位医生必须想办法治愈妻子的疑难疾病。**在一个系列中，概念是一个每周重复的创意，或者可预测的惯例的一部分，但是以不可预测的方式表现出来。**一位医生每周遇到一种疑难疾病，必须在患者死亡之前找到治愈的方法。**类型系列的概念遵循类似的规律，但是加入了“类型”，当代定义为超自然、恐怖、科幻、奇幻或神秘/推理等元素。**一位医生其实是狼人，每周遇到一种疑难疾病，必须在患者死亡之前找到治愈的方法，同时保守自己野兽本质的秘密。**

再来看结构。写作一个系列不像通过一系列连续事件描绘出情节主线那么简单（长篇小说、漫画、剧集）。无论你采用什么结构，所有的故事都必须有清晰的开头、中间和结尾。同样的规律在系列写作中也适用，但是有一个重要的补充。结构不仅适用于每一个连续事件，而且适用于更大的故事整体。如果没有穆德多年寻找妹妹的情节，《X 档案》会是什么样？如果船员不是拼命地想要返回地球，《星际迷航：航海家号》（*Star Trek*：*Voyager*）还会这么令人着迷吗？一个系列必须保证故事整体和每一集都有故事目标。但是在类型系列中，故事目标必须有非常独特的焦点。类型作家的首要目标是娱乐，这意味着迎合大众。所以，虽然文学可以接受更加理性、内在驱动的故事目标（例如寻找自我、成长、学会去爱），但类型系列的故事目标必须是积极的、外部驱动的，并承载着重要的利害关系（例如死里逃生、拯救村庄、寻找凶手）。

最后，让我们看看人物发展。不用说，对于任何系列，目标都是创造吸引人的人物，充满惊喜、独一无二，读者会希望一次又一次看到他们的行动。这方面能够为作者提供帮助的类型特征多得数不清——超人能力、精神力量、外星种族。但重要的是，有必要指出，在大多数系列中，主要人物不会发生很大变化，甚至完全不变。他们会变得更强大、更聪明，获得新的“武器”（实际的和比喻的），或是坠入爱河……但是他们不会从情感上发生变化。如果他们变了，他们就不再是观众每周想要看到的人物了。还应该对次要人物给予特别关注，他们在主要人物的故事目标中起着定义、驱动和辅助的作用。系列形式的篇幅更长，允许人物随着时间的推移发展出复杂的关系，帮助建立与观众的情感纽带，让他们期待看到更多。《超凡蜘蛛侠》（*The Amazing Spider-Man*）是一个成功的超级英雄漫画系列，但读者不会浪费他们的午饭钱购买一本最新的漫画，却只看到蜘蛛侠织网和爬墙。他们买漫画是因为他们想看到温文尔雅的彼得·帕克跟那个女孩最后怎么样了，或者因为他们想亲眼目睹他发现自己最好的朋友同时也是最致命的敌人的那一时刻。

注意关于类型系列的概念、结构和人物的这些特定规律，你不仅能够超越同行，而且会拥有一个开始写作的坚实基础。

练　习

1. 创建你的类型系列的概念。这是一个以令人惊讶的方式贯穿每集故事的可重复的创意吗？属于类型系列的哪一种元素类别？描述要简洁。能在你心中创造一幅独特的画面就够了。

2. 你的类型系列最重要的故事目标是什么？记住，所有的故事目标都应该是积极的和外部驱动的。

3. 你的主要人物能够通过哪些方式达成更大的故事目标？这个问题的答案将成为更小的故事目标的萌芽，你的类型系列的每一集都需要这种更小的目标。

4. 你的主要人物是谁？你如何令他们独一无二、令人着迷，让读者渴望一次又一次看到他们？能不能加入一种类型元素来改进你的主要人物？

5. 列出一份次要人物的名单，包括强大的敌人。想办法让这些关系复杂而引人入胜。

6. 在心里设计好结局。我们都希望喜爱的系列永远不要结束，但是即使最伟大的故事也会有个终结。你的类型系列将如何结束？主角会赢得胜利吗？她拯救了世界却牺牲了生命吗？他成功实现了更大的故事目标，却在过程中变成了一个坏人吗？

7. 系列的节奏是怎样的？你考虑采用什么形式？漫画和电视剧或小说的需要是不同的。进行调研。你选择的形式将决定故事的突破何时发生，以及如何设计每一集的情节。

当你完成了这些，你应该已经有了关于你的类型系列的一幅迷人的路线图。祝你好运，写作愉快！

作家的写作

乔·R. 兰斯代尔（Joe R. Lansdale）著有超过 30 部长篇小说和许多短篇小说。他的作品赢得了许多奖项和多方认可，包括埃德加奖、英国奇幻奖和九次布莱姆·斯托克奖，其中包括一次终身成就奖。他还获得过恐怖大师奖（Grandmaster of Horror Award）和许多其他奖项。他的一些作品已经被改编成电影。

这篇文章应该是关于写作练习的。我对这个题目有点困惑。我不喜欢这个主意。我的意思是，写作练习的目的是练习。这似乎是在浪费精力。

或许这取决于一个人如何定义练习。一次在课堂上，老师告诉我作家应该随身带着笔记本，如果他们看到一棵不寻常的树，他们应该停下来试着在笔记本上描写它。

我一点也不喜欢做这样的事，我没能从大学毕业的部分原因可能就在于此，我从事过艰苦的体力劳动，然后成为一名作家，一次性通过了所有的科目。

重复一遍：这看起来是浪费精力，或者一种错误的强制练习。为什么要在你没有兴趣的时候写东西？这对一些人可能有用，但是对我并非如此。我可能会记下一个一般意义上的故事创意，但是我不想浪费时间为了练习而练习。我必须有一个故事，如果我打算做练习——如果我们必须这样称呼它——它必须是我认为真实的东西，不是有意识地去练习，而是为了培养一种有价值、有用处的能力。在这一领域获得任何程度的成功无疑都需要大量练习，但是你应该让你的灵感做一些值得的事，而不仅仅是即兴乱弹。

我从 20 世纪 70 年代开始写作和出售作品，到 80 年代初成为全职作家。有时候为了让我自己投入某个项目，我会这样做：我会环顾我的房间，看看有没有什么东西能让我写下一两句话，进而催生一个故事。如果一个创意从天而降——几乎总是如此——我会在此基础上开始创作。对我来说这是一种开始的方法，当我用这种方式写作时，我始终打算把它写成一个故事，而不是仅仅当作一项练习。

有时候，我能在早上用这种方法写完整个故事。其中一些还不错，另一些不行。其中最好的得以出版。我在投入任何自己认为的重点项目之前写下这些东西。重点作品可以是短篇小说、长篇小说、剧本，任何形式。我的热身经常比重点项目更出色。如果我没能在一个早上写完，我会分几个早上完成，不过通常会分配固定的时间，其他时间仍然致力于重点项目。

我一度拥有两台打字机。（这是石器时代的事情了。）书桌上那部是电动的，书桌抽屉里那部是手动的。大多数时候我用手动打字机进行练习——为简便起见，我们姑且称之为练习。如果我在早上开始练习，然后停下来从事重点项目，如果重点项目陷入停顿，或者我发现自己在环顾四周，我就把手动打字机拿出来继续小练习的创作。如果两边都没有进展，好吧，那我就只能继续环顾四周了。

通过这种方法，我在打字机上完成了很多文字。有时候，到一天结束时，我检查自己的“练习”，认定它不值得保留，我就把它揉成一团扔进垃圾桶。但是，通常情况下我发现它还不错，正如之前说过的，可能变成重点项目，或者至少在当时的重点项目完成之后取而代之。

我有时仍然会这样做。同时进行一个重要项目和一个不那么重要的项目，但是通常情况下，现在我只全神贯注于一部作品，完成之后再开始下一部。不过时不时地，我会情不自禁，在一天里同时进行多个项目。现在我比较倾向于反过来。从重点项目开始，然后在我短暂的工作日行将结束时转到小项目。我一天只工作三小时左右，或者一天写 3～5 页。如果能写得更多，我也不排斥，但这是我每天的既定目标，所以通常我每天都自我感觉良好。我很少有连 3～5 页都写不出来的时候，然后，如果我愿意，我可以去剧院，或者再写点别的东西。

当我刚刚起步时，这种方法对我有什么帮助？

我在打字机上敲出很多文字，变得更善于表达，对自己的作品更加自信，即使其中许多都被我扔掉了。但是我从来没有为了扔掉而写作。我写作是为了尽可能创造最好的素材，一些有希望出版的东西。

所以对我来说，这不是浪费时间，因为严格说来，这并不是一种练习。我想那些没有保留下来、被我扔掉的作品可以称为练习，但是它们并不是为了练习的目的而写的。我对自己写的每一篇东西都全力以赴。

在我家，有个关于一个小个子男人的故事，大家都叫他“矮子”。一次他跟人打了起来，对方是个大高个，抓着他的头，任凭他怎么拼命挥舞胳膊都打不到对方。有人说：“矮子，你在干什么？”

“拼死战斗。”他说。

这就是我写作时的感觉。我在拼死战斗。无论作品最后多么无用，我每天都投入与空白稿纸的战斗，并且击败它。作为热身的写作是有帮助的，我写它们时是非常认真的，即使有时候只是作为开始重点项目的一种方法。我经常觉得李小龙说的关于练习武术的道理也适用于写作。他说：“认真打。”

我一直这样做。

练　习

尝试本书中任何能够激发你灵感的练习，认真写——可以作为你的重点项目，也可以作为热身，或者作为一个小项目。你写的任何东西都应该是真正的作品，而不仅仅是“练习”。

作者网址

Acevedo, Mario	marioacevedo.com
Anderson, James G.	stoneharp.com
Anthony, Piers	hipiers.com
Barnes, Steven	lifewrite.com
Bender, Aimee	flammableskirt.com
Benest, Glenn	glennbenest.com
Benulis, Sabrina	sabrinabenulis.com
Bernheimer, Kate	katebernheimer.com
Briggs, Peter	imdb.com/name/nm1486009
Brin, David	davidbrin.com
Burke, Kealan Patrick	kealanpatrickburke.com
Campbell, Ramsey	ramseycampbell.com
Carl, Lillian Stewart	lillianstewartcarl.com
Carlson, Eric Stener	ericstenercarlson.com
Carver, Jeffrey A.	starrigger.net
Clark, Simon	nailedbytheheart.com
Conradt, Christine	christineconradt.com
Cooper, Sara B.	imdb.com/name/nm0153384
DeGeorge, Edward	youtube.com/user/EdwardDeGeorge/videos
Densham, Pen	ridingthealligator.com

Dinsmore, Danika	danikadinsmore.com
Dower, Kim	kimfromla.com
Durham, David Anthony	davidanthonydurham.com
Edson, Eric	http://www.imdb.com/name/nm0249672/
Ellison, Harlan	harlanellison.com
Fredsti, Dana	danafredsti.com
Freeman, Brian James	brianjamesfreeman.com
Graham, Stacey	staceyigraham.com
Gresh, Lois	loisgresh.com
Gruber, Xaque	huffingtonpost.com/xaque-gruber
Hamilton, Sequoia	sequoiahamilton.wordpress.com/
Hardy, Janice	janicehardy.com
Howard, Chris	SaltwaterWitch.com
Johnson, Kij	kijjohnson.com
Jones, Lisa Renée	lisareneejones.com
Kent, Derek Taylor	ScarySchool.com
Ketchum, Jack	jackketchum.net
King, E. E.	elizabetheveking.com
Kress, Nancy	nancykress.blogspot.com
Klick, Todd	amazon.com/Todd-Klick/e/B0050OMZYA
Kozlowski, Jan	jankozlowski.com
Lake, Jay	jlake.com
Lansdale, Joe R.	joerlansdale.com
Laurence, Elliot	luminalmedia.com
Mazmanian, Lance	mazmanian.net
McAllister, Bruce	mcallistercoaching.com
McCoy, Karen	kbmccoy.com
Mcgowan, Douglas	nothingexceptional.com
McIntyre, Vonda N.	bookviewcafe.com/bookstore/bvc-author/vonda-n-mcintyre
Mewes, Wendy	wendymewes.com
Modesitt, Jr., L. E.	lemodesittjr.com
Morrell, Jessica Page	jessicamorrell.com
Morton, Lisa	lisamorton.com

Moss, Gabrielle	gabriellemoss.net
Nolan, William F.	williamfnolan.com
Nye, Jody Lynn	jodynye.com
Obstfeld, Raymond	raymondobstfeld.com
Pete, Derrick D.	derrickpete.com
Peterfreund, Diana	dianapeterfreund.com
Reaves, Michael	imdb.com/name/nm0714184/
Reed, Rainbow	wickedpoetry.jigsy.com
Royle, Nicholas	nicholasroyle.com
Rubenstein, Devorah Cutler	thescriptbroker.com
Rubenstein, Scott	imdb.com/name/nm0747936
Saus, Steven	stevesaus.com
Schreiber, Brad	bradschreiber.com
Scott, Melissa	mescott.livejournal.com
Scott, Michael Dillon	dillonscott.com
Scott, Sharon	storyhousestudios.com
Sebanc, Mark	stoneharp.com
Selbo, Jule	fullerton.academia.edu/JuleSelbo
Sevi, Mark	marksevi.com
Shirley, John	john-shirley.com
Skipp, John	facebook.com/john.skipp.7
Thompson, Ben	badassoftheweek.com
Valenzuela, Diego	facebook.com/TheDiegoValenzuela
Vaughn, Vanessa	thedirtyblondeburlesque.com
Wagner, Jeremy	jeremy-wagner.com
Wales, Vincent M.	vincentmwales.com
Wanless, James	voyagertarot.com
Winner, Brianna	winnertwins.com
Winner, Brittany	winnertwins.com
Zicree, Marc Scott	marczicree.com

创意写作课程平台

从入门到进阶多种选择，写作路上助你一臂之力

【品牌课程】叶伟民故事写作营

故事，从这里开始。

如果你有一个故事创意，想要把它写出来；

如果你有一个故事半成品，想要把它改得更好；

如果你在写作中遇到瓶颈，苦于无法向前一步；

如果你想找一群爱写作的小伙伴，写作路上报团取暖——

加入“叶伟民故事写作营”，让写作导师为你一路保驾护航。

资深写作导师、媒体人、非虚构写作者叶伟民，帮助你实现从零到一的跨越，将一个故事想法写成一个完整的故事，继而迈出从一到无限可能的重要一步。

【写作练习】“开始写吧！——21 天疯狂写作营”

开始写吧！——21 天疯狂写作营，每年招新，专治各种“写不出来”。

你有没有遇到过这样的情况：

拿起笔来，或是把手放到键盘上，这时大脑变得一片空白，一个字也写不出来？

或者，写着写着，突然就没有灵感了？

或者，你喜欢写作和阅读，但就是无法坚持每天写？

再或者，你感觉写作路上形单影只，找不到志同道合的小伙伴？

“开始写吧！——21 天疯狂写作营”为你提供一个可以每天打卡疯狂写作的地方。

依托“创意写作书系”里的海量资源，班主任每天发布一个写作练习，让你锻炼强大的写作肌。

★ ★ ★

写作营每年招新，课程滚动更新，可扫描右侧二维码了解最新写作营及课程信息，或关注“创意写作坊”公众号（见本书后折口），随时获取课程信息。

创意写作课程平台

精品写作课

作家的诞生——12位殿堂级作家的写作课

中国人民大学刁克利教授10余年研究成果倾力呈现，横跨2800年人类文学史，走近12位殿堂级写作大师，向经典作家学写作，人人都能成为作家。

荷马：作家第一课，如何处理作品里的时间？
但丁：游历于地狱、炼狱和天堂，如何构建文学的空间？
莎士比亚：如何从小镇少年成长为伟大的作家？
华兹华斯和弗罗斯特：自然与作家如何相互成就？
勃朗特姐妹：怎样利用有限的素材写作？
马克·吐温：作家如何守望故乡，如何珍藏童年，如何书写一个民族的性格和成长？
亨利·詹姆斯：写作与生活的距离，作家要在多大程度上妥协甚至牺牲个人生活？
菲兹杰拉德：作家与时代、与笔下人物之间的关系？
劳伦斯：享有身后名，又不断被诋毁、误解和利用，个人如何表达时代的伤痛？
毛姆：出版商的宠儿，却得不到批评家的肯定。选择经典还是畅销？

作家的诞生
——12位殿堂级作家的写作课

一个故事的诞生——22堂创意思维写作课

郝景芳和创意写作大师们的写作课，国内外知名作家、写作导师多年创意写作授课经验提炼而成，汇集各路写作大师的写作法宝。它将告诉你，如何从一个种子想法开始，完成一个真正的故事，并让读者沉浸其中，无法自拔。

郝景芳：故事是我们更好地去生活、去理解生活的必需。
故事诞生第一步：激发故事创意的头脑风暴练习。
故事诞生第二步：让你的故事立起来。
故事诞生第三步：用九个句子描述你的故事。
故事诞生第四步：屡试不爽的故事写作法宝。

创意写作书系

这是一套广受读者喜爱的写作丛书，系统引进国外创意写作成果，推动本土化发展。它为读者提供了一把通往作家之路的钥匙，帮助读者克服写作障碍，学习写作技巧，规划写作生涯。从开始写，到写得更好，都可以使用这套书。

综合写作		
书名	作者	出版日期
成为作家	多萝西娅·布兰德	2011 年 1 月
一年通往作家路——提高写作技巧的 12 堂课	苏珊·M. 蒂贝尔吉安	2013 年 5 月
创意写作大师课	于尔根·沃尔夫	2013 年 6 月
作家创意手册	杰克·赫弗伦	2015 年 1 月
与逝者协商——布克奖得主玛格丽特·阿特伍德谈写作	玛格丽特·阿特伍德	2019 年 10 月
心灵旷野——活出作家人生	纳塔莉·戈德堡	2018 年 2 月
诗性的寻找——文学作品的创作与欣赏	刁克利	2013 年 10 月
写好前五页——出版人眼中的好作品	诺亚·卢克曼	2013 年 1 月
写好前五十页	杰夫·格尔克	2015 年 1 月
从创意到畅销书——修改与自我编辑	詹姆斯·斯科特·贝尔	2016 年 1 月
来稿恕难录用——为什么你总是被退稿	杰西卡·佩奇·莫雷尔	2018 年 1 月
虚构写作		
小说写作教程——虚构文学速成全攻略	杰里·克里弗	2011 年 1 月
开始写吧！——虚构文学创作	雪莉·艾利斯	2011 年 1 月
冲突与悬念——小说创作的要素	詹姆斯·斯科特·贝尔	2014 年 6 月
情节与人物——找到伟大小说的平衡点	杰夫·格尔克	2014 年 6 月
人物与视角——小说创作的要素	奥森·斯科特·卡德	2019 年 3 月
情节线——通过悬念、故事策略与结构吸引你的读者	简·K. 克莱兰	2022 年 3 月
经典人物原型 45 种——创造独特角色的神话模型（第三版）	维多利亚·林恩·施密特	2014 年 6 月
经典情节 20 种（第二版）	罗纳德·B. 托比亚斯	2015 年 4 月
情节！情节！——通过人物、悬念与冲突赋予故事生命力	诺亚·卢克曼	2012 年 7 月
如何创作炫人耳目的对话	詹姆斯·斯科特·贝尔	2016 年 11 月
超级结构——解锁故事能量的钥匙	詹姆斯·斯科特·贝尔	2019 年 6 月
故事工程——掌握成功写作的六大核心技能	拉里·布鲁克斯	2014 年 6 月
故事力学——掌握故事创作的内在动力	拉里·布鲁克斯	2016 年 3 月
畅销书写作技巧	德怀特·V. 斯温	2013 年 1 月
30 天写小说	克里斯·巴蒂	2013 年 5 月
从生活到小说（第二版）	罗宾·赫姆利	2018 年 1 月

虚构写作		
小说创作谈	大卫·姚斯	2016 年 11 月
写小说的艺术	安德鲁·考恩	2015 年 10 月
成为小说家	约翰·加德纳	2016 年 11 月
小说的艺术	约翰·加德纳	2021 年 7 月
非虚构写作		
开始写吧！——非虚构文学创作	雪莉·艾利斯	2011 年 1 月
写作法宝——非虚构写作指南	威廉·津瑟	2013 年 9 月
故事技巧——叙事性非虚构文学写作指南	杰克·哈特	2012 年 7 月
光与热——新一代媒体人不可不知的新闻法则	迈克·华莱士	2017 年 3 月
自我与面具——回忆录写作的艺术	玛丽·卡尔	2017 年 10 月
写出心灵深处的故事——非虚构创作指南	李华	2014 年 1 月
写我人生诗	塞琪·科恩	2014 年 10 月
类型及影视写作		
金牌编剧——美剧编剧访谈录	克里斯蒂娜·卡拉斯	2022 年 3 月
开始写吧！——影视剧本创作	雪莉·艾利斯	2012 年 7 月
开始写吧！——科幻、奇幻、惊悚小说创作	劳丽·拉姆森	2016 年 1 月
开始写吧！——推理小说创作	劳丽·拉姆森	2016 年 7 月
弗雷的小说写作坊——悬疑小说创作指导	詹姆斯·N. 弗雷	2015 年 10 月
好剧本如何讲故事	罗伯·托宾	2015 年 3 月
经典电影如何讲故事	许道军	2021 年 5 月
童书写作指南	玛丽·科尔	2018 年 7 月
网络文学创作原理	王祥	2015 年 4 月
写作教学		
小说写作——叙事技巧指南（第十版）	珍妮特·伯罗薇	2021 年 6 月
你的写作教练（第二版）	于尔根·沃尔夫	2014 年 1 月
创意写作教学——实用方法 50 例	伊莱恩·沃尔克	2014 年 3 月
故事工坊（修订版）	许道军	2022 年 1 月
大学创意写作·文学写作篇	葛红兵 许道军	2017 年 4 月
大学创意写作·应用写作篇	葛红兵 许道军	2017 年 10 月
小说创作技能拓展	陈鸣	2016 年 4 月
青少年写作		
会写作的大脑 1——梵高和面包车（修订版）	邦妮·纽鲍尔	2018 年 7 月
会写作的大脑 2——怪物大碰撞（修订版）	邦妮·纽鲍尔	2018 年 7 月
会写作的大脑 3——33 个我（修订版）	邦妮·纽鲍尔	2018 年 7 月
会写作的大脑 4——亲爱的日记（修订版）	邦妮·纽鲍尔	2018 年 7 月
奇妙的创意写作——让你的故事和诗飞起来	卡伦·本基	2019 年 3 月
成为小作家	李君	2020 年 12 月
写作魔法书——让故事飞起来	加尔·卡尔森·莱文	2014 年 6 月
写作魔法书——28 个创意写作练习，让你玩转写作（修订版）	白铅笔	2019 年 6 月
写作大冒险——惊喜不断的创作之旅	凯伦·本克	2018 年 10 月
小作家手册——故事在身边	维多利亚·汉利	2019 年 2 月
北大附中创意写作课	李韧	2020 年 1 月
北大附中说理写作课	李亦辰	2019 年 12 月

图书在版编目（CIP）数据

开始写吧！：科幻、奇幻、惊悚小说创作/（美）拉姆森（Lamson，L.）编；唐奇，张威译．—北京：中国人民大学出版社，2015.10
（创意写作书系）
ISBN 978-7-300-21975-2

Ⅰ.①开… Ⅱ.①拉… ②唐… ③张… Ⅲ.①小说创作-创作方法 Ⅳ.①I054

中国版本图书馆 CIP 数据核字（2015）第 236642 号

创意写作书系
开始写吧！——科幻、奇幻、惊悚小说创作
［美］劳丽·拉姆森　编
唐奇　张威　译
Kaishi Xieba

出版发行	中国人民大学出版社		
社　　址	北京中关村大街 31 号	**邮政编码**	100080
电　　话	010－62511242（总编室）		010－62511770（质管部）
	010－82501766（邮购部）		010－62514148（门市部）
	010－62515195（发行公司）		010－62515275（盗版举报）
网　　址	http://www.crup.com.cn		
经　　销	新华书店		
印　　刷	北京联兴盛业印刷股份有限公司		
规　　格	145 mm×210 mm　32 开本	**版　　次**	2016 年 1 月第 1 版
印　　张	11.125　插页 2	**印　　次**	2025 年 3 月第 10 次印刷
字　　数	271 000	**定　　价**	49.00 元